GETEILT VON DEN BÄREN

EINE PARANORMALE BÄREN-GESTALTWANDLER REVERSE-HAREM-ROMANZE

STEPHANIE BROTHER

GETEILT VON DEN BÄREN

TRANSLATION COPYRIGHT © 2025
Stephanie Brother

ISBN: 978-1-915436-12-2

PROLOGUE

GOLDLÖCKCHEN

*O sel'ge, sel'ge Nacht! Nur fürcht' ich, weil
Mich Nacht umgibt, dies alles sei nur Traum.*

Romeo und Julia

Die Vergangenheit

„Warum hast du mich Goldlöckchen genannt?"

Meine Mutter zieht eine Grimasse bei der Frage, die ich schon hundertmal gestellt habe. Sie hat es satt, mir die Geschichte zu erzählen, aber ich werde nie müde, mir vorzustellen, wie ich als kleines Mädchen in meinem ganz eigenen Märchen lebe.

„Nicht jetzt, Goldie." Sie würde lieber etwas anderes tun, als bei mir zu sitzen, aber das ist eine der wenigen Möglichkeiten, wie ich sie dazu bringen kann, mir Zeit und Aufmerksamkeit zu schenken. Aus welchem Grund auch immer, sobald sie mir von ihren Träumen vor meiner Geburt erzählt, verliert sie sich in der Magie der Geschichte und vergisst die Dinge, die sie lieber tun würde.

„Bitte, Mama." Ich achte darauf, dass meine Stimme nicht zu hoch und nervig ist. Es ist eine unkomplizierte Bitte, die sie wahrscheinlich nicht ablehnen wird.

Mama schaut auf den Stapel Geschirr, der darauf wartet, abgespült zu werden, und dann wieder zu mir. „Okay. Einmal noch."

„Okay", stimme ich zu, auch wenn ich hoffe, dass das nicht der Fall sein wird.

„Als du in meinem Bauch gewachsen bist", sagt Mama und stützt ihre Hand auf ihren fast flachen Bauch, „habe ich angefangen zu träumen."

„Wovon?", spiele ich mit.

„Von einem goldhaarigen kleinen Mädchen."

„In einem grünen Kleid", sage ich fröhlich, und meine Stimme strotzt vor Aufregung.

„Und von drei pelzigen, braunen Babybären."

„Wie in der Geschichte", sage ich.

„Genau wie in der Geschichte."

„Haben die Bären das kleine Mädchen verletzt?", frage ich.

„Nein", sagt Mama sanft. „Sie haben dich nicht verletzt."

Ich mag es, wenn sie sich so sehr in ihrem Traum verliert, dass sie vergisst, dass das kleine Mädchen nicht wirklich ich war. Sie wusste nicht, dass ich ein Mädchen war, bevor ich geboren wurde. Ich war nur eine geheimnisvolle Beule.

„Was haben sie getan?"

„Sie spielten mit dir." Sie schließt die Augen und versucht, sich die Bilder ins Gedächtnis zu rufen. Ein Lächeln umspielt ihre Lippen.

„Sie spielten?"

„Ja. Sie kitzelten dich mit ihren Nasen in deinen Handflächen. Sie haben dich gejagt, bis du vor lauter Lachen ins Gras gefallen bist. Dann umgaben sie dich wie ein großer brauner Fellteppich und stupsten dich von allen Seiten an."

„Habe ich gelächelt?"

„Ja. Du sahst sehr glücklich aus. Die Bären haben dich glücklich gemacht."

Ich habe mir oft gewünscht, dass die Bären zu mir kommen würden, damit die Einsamkeit, die ich an den meisten Tagen empfinde, durch die Wärme dieses Glücks ersetzt wird und ich mein Gesicht in ihrem weichen Fell vergraben und lachen kann wie das Mädchen im Traum.

„Und deshalb hast du mich Goldlöckchen genannt?"

„Es ist, als ob das Universum mir etwas sagen wollte", sinniert Mama, und dann, als hätte sich ein Vorhang gesenkt, zieht sich ihr Lächeln zurück wie die Flut. Sie streicht ihren Rock glatt und erhebt sich von der Couch.

„Wie hießen die Bären?", rufe ich ihr nach und vermisse bereits die Wärme der Geschichte.

„Ich sagte doch, ich erinnere mich nicht." Ein Teil von mir glaubt ihr nicht. „Und das war das letzte Mal, dass ich diese Geschichte erzähle."

Sie sagte immer das Gleiche, weil sie wusste, dass die Drohung mich in Panik versetzen würde, aber dieses Mal blieb sie dabei. Ich habe die Geschichte nie wieder gehört.

Nachts, wenn sich mein Bett kalt anfühlte, stellte ich mir vor, wie es wohl wäre, von der Wärme dreier freundlicher Bären umgeben zu sein. Ich verfiel wieder in den Traum meiner Mutter und stellte mir vor, wie ich schlief, während sie mich umgaben, mich beschützten und die leeren, kargen Ecken meiner Seele mit Freude erfüllten. Dieses Bild bewahrte ich, bis ich in die Pubertät kam und süße Jungs mich alles über Bären vergessen ließen, bis meine eigentliche Geschichte begann.

Es war einmal …

1

GOLDIE

Die Handschellen sitzen zu fest an meinen Handgelenken und drücken in mein Fleisch und meine Knochen. Er hat sie genau so befestigt, wie ich sie mag. Jede Manschette ist mit dem Bettpfosten verbunden und spreizt meine Arme weit. Ich bewege meine Finger in der kühlen Luft, während ich nach einem Geräusch Ausschau halte, irgendetwas, das mir verrät, wo er sich im Zimmer befindet.

Es ist so still, und ohne meine Augen, die mit einem Satinschal bedeckt sind, spüre ich einen Schauer der Ohnmacht, der meine Muschi zusammenzieht. Meine Beine sind auch am Bettgestell befestigt, aber nicht mit Handschellen, was schade ist. Das Pressen von Metall ist das, was ich am meisten genieße. Es verleiht mir immer einen gewissen Reiz.

Aus der Stille heraus ertönt ein leises Knistern von Stoff, vielleicht die Bewegung eines Arms, und dann streift kühles Metall die Seite meiner Brust, und ich weiß ... er wird meine Brustwarze abklemmen ...

Das Klingeln des Telefons reißt mich aus meiner Fantasie und lässt mein Herz rasen. Ich greife mit der einen freien Hand danach, in der Gewissheit, dass es sich um einen Arbeitsanruf handelt. Es ist nach Mitternacht, und niemand, der mich gut kennt, würde mich zu dieser späten Stunde stören.

Meine Freude ist schnell verflogen.

Ich hasse es, unterbrochen zu werden.

„Hallo, Golden Schlüsseldienste." Ich versuche, professionell zu klingen, auch wenn ich ein wenig außer Atem bin.

„Hallo." Die Stimme ist tief und sanft, wie die beste Art von Schokolade. „Tut mir leid, dass ich Sie störe. In meinem Haus wurde eingebrochen. Ich brauche einen neuen Satz Schlösser. Wäre es möglich, dass Sie noch heute Abend kommen?"

„Ja." Ich setze mich auf und werfe die Bettdecke von meinen Beinen. „Geben Sie mir eine Sekunde, um einen Stift zu finden." Ich schalte das Telefon auf Lautsprecher und krame in meiner Nachttischschublade nach meinem Notizblock und meinem Stiftset. „Wie lautet Ihre Anschrift?"

Der Mann gibt eine unbekannte Adresse an, sagt mir, dass sein Name Herr Bjorn ist, und ich das Haus mit GPS finden muss. Er gibt auch genau an, welche Schlösser er benötigt – alle davon habe ich auf Lager. Ich nenne ihm einen Preis und verspreche, innerhalb einer Stunde bei ihm zu sein, bevor ich das Telefonat beende.

Ein kleiner Schlüssel liegt auf meinem Nachttisch, und ich befreie meine gefesselte Hand von ihrer einzigen Handschelle und seufze frustriert. Die Fantasie dieser Nacht ist vorbei. Mit einem dumpfen Schlag kehre ich zurück in die Realität.

Normalerweise trage ich bei der Arbeit Overalls. Sie sind bequem, haben Taschen und es macht mir nichts aus, wenn sie schmutzig werden. Das sexy goldene Set, bestehend aus einem Satinunterhemd und Shorts, das ich gerade trage, verstärkt meine Fantasien und erleichtert es mir, mich in meine Rolle hineinzuversetzen. Herr Bjorns Dringlichkeit inspiriert mich dazu, meinen Overall schnell über mein Nachtzeug zu werfen. Ich stecke meine lockigen, blonden Haare zu einem unordentlichen Dutt zusammen und beeile mich, weil ich ein paar Minuten benötigen werde, um zu meinem Laden zu gelangen, in dem ich die Schlösser aufbewahre.

Meine Mutter hat immer Witze über meine Berufswahl gemacht, meist begleitet von einem spöttischen Grinsen, und dabei immer wieder dieselben Geschichten erzählt, wie ich mich als Kind in kleinen Räumen eingeschlossen habe. Mein Lieblingsversteck war der Schrank unter der Treppe. An der Außenseite befand sich ein Schlüssel, den ich mitnahm, und ich kann mich noch gut an die Aufregung erinnern, die ich empfand, wenn ich den kleinen schwarzen Schlüssel umdrehte und das Schloss einrastete. Im Inneren lag ein alter brauner Teppich, der sich weich wie ein Bärenfell anfühlte. Dort konnte ich mich vor den vernichtenden Blicken meiner Mutter verstecken. Ich konnte so tun, als wäre ich woanders.

Als Kind hatte ich eine Box mit Schlüsseln, mit denen ich spielte. Die meisten davon waren alte Schlüssel, die mein Vater aus dem Secondhandladen mitgebracht hatte. Einige waren neu und schlicht, andere hatten kunstvoll gearbeitete Griffe. Ich hatte auch Notizbücher mit Vorhängeschlössern, in die ich Geheimnisse schrieb, und sogar ein Polizeikostüm in Kindergröße, das ich in der Box ließ, nur um mit den Handschellen spielen zu können.

Die Ursache für meine Schlösserfaszination ist mir selbst ein Rätsel. Aber als ich älter wurde, entwickelte sich daraus ein sexuelles Interesse. In meinen Fantasien spielen immer Metallhandschellen oder Vorhängeschlösser und Ketten eine Rolle, die mich in einschränkenden Positionen festhalten. Das Klirren, wenn Schlüssel gedreht werden, lässt meine Klitoris kribbeln und anschwellen. Es ist zu einer seltsamen Gefahr meiner Arbeit geworden, dass ich beim Auswechseln von Schlössern für Kunden erregt werde.

In früheren Beziehungen habe ich mich immer zu sehr geschämt, um meine Vorlieben preiszugeben. Mein lockiges, blondes Haar und meine großen, azurblauen Augen verleihen mir eine unschuldige Ausstrahlung, und die Art von Männern, die diesen Look attraktiv finden, wollen eine süße Freundin, keine mit seltsamen Forderungen nach kompliziertem und gefährlich klingendem, perversem Sex. Also sind meine Fantasien ein Geheimnis geblieben; ein Vergnügen, das ich nur in meiner Vorstellung auslebe und manchmal, indem ich eine Handschelle an einer meiner Hände befestige, nur um ein wenig körperliche Stimulation zu erzeugen.

Die Fahrt zu Herrn Bjorns Haus verläuft aufgrund der späten Stunde schnell. Doch ich achte aufmerksam auf meine Umgebung, da es in einer Gegend liegt, in der ich noch nie zuvor war. Das Grundstück ist von einem privaten Waldstück umgeben, das Teil des größeren Blackwood-Waldes ist. Die Auffahrt ist lang und kurvenreich, mit Bäumen zu beiden Seiten, deren Äste sich über mir berühren und alles Mondlicht verdecken. Meine Scheinwerfer werfen einen kurzen, gelben Lichtbogen, der sich mit jeder Unebenheit verlängert. Es dauert zehn Minuten, bis ich das Haus erreiche, das so plötzlich zwischen den Bäumen auftaucht, dass ich das Auto herumreißen und mit dem Fuß auf die Bremse treten muss.

Das Herrenhaus ist riesig, dunkel und einschüchternd, als hätten sich auf dem grauen Stein über Jahre hinweg Ruß, Staub und gefangene Erinnerungen angesammelt. Es ragt bedrohlich aus dem Boden in den pechschwarzen Himmel. An der Vorderseite befinden sich vielleicht fünfzehn hohe Fenster, doch nur ein einziges Licht leuchtet über der Eingangstür. Die Bäume umringen das Haus, sich vorbeugend, als würden sie die Arme in Verehrung oder zum Schutz ausstrecken. Als ich aus meinem Wagen in die kühle Nachtluft steige und meinen Werkzeugkasten sowie meine Utensilien zur Eingangstür trage, stellen sich mir die Nackenhaare auf. Ich habe niemandem gesagt, wo ich bin. Wenn etwas passiert – wie lange würde es dauern, bis mich jemand findet? Könnten sie mich überhaupt finden?

Ich spreche ein stilles Gebet zum Universum um Schutz und atme tief und kräftig ein. Herr Bjorn klang am Telefon heiser und rau, aber seine Stimme hatte etwas Warmes. Was macht es schon, dass er in einem Haus wohnt, das aussieht, als gehöre es Dracula oder der Familie Addams? Vielleicht gehört es schon seit Generationen seiner Familie. Wahrscheinlich ist er alt und hat Angst wegen des Einbruchs.

Ich klopfe dreimal mit dem riesigen Messingklopfer und frage mich, in welche Tür die Diebe eingebrochen sind. Ich untersuche das dunkle Holz auf Beschädigungen, doch es wirkt unversehrt, ohne Spuren von gewaltsamem Eindringen. Tatsächlich scheint es stark genug zu sein, um einer Armee oder einer Meute wildgewordener Tiere standzuhalten. Ich warte etwa eine Minute und frage mich, ob Herr Bjorn mich gehört hat, bevor ich Schritte näher kommen höre, ein großes Schloss gedreht wird und die Tür quietschend aufgeht.

Das Haus ist schwach beleuchtet, aber trotzdem sieht man deutlich, dass Herr Bjorn ein sehr großer Mann ist. Er ist mindestens einen halben Meter größer als ich und hat eine imposante Statur. Er trägt eine dunkle Hose und einen Pullover, der sich an seine breiten Schultern und seine kräftige Brust schmiegt. Ich muss meinen Hals recken, um seinen geheimnisvollen, dunkelbraunen Augen zu begegnen. Er ist definitiv nicht alt oder ängstlich. Dieser Mann ist ein wunderschöner, imposanter Kerl!

„Hi, ich bin Goldie", sage ich, und als er nicht antwortet, füge ich hinzu: „Der Schlüsseldienst."

Er schweigt, zieht aber eine dunkle Augenbraue hoch und tritt zurück, um mich vorbeizulassen. Er duftet angenehm nach Waldfrische und ich strecke erneut meinen Hals, als ich einen prächtigen Flur mit einer kunstvollen Treppe, wunderschönen schwarz-weißen Bodenfliesen und einem massiven Kronleuchter mit Kerzenlicht betrete. Es scheint, als sei dies sein Stammsitz, denn an den Wänden hängen imposante Porträts von Männern, die ihm ähnlich sehen, aber Kleidung aus früheren Epochen tragen. Downton Abbey ist nichts dagegen.

Während ich meine Umgebung in mich aufnehme, schließt der Mann, den ich für Herrn Bjorn halte, die Tür hinter mir.

Dann schließt er sie ab.

Ich drehe mich schnell um, mein Blick fällt auf seine Hand und den großen schwarzen Metallschlüssel, den er umklammert, und ich muss wohl alarmiert aussehen, denn seine Augen blitzen vor Verlegenheit.

„Es tut mir leid. Ich habe Sicherheitsbedenken und schließe immer die Türen ab. Nicht, dass es heute einen Unterschied gemacht hätte." Er vermeidet meinen Blick und konzentriert sich stattdessen auf seine Hand und den Schlüssel, den er zwischen den Fingern hält. Er ist groß und verziert, genau die Art von Schlüssel, die mein Herz höher schlagen lässt. Meine Finger jucken danach, die filigranen Details zu streicheln. Ich schüttle das Gefühl der Angst ab und stelle fest, dass es durch Mitgefühl für seine Ängstlichkeit und einen kleinen Funken Hitze zwischen meinen Schenkeln ersetzt wurde.

Dieses Geräusch, das Drehen des großen Schlosses durch Herrn Bjorns riesige Hand, hat meinen Körper geweckt, und ich hoffe, er bemerkt nicht, dass ich meine Beine zusammenpresse.

„Das ist okay. Ich habe auch ein Faible für Sicherheit. Das gehört zum Beruf dazu. Möchten Sie mir zeigen, wo Ihre Schlösser ausgetauscht werden müssen?"

„Hier entlang", sagt er und geht voraus, tiefer in die Dunkelheit hinein.

2

GOLDIE

Ich folge Herrn Bjorn durch einen langen Flur und blicke dabei in die opulent dekorierten Räume, bis wir eine überraschend moderne Küche erreichen. Dunkle Schränke im Shaker-Stil sind mit Eichenholzplatten bedeckt, komplett mit der rauen Rindenkante. Kupfertöpfe hängen an Haken, und ein riesiger Herd dominiert eine Ecke. Dies ist keine Küche eines unfähigen Junggesellen. Es ist ein Raum, der von jemandem entworfen wurde, der gerne kocht oder zumindest die Bedeutung von leckerem, nahrhaftem Essen versteht.

Eine große, altmodische Holztruhe steht vor der Hintertür und hält sie geschlossen. In den aufgebohrten Schlössern sind auffällige Kerben zu erkennen.

„Also hier sind sie eingebrochen?"

„Ja."

Er schiebt die Truhe mit seinen riesigen Händen beiseite und lässt die schwere Arbeit so mühelos erscheinen, dass ich erschauere. Seine gewaltigen Bizepse spannen sich unter dem Pullover, und die Muskeln seines Rückens spielen. Ich mustere ihn und entdecke dicke, muskulöse Oberschenkel, die sich gegen seine Hose abzeichnen, und einen Hintern, der seine schlanken Hüften in einen gnadenlosen Rhythmus treiben kann. Seine Rückenmuskeln sind so dicht gepackt, dass sie durch seinen Pullover hindurch sichtbar sind. Plötzlich habe ich einen trockenen Mund und räuspere mich.

Ich trete vor, lege meine Werkzeuge auf den Boden und inspiziere den Schaden. Meine Wangen sind heiß, aber die Beleuchtung unter dem Schrank ist schwach genug, um meine Erregung zu verbergen.

Herr Bjorn bleibt so nah, dass sein Duft mich umgibt und meinen Verstand benebelt. Mein Gott. Bin ich so sexhungrig, dass mich schon der Geruch eines Mannes heiß macht?

Ja, Goldie. Ja, das bist du!

Er atmet tief ein, was ich eher als Vorboten eines Seufzers als einen Versuch, auch an mir zu schnüffeln, interpretiere.

Es sieht nach einer relativ einfachen Aufgabe aus, und das sage ich ihm auch. Herr Bjorn nickt, also mache ich mich an die Arbeit. Nachdem ich etwa fünf Minuten lang gearbeitet habe, während sein ernster Blick wie Fingerspitzen auf meinem Rücken ruht, fragt er mich, ob ich eine Tasse Kaffee möchte.

„Kleine, mittlere oder große Tasse?", fragt er, nachdem ich sein Angebot angenommen habe, was seltsam ist, aber ich bitte um eine kleine Tasse mit Sahne und Zucker. Es ist schließlich mitten in der Nacht.

„Ich habe Honig", sagt er.

„Das ist in Ordnung." Wer zum Teufel hat denn keinen Zucker im Haus? Ich beobachte ihn nicht dabei, wie er die Bohnen mahlt oder den Kaffee kocht, aber das Geräusch, wie er sich träge und leise hinter mir in seiner riesigen Küche bewegt, lässt mir die Nackenhaare zu Berge stehen. Er stellt das Getränk neben mir auf den Boden, und ich nehme zwei dankbare Schlucke, bevor ich fortfahre. Er sitzt an der Küchentheke, nippt an seinem Getränk und beobachtet mich wie ein bedrohlicher Bär mit seinem dunklen, zotteligen Haar und Bart. Ich habe kein Bedürfnis, ein Gespräch zu beginnen, was seltsam ist. Normalerweise würde ich unter diesen Umständen über die Preise, die steigende Kriminalität und das Wetter plaudern. All die Themen, die Fremde ansprechen, um die Distanz zwischen ihnen angenehm zu gestalten. Um mich herum wird die Luft warm – so warm, dass meine Augen zufallen, während ich fleißig daran arbeite, die Arbeit zu beenden. Ich unterdrücke ein Gähnen hinter meiner Hand und greife nach mehr Kaffee. Ich werde den vollen Koffeinkick brauchen, wenn ich es heil nach Hause schaffen will, aber plötzlich bin ich so müde. Als die letzte Schraube festgezogen ist, drehe ich mich zu Herrn Bjorn um und sehe sein ausdrucksloses Gesicht. Sein Blick gleitet über mich, von meinen zerzausten blonden Haaren zu meinem Gesicht, dann zu meinem mit einem Arbeitsoverall bekleideten Körper und meinen Turnschuhen. Es ist unmöglich, seine Meinung über mein Aussehen zu erkennen. Dennoch ist sein Blick wie ein schwerer Schlag auf meine erhitzte Haut. Ich schiebe eine lose Locke aus meinen Augen und wünsche mir, ich hätte mir etwas mehr Mühe gegeben.

„Ich bin hier fertig, aber ich habe noch einige andere Schlösser, die Sie angefordert haben, in meiner Tasche. Sind die Eindringlinge noch in ein anderes Zimmer eingebrochen?"

Er streicht mit der rechten Hand über seinen muskulösen Arm und verschiebt dabei den weichen Stoff über seinem linken Bizeps. Der Effekt ist faszinierend.

„Ja."

„Okay. Dann zeigen Sie mir den Weg. Ist es unten oder eine Schlafzimmertür?"

„Schlafzimmer", sagt er, „aber ich sollte Sie warnen –"

„Ja?"

„Es ist ... es ist nicht das, was man erwarten würde."

Herr Bjorn steht auf, dreht sich um und geht zum Flur. Ich schnappe mir meinen Werkzeugkasten und meine Tasche und folge ihm die Treppe hinauf. Gott, er hat einen sexy Gang, einen langsamen, pantherartigen Gang. Er scheint voller geballter Kraft zu sein, so zurückhaltend und ruhig nach außen hin, aber mit einer kochenden Intensität hinter seinen Augen, die ich bis in meine Knochen spüre. Es ist, als stünde man neben einem Generator; man weiß einfach, wenn man ihn richtig anzapft, würde das Ergebnis elektrisierend sein.

Als wir oben angekommen sind, verlangsamt er seine Schritte, und wir gehen einen weiteren langen Flur entlang. Die Augen auf den Porträts scheinen mir zu folgen. Die Tür am Ende steht einen Spalt offen, und als wir noch etwa fünf Schritte vom Raum entfernt sind, dreht sich Herr Bjorn plötzlich um und bleibt stehen. Das geschieht so abrupt, dass ich fast in ihn hineinstolpere.

„Der Raum hinter dieser Tür ist sehr privat", sagt er und vermeidet meinen Blick. „Ich möchte Sie bitten, das Wissen darüber für sich zu behalten."

„Natürlich." Bilder strömen mir durch den Kopf. Ist es ein Schrein für seine längst verstorbene Mutter? Oder vielleicht voller Frauenkleidung, die er trägt, wenn er allein ist? Ich kann mir nicht vorstellen, woher er die Sachen für seinen imposanten Körperbau bekommt, aber es sieht so aus, als hätte er das Geld, um einen Schneider zu beauftragen.

„Sie sind in das Schlafzimmer eingebrochen, weil ich es verschlossen halte, und sie müssen gedacht haben, dass sich darin Wertsachen befinden."

„Aber es gab keine?"

„Nein."

Keiner von uns bewegt sich, und seine ernsten, braunen

Augen bohren sich in meine verwirrten, babyblauen Augen.

„Also ... sollte ich mich dann wohl um die Schlösser kümmern?"

„Okay." Herr Bjorn holt tief Luft und tritt beiseite, um mich vorbeizulassen, bevor er mir langsam folgt.

Ich drücke gegen die Tür, um den Schaden zu begutachten, aber als sie sich öffnet, stockt mir der Atem.

3

GOLDIE

Nur das schwache Licht einer Glühbirne am Ende des Flurs erhellt unsere Umgebung, und ich verstehe, warum Herr Bjorn so nervös ist, dass ich das Zimmer sehe. Es ist, als wäre ich direkt in meine Fantasie eingetreten, aber das kann er ja nicht wissen. Ein Himmelbett mit Fesseln steht stolz in der Mitte des Raumes und darum schmücken verschiedene andere Dinge die Wände: eine Peitsche, ein Rohrstock, Handschellen und Lederbänder, Augenbinden und Masken.

Mein Herz pocht in meiner Brust und lässt die dünne Haut über meinen Pulspunkten vibrieren.

Ein langes Flaschenzugsystem, mit dem ein williges oder auch ein unwilliges Opfer aufgehängt werden könnte, hängt von der Decke herab. Ich drehe mich um und werfe einen Blick auf Herrn Bjorn, der plötzlich ganz nah hinter mir steht. „Das ist keine Folterkammer", sagt er langsam. „Ich mag es einfach, wenn die Dinge auf eine bestimmte Art und Weise sind."

Seine Augen sind beunruhigt, und sein Kiefer zuckt, als

er mich betrachtet. Die Angst, die er in mir zu spüren glaubt, gefällt ihm überhaupt nicht. Er mag es nicht, dass ich sein Geheimnis erfahre und meine Reaktion darauf. „Reparieren Sie einfach die Schlösser, dann können Sie gehen", sagt er leise.

Es ist seine sanfte Fürsorge, die etwas in mir öffnet. Ich möchte mich umsehen, die Realität meiner Fantasie in mich aufnehmen und Dinge berühren, die ich mir bisher nur vorgestellt habe. Als ich den Raum betrete, sagt Herr Bjorn mit schmerzerfüllter Stimme: „Nicht. Ich weiß, wie das für Sie aussehen muss. Ich möchte nur, dass die Tür repariert wird, damit ich sie wieder abschließen kann."

„Sie schließen die Tür ab, damit Sie nicht hereinkommen können?", frage ich, gehe zum Bett und fahre mit den Fingern über die sauberen weißen Laken, bis sie auf den kalten Stahl der Handschellen treffen. Ein Schauer läuft mir über den Rücken und kribbelt in meinem Nacken.

„Ja."

„Aber warum sollte man es haben, wenn man es nicht benutzt?"

Er fährt sich mit der Hand durch sein dichtes, dunkles Haar und starrt auf die anonyme Schwärze des Fensters. „Ich dachte, wenn ich es schaffe, würde ich … könnte ich jemanden finden, der dieselben Dinge will wie ich."

„Aber Sie haben niemanden gefunden?"

Er schüttelt seinen Kopf.

„Social Media? Gibt es keine Webseiten?"

Er sieht mich streng an. „Sehe ich aus wie jemand, der sich für soziale Medien interessiert?"

„Sie sehen nicht aus wie jemand, der ein geheimes Sexzimmer in seinem Haus hat."

Die Haut über seinem Bart rötet sich, und er steckt seine Hände in die Taschen.

Ich hasse die Verlegenheit, die seine Vorlieben

verursachen, aber dann denke ich über meine eigene Verlegenheit hinsichtlich meiner Wünsche nach und verstehe, wie er sich fühlt. Es ist schwierig, etwas zu wollen, das nicht zum Mainstream gehört, und es ist nicht leicht, jemanden zu finden, den man attraktiv findet und der die gleichen Vorlieben hat. Ich frage mich, wie lange Herr Bjorn gewartet hat, um jemanden zu finden, bevor er die Tür zu seinen hoffnungsvollen Fantasien verschlossen hat. Dieser Gedanke macht mich traurig, für ihn und auch für mich selbst.

Einen Teil von sich selbst zu verdrängen und zu ignorieren, führt nicht zu einem glücklichen Leben. Es schafft eine schwere Last aus Scham und Reue.

Ich möchte mehr darüber erfahren, was Herr Bjorn mag, in der Hoffnung, dass es mir guttun wird, darüber zu sprechen. Der Anblick der verschiedenen Fesseln und Geräte und die Vorstellung, wie Herr Bjorns große Hände mich festhalten, erregen mich.

„Mögen Sie es, gefesselt zu werden?", frage ich und versuche, dabei möglichst lässig zu klingen.

„Nein." Er knurrt seine Antwort geradezu heraus. „Ich mag es, die totale Kontrolle zu haben. Ich muss die totale Kontrolle haben." Diese Worte sind wie Balsam für mich. Es ist, als hätte ich in einem dunklen Wald gesucht und endlich den Ort gefunden, nach dem ich mich gesehnt habe, das warme Häuschen mit allem Essen und Komfort, den ich mir nur wünschen kann.

„Wissen Sie", sage ich, drehe mich zu ihm um und sehe, dass er sich gegen das Bettgestell lehnt, „als Sie mich angerufen haben, lag ich im Bett. Ich war –"

Bevor ich fertig bin, lässt uns das Geräusch einer zuschlagenden Tür unten beide zum Flur hinüberblicken.

„Ist noch jemand hier?", frage ich.

Herr Bjorn nickt ernst. „Mein Bruder Evan."

Schritte sind auf der Treppe zu hören, und Herr Bjorn

seufzt, tritt einen Schritt zurück und lehnt sich an die Wand. „Robert?" Die tiefe Stimme von Herrn Bjorns Bruder unterbricht die Stille.

„Hier drin."

Ich bereite mich darauf vor, einem weiteren riesigen Mann gegenüberzustehen. Wird er wie Robert aussehen? Ist er jünger oder älter?

Ich bekomme meine Antwort, als er in Sicht kommt.

Sie sind eineiige Zwillinge. Meine Muschi flattert, als weitere dunkle Augen meine finden und sich ein halbes Lächeln auf seinem Gesicht abzeichnet. „Ich wusste nicht, dass du einen Gast hast", sagt er und mustert mich mit warmem Humor in seinen Augen.

„Der Schlüsseldienst", antwortet Robert.

„Ich wusste nicht, dass es Schlosser gibt, die so aussehen."

Sie sind identisch, aber mit subtilen Unterschieden, die mich faszinieren. Während Roberts Augenbrauen ernst und gerade sind, ziehen sich Evans Augenbrauen zu Formen zusammen, die eine subtile Belustigung vermitteln. Während Roberts Augen ein dunkles Schokoladenbraun haben, fast verschluckt von den pechschwarzen Pupillen, wirken Evans Augen heller und funkeln vor Schalk.

„Es gibt Schlosser in allen Formen und Größen", sage ich lächelnd.

„Hmmm …" Er wirft seinem Bruder einen Blick zu. „Sie bringt also die Schlösser wieder an?"

„Ja", sagt Robert schroff. „Natürlich."

Evan schüttelt den Kopf. „Ich verstehe nicht, warum das nötig ist. Das ist unser Zuhause. Warum sollten Teile davon unzugänglich sein?"

„Du weißt warum." Robert verschränkt die Arme, streckt die Brust heraus und beißt die Zähne zusammen.

„Was denken Sie?", fragt Evan mich. Er neigt den Kopf

zur Seite und zieht fragend eine Augenbraue hoch. Vielleicht ist dieser Raum für beide Männer wichtig, aber der eine zögert, ihn zu benutzen, und der andere nicht?

Ich zucke mit den Schultern. „Wenn Kinder im Haus wären, würde ich sagen, behalten Sie die Schlösser. Aber wenn nur Sie hier wohnen, brauchen Sie sie nicht."

„Es sind nur wir", sagt Evan. „Im Moment –"

Robert schnaubt. „Können wir einfach …" Er sieht mich an und merkt, dass er meinen Namen vergessen hat.

„Goldie", sage ich zu ihm.

„Lass Goldie ihre Arbeit machen. Es ist schon spät. Ich bin sicher, sie möchte nach Hause gehen."

Ich möchte ihm sagen, dass ich gerne mit ihm in diesem Fantasieland Zeit verbringen würde, aber mit Evan hier sind die Dinge gerade viel komplizierter geworden.

Robert verlässt den Raum, und Evan folgt ihm. Dann bin ich allein, um das kaputte Schloss zu ersetzen. Es dauert nicht lange, den alten Schließzylinder zu entfernen und einen neuen einzubauen. Damit alles reibungslos funktioniert, sind einige Anpassungen erforderlich, aber als ich fertig bin, möchte ich nicht gehen. Ich fühle mich wie Aladdin in der Schatzhöhle. Es wäre vernünftig, zu gehen, aber trotz des Risikos scheint es mir viel reizvoller, mich inmitten all dieser Reichtümer umzusehen. Mir ist bewusst, dass es das Zuhause eines anderen ist, aber das kann meine Neugier nicht unterdrücken.

Als ich die Fesseln berühre, spüre ich, wie meine Erregung wächst. Meine Brustwarzen pressen sich gegen den Stoff meines Unterhemdchens, und meine Muschi ist heiß und feucht zwischen meinen Beinen. Es wird noch heißer, als ich eine Schublade voller Dildos, Klammern und anderen Dingen finde, die ich mir bisher nur vorgestellt habe.

Es ist, als wäre ich an einen Ort geraten, der meinen Träumen entsprungen ist.

Ich fahre mit meinem Finger über einen massiven Glasdildo, der sich kalt anfühlt. Wie würde es sich anfühlen, wenn Robert ihn in mich hineinschieben würde? Bei diesem Gedanken zittert mein Körper.

Dann räuspert sich jemand in der Tür. Ich drehe mich um und sehe Evan und Robert mit vollkommen unterschiedlichen Gesichtsausdrücken. Robert ist rot im Gesicht und kann mich kaum ansehen, als hätte ich ihn nackt mit seinem Schwanz in der Hand erwischt. Evan grinst breit und seine Augen verraten, dass er Bescheid weiß.

„Gefällt Ihnen etwas davon?", fragt Evan.

Mein Mund ist plötzlich trocken; all die aufgestaute Sehnsucht nach etwas, das mich endlich zufriedenstellen wird, schnürt mir die Kehle zu.

Ich möchte Ja sagen.

Ich möchte ihm sagen, wie sehr ich mich in diesem Raum meinen eigenen Begierden hingeben könnte.

Ich möchte beiden sagen, dass es hier nichts gibt, wofür man sich schämen müsste – zumindest was mich betrifft –, aber ich habe auch Angst. Wenn ich offen über meine Wünsche spreche, könnte hier und jetzt etwas passieren, und diese Aussicht ist ebenso beängstigend wie erregend.

Jahrelange Warnungen vor Fremden haben dazu geführt, dass ich mir wegen meiner Sicherheit mit diesen beiden riesigen Männern ständig Sorgen mache. Und obwohl ich mir schon einige ziemlich abwegige Fantasien ausgemalt habe, habe ich mir nie mehr als einen Mann vorgestellt. Robert allein wäre vielleicht in Ordnung gewesen, aber ihn mit zwei zu multiplizieren, ist eine ganz andere Perspektive, auch wenn Evan genauso gut aussieht.

Es herrscht eine unangenehme Stille, und ich öffne meinen Mund, immer noch unsicher, was ich sagen soll. Dann klingelt mein Telefon.

Es ist die perfekte Unterbrechung zum perfekten Zeitpunkt, und als ich rangehe, stelle ich fest, dass ich einen weiteren Notfall zu erledigen habe. Zwei in einer Nacht. Wie hoch ist die Wahrscheinlichkeit dafür?

Am Ende des Gesprächs schaue ich zu den beiden gut aussehenden, imposanten Männern auf, die in der Tür stehen. „Ich bin mit den Schlössern fertig", sage ich. „Und ich muss gehen."

„Ich habe Ihr Geld unten", antwortet Robert. „Ich bringe Sie zur Tür."

Evan grinst, bleibt aber still, während ich meine Werkzeuge zusammenpacke und Robert folge. In der Küche gibt mir Robert das vereinbarte Honorar in bar, und ich nehme es entgegen, wobei ich seinem tiefen, unergründlichen braunen Blick lange genug begegne, dass mein Herz einen Sprung macht. Er schluckt so heftig, dass es fast hungrig wirkt. Ich hoffe, Sehnsucht in seinem Blick zu sehen, vielleicht Erregung. Ich möchte, dass er dieselbe Anziehungskraft verspürt wie ich und dieselbe Verzweiflung, lang unterdrückte Fantasien auszuleben, aber sein Blick ist verschlossen. Ich stecke das Geld in die Tasche meines Overalls.

„Danke, dass Sie so schnell gekommen sind", sagt er. „Und ... für Ihre *Diskretion*."

„Das ist okay. Das ist mein Job."

Robert räuspert sich, seine Unsicherheit ist so deutlich spürbar, dass mein unruhiges Inneres brodelt. Er dreht sich um und deutet mir mit einer Handbewegung an, zur Eingangstür zu gehen. Bevor ich sie erreiche, wird von außen ein Schlüssel im Schloss gedreht, und ein weiterer Mann stößt die Tür auf und füllt den Türrahmen aus. Plötzlich stehe ich einem weiteren Klon von Robert gegenüber. Es ist nicht Evan, denn der kommt gerade die Treppe herunter. Es gibt drei von ihnen?

Drillinge.

Der neue Herr Bjorn schaut sich um, sein Gesichtsausdruck wechselt von ernst zu überrascht, und dann, als seine Augen meine finden, blitzen sie golden auf, funkelnd, als würde in ihrer Tiefe ein Feuer lodern. Ich blinzle, Unsicherheit lässt mein Herz höher schlagen. Ich kneife die Augen zusammen und versuche zu verstehen, was ich sehe, während Schock und Angst mich durchströmen. Ich trete zurück, mein Instinkt übernimmt die Kontrolle, aber ich kann nirgendwohin. Robert ist so nah, dass mein Hintern gegen seine Oberschenkel drückt und mein Hinterkopf gegen seine feste Brust stößt. Ich drehe mich so schnell um, dass mein Nacken schmerzt, und sehe, dass Robert mich anstarrt. Auch seine Augen lodern golden. Ich schnappe nach Luft und erinnere mich an ihre frühere satte schokoladenbraune Farbe. Die neue Farbe ist hell und unnatürlich und lässt mich vor Angst erschauern. Die Treppe knarrt, was meine Aufmerksamkeit auf sich zieht, und ein Bilderrahmen klappert, als Evan taumelt, den Mund vor Schock offen und die Augen in derselben glitzernden Farbe wie die seines Bruders. Er schlägt mit den Armen um sich, um sich an der Wand abzustützen, während Roberts Hände meine Oberarme umfassen. Ein Moment statischer Elektrizität lässt die Haare auf meinen Unterarmen zu Berge stehen. Der Druck seiner Finger und das Gewicht seiner Handflächen sollten mich erschrecken, aber stattdessen geben sie mir Halt auf eine Weise, die ich nicht verstehe.

Der Mann an der Tür schaut auf den Boden, blinzelt und schüttelt sein zotteliges, dunkles Haar. Als sein Blick wieder auf mich fällt und er mich durch seine gesenkten Lider und dichten, dunklen Wimpern anstarrt, ist es, als hätte ich mir alles nur eingebildet. Anstelle von glitzerndem Gold sind warme schokoladenbraune Iris zu sehen. Ich werfe einen kurzen Blick auf Evan und drehe mich dann zu Robert um, wo ich dasselbe feststelle. Ich blinzle verwirrt und erwache aus einem Traum.

„Hunter, Goldie geht gerade", schnauzt Robert.

„Sie geht, aber –"

„Nicht jetzt", sagt Robert scharf. Er schiebt mich praktisch aus der Tür, und als ich draußen auf der Stufe stehe, drehe ich mich benommen und verwirrt um, verzweifelt bemüht, zu verstehen, was zum Teufel gerade passiert ist.

„Nochmals vielen Dank", sagt Robert schnell, schließt die Tür vor meiner Nase und verriegelt sie hinter mir.

4

GOLDIE

Die Arbeit nach dem Auftrag bei den Bjorns dauert ein paar Stunden, und dann liege ich noch mindestens eine Stunde im Bett und grüble über die verwirrendste Nacht nach, die ich in meiner Karriere als Schlosserin erlebt habe. Das Zimmer. Die Drillinge. Das seltsame Augenphänomen. Ich schüttle den Kopf und blinzle in die Dunkelheit. Ich muss mir die goldenen Augen und die statische Elektrizität eingebildet haben. Ich war müde, erschöpft sogar, und es war düster im Flur. So muss es gewesen sein oder eine Lichtreflexion. Die Alternative … nun, es gibt keine Alternative, die mich nicht zu einer Spinnerin machen würde, die an paranormale Verschwörungen glaubt.

Ich wache erst nach zehn Uhr morgens auf und gehe mit knurrendem Magen in meine Küche.

Ich mache mir eine große Schüssel Haferbrei, füge ein Stück gesalzene Butter und einen Löffel Honig hinzu, so wie es meine Mutter immer gemacht hat, damit er genau richtig schmeckt. Ich werde viel Energie brauchen, um meine Wohnung von oben bis unten zu putzen und die Wäsche einer ganzen Woche zu waschen. Ich setze meine Kopfhörer auf, um mir ein Thriller-Hörbuch anzuhören. Und hoffe, dass es mich davon abhält, mit meinen Gedanken an seltsame Orte abzuschweifen. Aber die unheimliche Geschichte lässt mir einen Schauer über den Rücken laufen und zwingt mich, sie beiseitezulegen.

Als ich mit den Hausarbeiten fertig bin, dusche ich und ziehe eine enge schwarze Jeans und ein gelbes Oberteil an, das von einer Schulter herunterfällt. Es ist süß, aber sexy und ein perfektes Outfit für Tag und Nacht. Ich treffe mich mit meiner Freundin Rosie zu einem späten Mittagessen, bei dem es höchstwahrscheinlich Mimosas geben wird, und sie möchte unbedingt eine neue Bar in der Nachbarstadt ausprobieren. Immer wenn wir ausgehen, komme ich viel später nach Hause, als ich erwartet hatte.

Ich nehme ein Taxi zu dem kleinen Diner, den wir so lieben. Dort gibt es die besten Burger und Zwiebelringe. Die Pommes sind mit Käse, scharfer Salsa, Avocado und Jalapeños belegt und die Milchshakes sind einfach himmlisch. Zumindest wird mir der Alkohol, den ich später trinken werde, mit einem Bauch voller leckerem Essen nicht allzu sehr zusetzen.

Als ich ankomme, geht Rosie gerade zum Diner. Ich bezahle die Rechnung beim Taxifahrer, während Rosie auf dem Bürgersteig wartet. Ihr kurzes Blumenkleid wird vom Wind erfasst, und sie zieht ihre Jeansjacke enger um sich. Der Wind ist stark und das Wetter ungewöhnlich kalt, und ich bin dankbar für den warmen schwarzen Mantel, den ich in letzter Minute mitgenommen habe.

„Hey, Girl", sagt Rosie und zieht mich in eine große Umarmung, während der Taxifahrer sich in den fließenden Verkehr einreiht.

„Auch hey."

Wir treten zurück und grinsen uns an. „Siehst gut aus, Goldie. Etwas hat deine Wangen zum Leuchten gebracht."

Ich runzle die Stirn und schüttle den Kopf. „Das muss

mein Make-up sein."

Sie hakt sich bei mir ein und wir gehen zur Tür des Diners namens *The Shake It Up*. Rosie drängt sich hinein und sofort schlägt uns der Geruch von gegrilltem Fleisch entgegen. Mir läuft das Wasser im Mund zusammen, aber dann wird mir klar, dass wir später noch in die Bar gehen und nach Barbecue riechen werden. Na ja, was soll's. Männer lieben gegrilltes Fleisch. Wahrscheinlich werden sie sich um uns herum versammeln und ihnen wird das Wasser im Mund zusammenlaufen.

Wir setzen uns an unseren üblichen Tisch und werfen einen Blick auf die Speisekarte, obwohl wir in neun von zehn Fällen dasselbe bestellen. Rosie streicht sich ihr kastanienbraunes Haar hinter das Ohr und beißt sich auf die Unterlippe. „Ich habe Lust auf Steak", sagt sie.

„Ernsthaft? Du willst mal was anderes probieren?"

„Oh ja. Ich habe Lust auf eine Veränderung. Das Leben ist langweilig geworden." Sie legt die Speisekarte auf den weißen Tisch zwischen uns und lehnt sich in dem abgenutzten roten Kunstledersitz zurück. „Also, was lässt dich so strahlen? Da muss ein Mann im Spiel sein."

„Ich strahle nicht", murre ich.

Rosie verengt die Augen und grinst. „Verleugnen bringt nichts. Wer ist er?"

Ich verdrehe die Augen, aber das Lächeln, das sich auf meinen Lippen abzeichnet, verrät mich. Ich falte die Hände vor mir und beuge mich vor. „Nur ein Kunde."

„Ein Kunde?"

„Ja, ein Kerl, der einen Schlüsseldienst benötigte."

„Und du hast mehr als nur sein Schloss repariert?"

„Nein." Ich schnaube, als der Kellner uns unterbricht. Er ist neu und seine Augen verweilen etwas zu lange auf uns. Ich bestelle einen Burger mit Pommes und einen Vanille-Milchshake, und Rosie wählt ein Steak mit Pommes und einen Erdbeer-Milchshake. Er schenkt uns Wasser aus einer Glaskanne ein und lässt sie auf dem Tisch stehen. Wir sehen ihm beide nach, wie er geht.

„Die Aussicht hier hat sich seit unserem letzten Abendessen wirklich verbessert."

Ich verziehe das Gesicht und erinnere mich an den früheren Kellner, dessen Hose immer zu tief unter seinem dicken Bauch hing und einen Streifen Haut am Rücken und seine Poritze entblößte. „Das hat es definitiv", stimme ich zu.

„Also, wer ist der Kerl – sorry, der Kunde – und was lässt dich strahlen?"

„Ich habe dir doch gesagt, er ist nur ein Kunde, aber er war süß. Er hatte diese stoische, schweigsame, grüblerische Art an sich. Du weißt doch, wie sehr ich zurückhaltende Männer mag."

„Ja, weil du dir gerne vorstellst, dass sie äußerlich cool sind, aber innerlich brodeln."

„Er brodelt unter der Oberfläche", gebe ich zu.

„Woher weißt du das?"

„Das kann ich dir nicht sagen. Kundenvertraulichkeit. Sagen wir einfach, ich habe während meiner Arbeit einige persönliche Dinge über ihn herausgefunden."

Rosie beugt sich vor. „Komm schon, Goldie. Du musst es mir sagen. Du weißt, dass ich es für mich behalten werde."

Ich weiß nicht so recht. Rosie ist zwar eine gute Freundin, aber Diskretion ist nicht gerade ihre Stärke. Ich lege meinen Finger auf die Lippen, um zu signalisieren, dass ich nichts verraten werde.

„Spaßverderberin!"

Der Kellner kommt mit unseren Milchshakes zurück, Rosie strahlt ihn an und berührt verführerisch ihr Haar. „Vielen, vielen Dank."

„Gern geschehen, Ma'am."

Sie schmilzt praktisch auf dem Boden dahin. Als er den nächsten Tisch abräumt, fächelt Rosie sich mit der Hand Luft zu. „Ist es nicht toll, wenn ein gut aussehender Mann gute Manieren hat?"

„Er bietet einen guten Kundenservice."

„Er kann mich im Bett jederzeit Ma'am nennen."

Wir schnauben beide vor Lachen, aber sie beobachtet ihn wie ein Adler, der über einem Kaninchen kreist.

„Kannst du mir wenigstens einen Namen und eine Beschreibung geben?"

„Robert", sage ich. „Er ist groß, dunkelhaarig und sieht auf eine raue Art gut aus, wie ein Mann aus den Bergen … ein Holzfällertyp, wenn du weißt, was ich meine?"

„Geisttier?" Rosie hat eine Vorliebe für Geisttiere. Anscheinend hat jeder Mensch ein Tier, dem er entweder vom Charakter oder vom Aussehen her oder von beidem am ähnlichsten ist. Rosie ist überzeugt, dass mein Geisttier ein gelber Schmetterling ist. Gelb wegen meiner goldenen Haare und ein Schmetterling, weil sie das Gefühl hat, dass ich unruhig bin.

„Bär", antworte ich. „Er ist kräftig gebaut, hat dunkles Haar und einen Bart."

„Brustbehaarung?"

Ich schnaube mitten beim Trinken meines Milchshakes. „Was glaubst du, was ich mache, wenn ich zu Leuten nach Hause gehe, um ihre Schlösser auszutauschen?"

„Man kann das erkennen", sagt sie.

„Er trug einen Pullover. Zum Glück war nichts zu sehen."

„Es gibt nichts Schöneres, als sich in einen warmen Teppich zu kuscheln."

Ich rümpfe die Nase. Ich mag ein bisschen Brusthaar, aber es als Teppich zu bezeichnen, finde ich nicht besonders ansprechend.

„Augenfarbe?"

„Braun", antworte ich. Und Gold. Seltsam, funkelnd, leuchtend, strahlend golden. Das erzähle ich Rosie aber nicht. Sie würde mir vorwerfen, dass ich zu viele Twilight-Romane gelesen habe oder so etwas.

„Gut. Große Hände?"

„Definitiv."

„Schönes Haus?"

„Wie aus einem Märchen", gebe ich zu.

„Also reich?"

„Wer weiß? Manche Menschen haben riesige Häuser, aber keine liquiden Mittel."

„Ja." Rosie reibt sich das Kinn und mustert mich. „Ich habe ein gutes Gefühl bei diesem hier."

Neben ihrer seltsamen Besessenheit von Geisttieren glaubt Rosie auch, dass sie einen sechsten Sinn hat.

„Was gibt dir ein gutes Gefühl?"

Sie wackelt mit den Fingern und schaut nach oben und nach links. „Ich bin mir nicht sicher. Er fühlt sich genau richtig an."

Ich schnaube und lasse mich in den Stuhl zurückfallen. „Das hast du auch von Devon gedacht." Rosie liebte meinen Ex, bis er mich für eine Rothaarige verlassen hat.

„Ja, nun, Devon hat sich seinem Schicksal widersetzt."

„Ja, direkt in die Vagina einer anderen."

„Genau. Die mystische Kraft der Vagina darf nicht unterschätzt werden."

Genau in diesem Moment taucht unser Kellner wieder mit unserem Essen auf und jongliert ungeschickt mit den Tellern, bevor er sie abstellt. Rosie bemüht sich, ihr Lachen zu unterdrücken, und seine Wangen glühen so rot wie das Kunstleder, auf dem wir sitzen.

Als er sich davonmacht und vergisst, uns einen guten

Appetit zu wünschen, brechen wir beide in schallendes Gelächter aus.

Um acht Uhr abends sitzen wir in der *Blue Lounge* und schlürfen ihren Hauscocktail, den *Blue Diamond*. Ich habe keine Ahnung, was darin enthalten ist, aber nach einem halben Glas dreht sich mir schon der Kopf. Die Musik ist so laut, dass der Boden vibriert, und weiße, türkisfarbene, dunkelblaue und violettfarbige Lichter blinken und verleihen dem Raum das Gefühl, unter Wasser zu sein. Das Publikum ist eine interessante Mischung aus College-Studenten Anfang zwanzig und Berufstätigen Mitte vierzig. Rosie und ich sitzen auf Barhockern an der Bar, in der Hoffnung auf weitere Drinks und in der Nähe des Barkeepers, der wie ein junger Marlon Brando aussieht – genau Rosies Typ.

Ich schaue mich in der Menge um und bin fasziniert davon, wie die Mädchen tanzen und die Männer ihnen dabei zusehen. Wir Menschen glauben gern, dass wir unsere animalische Seite hinter uns gelassen haben, aber was hier passiert, ist ein offensichtliches Paarungsritual. Ich will mich gerade wieder Rosie zuwenden, als eine Bewegung an der Tür meine Aufmerksamkeit erregt. Ich beobachte einen Mann, der sich an der Bar vorbeischleicht. Ich kann nur seine Schulter und seinen Hinterkopf sehen, aber mein Herz macht einen seltsamen Sprung, weil mir das Bild so vertraut vorkommt. Ist das Robert?

Das wäre schon ein ziemlicher Zufall. In den sechs Monaten, die ich jetzt hier wohne, ist er mir noch nie aufgefallen. Jetzt sitzt er in einer Nachbarstadt in derselben Bar wie ich. Ich versuche, ihn im Auge zu behalten, aber er verschwindet in der Menge. Er schien mir nicht der Typ für eine Bar wie diese zu sein. Er würde besser in einen Gentlemen's Club passen, mit einer Zigarre und einem Glas Single Malt.

„Geht es dir gut?", fragt Rosie. „Du siehst aus, als hättest du einen Geist gesehen."

„Ich glaube, er ist hier."

Sie runzelt die Stirn und schaut über ihre Schulter, obwohl sie keine Ahnung hat, wen sie sucht.

„Mr. Stoisch", sage ich.

„Oh, das wird gut werden. Wo ist er?"

„Er ist es vielleicht gar nicht –"

„Du bist komplett rot geworden", lacht sie. „Meine Güte. Er hat wirklich eine Wirkung auf dich."

Ich glätte meine Haare, auch wenn das Rosie noch mehr amüsiert. „Sehe ich okay aus?", frage ich. „Nur für den Fall, dass er vorbeikommt. Nichts zwischen den Zähnen?" Ich grinse breit, und Rosie schüttelt den Kopf.

„Du glaubst wohl nicht, dass ich es dir längst gesagt hätte, wenn es so wäre. Für was für eine Freundin hältst du mich eigentlich?"

Ich berühre ihren Arm. „Für eine gute, Süße."

„Er sollte besser herkommen", sagt sie. „Wenn er nicht kommt, ist er ein Idiot."

„Ich dachte, du hättest ein gutes Gefühl bei diesem?"

„Ja, aber Männer." Sie lässt diese Aussage stehen, weil sie keiner Erklärung bedarf. Es gibt einen Grund, warum wir beide im Moment Single sind. Die Auswahl an guten Männern hat sich als gering erwiesen, und keiner von uns hat die Geduld, sich mit einer Beziehung aufzuhalten, die unsere Zeit nicht wert ist.

Ich nippe an meinem Cocktail und suche verzweifelt nach etwas, das mich von der Tatsache ablenkt, dass ich den Drillingen und ihrer seltsamen Intensität erneut gegenüberstehen könnte, und dieses Mal in der Öffentlichkeit. Was würde Rosie sagen?

Es ist nicht passiert, flüstert mein Verstand. *Du hast dir alles eingebildet.*

Vielleicht war die Sache mit den goldenen Augen nur

eine Täuschung des Lichts, aber Hunters wütender Gesichtsausdruck war echt, und Roberts verzweifeltes Bedürfnis, mich aus der Tür zu drängen, war ebenfalls unbestreitbar.

Die Art, wie wir uns trennten, war nicht normal.

Ich werfe wieder einen Blick über die Schulter, in der Hoffnung, ihn in der Menge zu entdecken, aber stattdessen fällt mir ein großer, blonder Mann im Anzug auf, der in einer Gruppe steht. Er lächelt breit, und mein Instinkt, höflich zu sein, zerrt an meinen Wangen. Verdammt! Er kommt rüber.

„Mann im Anmarsch", zische ich Rosie zu.

Sie dreht sich mit einem breiten Lächeln im Gesicht um und erwartet Robert. Das blonde Haar verrät, dass er es nicht ist.

„Hi", sagt er. „Ich bin Mark."

„Ich bin Goldie, und das ist Rosie."

„Hi, Rosie." Sein Blick schweift über meine Freundin und bleibt für eine Sekunde zu lange auf ihren nackten Beinen hängen. Mein Gott, Alter. Entscheide dich doch mal! Er schwankt ein wenig auf seinen Füßen und sein Bier schwappt über den Rand seines Glases auf den Boden und bespritzt Rosies Füße.

„Herrgott", ruft sie. „Du hast dein Bier auf meine Füße geschüttet."

„Ich kann es für dich ablecken", lallt Mark.

Dieser Kerl ist buchstäblich der Schlimmste.

„Ich werde es einfach abwischen, aber danke für das nette Angebot."

Mark weicht zurück, als Rosie sich auf den Weg zur Toilette macht. „Also, Goldie ... das ist übrigens ein schöner Name."

„Danke." Ich nippe an meinem Getränk und bete, dass Rosie bald zurückkommt.

„Wie gefällt dir dein Abend?"

„Ganz gut. Was ist mit dir?"

„Jetzt, wo ich mit dir rede, besser."

Der Typ tut mir leid. Er ist offensichtlich sehr betrunken und hat in Sachen Flirten noch einiges nachzuholen. Er sieht ganz gut aus, ist aber nicht mein Typ. Zu sehr Durchschnittsmann in Kombination mit Captain America; klare Linien, die nicht einprägsam sind.

„Nun, ich bin hier, um eine schöne Zeit mit meiner Freundin zu haben", sage ich, in der Hoffnung, ihn vom Bleiben abzuhalten. Ich schaue über meine Schulter und bete, dass Robert sich mir nähert. Es ist dumm, zu wollen, dass er den Kerl verscheucht, aber das ist es, was ich will. Einen starken, stoischen Bären von einem Mann, der kommt und sein Revier verteidigt.

Seit wann bin ich sein Revier? Gott. Mein Gehirn gleitet in seltsame Bereiche ab.

Marks Freunde kommen vorbei, als Rosie sich nähert. Sie ist im Gesicht und auf der Brust gerötet. „Geht es dir gut?", flüstere ich.

„Ich habe eine Art allergische Reaktion", sagt sie. „Es muss etwas in der Steaksoße gewesen sein."

„Meinst du?"

„Ich weiß es nicht. Ich sollte ein Antihistaminikum nehmen."

„Scheiße. Okay." Ich rutsche von meinem Hocker und greife nach meiner Jacke, während Rosie ihre Arme in ihre Jeansjacke steckt.

„Wohin gehst du?", lallt Mark, ergreift meinen Arm und ich erstarre.

„Meine Freundin muss nach Hause."

„Aber wir haben gerade erst angefangen."

„Es tut mir leid", sage ich, als Rosie den Mund öffnet, um den Kerl zu beschimpfen. Er ist zu betrunken, um sich die Mühe zu machen, wütend zu werden.

„Es muss dir nicht leid tun. Bleib", sagt der Freund und beugt sich vor. Sein Biergeruch ist überwältigend.

„Das können wir nicht", antworte ich. „Man sieht sich."

Mark hat meinen Arm noch immer nicht losgelassen, und ich versuche, ihn zurückzuziehen, aber er klebt an mir wie eine Klette.

Hinter mir spüre ich seine Annäherung, bevor ich ihn sehe. „Sie hat gesagt, dass sie gehen muss." Roberts grollende, aber ruhige Stimme lässt einen heißen Puls der Erleichterung durch mich fahren. Ich drehe mich um und stelle fest, dass er sich über uns alle erhebt, eine wahrhaftige Wand aus Mann. Rosies Augen weiten sich und blicken zwischen Robert und mir hin und her. Mark lässt schließlich meinen Arm los, als Roberts zusätzliche Größe und Muskelmasse in seinem primitiven Hirn ankommen. Siehst du, das ist es, was mich an der Welt stört. Ich kann so viel sagen, wie ich will, aber es braucht immer noch einen übergroßen Mann, um mit solchen Situationen umzugehen.

Ich trete einen Schritt zurück und finde mich an Roberts harten Körper gepresst. Sein Duft umhüllt mich, bringt mich zurück in den Raum meiner Fantasien und überwältigt meine Sinne. Alles an ihm bringt mich aus dem Gleichgewicht.

Rosie schaut zwischen uns hin und her, ihre Augenbrauen heben sich. Hat sie bemerkt, wie ruhig ich in seiner Gegenwart bin? Kann sie sehen, was ich fühle? Beruhigt. Sicher. Verankert. Gesehen. All das ist verrückt. Es ist nicht möglich, dass der Körper eines Menschen den eines anderen so kennt, wie meiner den von Robert kennt.

Aber es fühlt sich echt an, als ob ich mich allein durch den Körperkontakt mit ihm in die richtige Position gebracht hätte. Er legt seine große Hand auf meine Hüfte, heiß wie ein Brandzeichen, beruhigend wie eine beschwerte Decke.

„Es ist Zeit, weiterzuziehen", sagt er zu Mark und seinen

Anhängern. Er sagt es ohne Aggression, aber seine Bedeutung ist brutal offensichtlich. Wenn ihr nicht weitergeht, werde ich euch zwingen. Mein Höschen ist plötzlich schamlos feucht.

Ich frage mich, ob er so etwas auch im Schlafzimmer sagen würde. ‚Es ist Zeit, deine Beine zu spreizen, Goldie.‘ ‚Es ist an der Zeit, mir deine hübsche Muschi zu zeigen.‘ ‚Es ist an der Zeit, meinen Schwanz herauszuholen.‘ ‚Es ist an der Zeit, die Wichse aus mir herauszuficken.‘

Oh, Mann.

Er muss wirklich starke Pheromone haben, denn ich verliere langsam den Verstand. Ich drehe meinen Kopf, um ihn anzusehen, und finde seinen grimmigen und umwerfend gut aussehenden Blick. Ich gerate ein wenig ins Schwärmen, als sich seine Hand auf mein Fleisch legt, aber sein Blick wendet sich nicht von den Männern vor uns ab. Er knirscht mit dem Kiefer so fest, dass sein Bart zuckt.

Mark murmelt etwas vor sich hin, aber sein Freund, der etwas nüchterner zu sein scheint, schickt ihn weg. Aus dem Augenwinkel sehe ich Evan und Hunter auf der anderen Seite der Tanzfläche, aber ich vermeide mehr als einen flüchtigen Blick. Selbst wenn ich sie nur überfliege und sie in meinem Umfeld wahrnehme, durchfährt mich ein Schauer von Hitze und Unbehagen.

„Danke“, sage ich und erwarte, dass Robert mich loslässt. Seine Finger bewegen sich, aber statt mich loszulassen, legt er seine andere Hand auf meine Taille und senkt seine Lippen auf mein Ohr.

„Es ist Zeit, nach Hause zu gehen, Goldie.“

Allein der Klang seiner Stimme und die Wärme seines Atems auf meiner Haut lassen mich erschaudern. Ich schließe meine Augen, atme ihn ein und lasse seine Nähe auf mich wirken. Meine Synapsen brennen wie Glühwürmchen um Mitternacht. Ich würde Wachs in seinen Händen sein.

Ich werde allerdings nie die Gelegenheit haben, das Ausmaß seiner Dominanz und Kontrolle zu erfahren.

„Ja", flüstere ich. Meine Stimme geht in der Musik unter, aber er hört mich, richtet sich auf und löst seinen Griff.

„Ich begleite euch hinaus." Seine Hand auf meinem Ellbogen ist elektrisch, und ich bewege mich wie hypnotisiert.

Rosie folgt mir und starrt mich mit großen, ungläubigen Augen an. Draußen hält Robert sein Telefon an sein Ohr. „Ja. Die *Blue Lounge*." Er steckt das Telefon wieder in seine Tasche. „Das Taxi ist in fünf Minuten da."

„Das hättest du nicht tun müssen", sage ich.

„Woher wusstest du, dass wir ein Taxi brauchen?", fragt Rosie.

„Entschuldige, Rosie, das ist Robert. Robert, Rosie." Ich gestikuliere zwischen den beiden.

„Zwei Drinks an der Bar." Roberts Hände finden den Weg in seine Taschen und er verbreitert seine Haltung, um uns vor dem Wind zu schützen.

Schweigen herrscht zwischen uns, als Rosie ihre Hand auf die Brust presst.

„Es ist immer noch schlimm", sage ich. „Ich frage mich, was es war."

„Wer weiß? Ich sollte Antihistaminika mit mir herumtragen. Diese Reaktionen werden immer häufiger."

„Pilze", sagt Robert.

„Was?", fragen Rosie und ich beide gleichzeitig.

„Hast du Pilze gegessen?"

„Ja. In der Steaksauce", sagt Rosie langsam. „Woher wusstest du das?"

Robert zuckt mit den Schultern. „Das ist eine häufige Reaktion. Am besten vermeidet man sie."

Wie aus dem Nichts hält das Taxi neben uns an. Robert

öffnet die Tür, und Rosie gleitet hinein und starrt ihn an, als sei ihm ein zweiter Kopf gewachsen. Ich bin wie erstarrt und weiß nicht, wie ich mich von einem Mann verabschieden soll, mit dem ich mich tief verbunden fühle, den ich aber kaum kenne. „Also –"

„Also." Er lächelt, und es ist wie die Sonne, die nach einem düsteren Sturm durch die grauen Wolken scheint. „Schlaf gut, Goldie."

In das Taxi einzusteigen, fühlt sich an, als würde man gegen die Anziehungskraft eines Magneten arbeiten. Ich kann nicht aufhören, Robert anzuschauen, während das Taxi wegfährt. Erst als wir drei Meter entfernt sind, tauchen Evan und Hunter hinter ihm auf. Sie sind ferne Gestalten, als ihre Augen in der Nacht golden aufblitzen und mir den Atem rauben. Es ist eine Erleichterung, dass Rosie auf die Straße schaut.

„Was zum Teufel war das?" Sie nimmt meine Hand. „Du zitterst ja."

„Ich habe absolut keine Ahnung."

„Was auch immer zwischen euch ist, es ist mächtig. Ich habe es dir gesagt. Ich habe ein Gefühl."

„Ich auch", sage ich. „Aber ich habe keine Ahnung, was das für ein Gefühl ist."

5

GOLDIE

Mein Geschäft befindet sich am Ende der Hauptstraße von Braysville. Es ist ein kleiner Laden, nicht viel breiter als die Breite einer Tür mit einem schmalen Fenster, in dem ich meine Schlösser ausstelle. Im Inneren befindet sich eine Fundgrube an Schlössern, Schlüsseln, Türgriffen und Vorhängeschlössern. Ich habe sogar eine Schlüsselkopiermaschine.

Hier fühle ich mich am meisten zu Hause.

Heute mache ich eine Bestandsaufnahme. Ich habe in letzter Zeit viele Schlösser eingebaut und muss meine Vorräte auffüllen, aber bevor ich in meinen Laden gehe, parke ich und gehe über die Straße zum gegenüberliegenden Lebensmittelgeschäft. Ich muss mein Mittagessen und einige Reinigungsmittel kaufen. Die unangenehme Seite der Inventur besteht darin, den Laden von dem angesammelten Staub zu befreien.

Die Einkaufswagen stehen direkt vor der Tür. Ich nehme einen und gehe hinein. Aus den Lautsprechern an der Decke ertönt sanfte Fahrstuhlmusik, und ich lasse mich herumtreiben, um die Dinge zu finden, die ich brauche, während ich die seltsamen Ereignisse der letzten Nacht noch einmal Revue passieren lasse. Ich stehe neben der Fleischtheke, als ich eine Stimme höre, die ich wiedererkenne.

„Steak und Lachs, bitte."

Als ich mich umdrehe, erschreckt von der Vertrautheit, stehe ich den Bjorn-Drillingen gegenüber. Ich schwöre, der Erste, der mich sieht, knurrt unter seinem Atem. Hunter.

„Hi." Ich winke ihnen ein wenig zu, während mein Herz in meiner Brust einen seltsamen Hüpfer macht, gefolgt von dem Versuch, aus seinem gerippten Gefängnis auszubrechen. Sie sehen so unglaublich gut und so unsagbar wild aus.

Ein Rudel rauer Männer.

Eine Kraft, mit der man rechnen muss.

Robert hat seine dunkle Hose und den Pullover gegen Jeans, Stiefel und eine dunkle marineblaue Jacke getauscht. Evan trägt ein helleres Shirt und Hunter ist ganz in Schwarz gekleidet. Ihre schokoladenfarbenen Augen wandern über meine Jeans und mein rosa Tanktop, als würden sie alle meine Vertiefungen und Kurven kartieren, um sie später zu erkunden. Sie sehen so hungrig aus wie Bären.

An einem so öffentlichen Ort bin ich nicht in Gefahr, aber die Erinnerung an die seltsame Sache mit den Augen von letzter Nacht ist noch frisch, und mir läuft ein Schauer über den Rücken.

Robert legt schnell seine Hand auf Hunters Arm. Er ist etwas breiter als Robert, hat noch zotteligeres Haar als seine Brüder und einen härteren Zug um die Lippen. Robert hat die vertraute Falte zwischen den Brauen. Der Drilling im Hintergrund, der mich teuflisch angrinst, ist eindeutig Evan.

Der Versuch, herauszufinden, welchen Drilling ich vor mir habe, ist wie eine Runde „Wer ist es?".

Ist es ein Mann? Ja. Sieht er aus, als wolle er in ein

Erdloch kriechen? Robert. Sieht er so aus, als wolle er deine Leber essen? Hunter. Sieht er so aus, als hättest du ihm gerade die Eier gekitzelt? Evan.

Ich sage meinem Verstand, er soll still sein, während das Blut meine Wangen erhitzt.

„Nicht hier", zischt Robert Hunter zu.

„Sie ist ... Wir müssen es ihr sagen."

Robert schüttelt den Kopf. „Schön, dich wiederzusehen", sagt er zu mir. „Wir müssen gehen."

Hunters Augen bohren sich in meine; die Dunkelheit in ihnen ist so beunruhigend, als stünde ich am Eingang einer unerforschten Höhle. Sein unerschütterlicher Blick jagt mir einen Schauer über den Rücken. Er hat keinen Grund, mir etwas Böses zu wünschen. Ich bin nur eine Schlosserin, und ich habe nichts getan, was die Bosheit der Bjorn-Brüder rechtfertigen würde.

Robert nickt mit dem Kopf, als wolle er mir sagen, dass ich weitergehen soll, also schnappe ich mir die Packung Speck, wegen der ich gekommen bin, und gehe weg. Ich verabschiede mich nicht, weil mir das alles zu seltsam vorkommt, aber als ich zehn Schritte den Gang hinuntergehe, ruft Evan mit singendem Tonfall: „Wir sehen uns." Ich fahre fast aus der Haut. Seine Worte haben etwas Bestimmtes an sich, als wäre es garantiert, dass wir uns wieder über den Weg laufen.

Ich bezahle schnell meine Sachen und eile dann über die Straße, um so schnell wie möglich in meine sichere Umgebung zu kommen. Was auch immer es mit Hunter auf sich hat, Robert scheint ihn zügeln zu müssen, wenn ich in der Nähe bin. Das mit den Augen, wenn es denn keine Einbildung war, passierte nur, als Hunter durch die Tür kam. Lag es an ihm oder hat es etwas damit zu tun, dass die Drillinge zusammen waren? Ich schüttle den Kopf, während ich meinen Laden aufschließe und die Tür schnell hinter mir schließe.

Bei den Brüdern Bjorn schrillen meine Alarmglocken. Vielleicht ist es der abgelegene Ort, an dem sie leben, der mich beunruhigt. Oder die Tatsache, dass sie zu dritt sind und sich so sehr ähneln. Wurden Drillinge nicht früher in Freakshows gezeigt? Die Leute fanden sie schon immer ein wenig beunruhigend.

Und doch finde ich sie faszinierend und anziehend.

Das Telefon unterbricht meine Gedanken, und ich notiere mir die Details eines weiteren Notfalls. Ein Mann hat sich aus seinem Haus am Rande der Stadt ausgesperrt. Es liegt auf halbem Weg zwischen hier und dem Haus der Bjorns. Ich hänge mein Schild „Bin in einer Stunde zurück" an die Tür. Jetzt verzögert sich meine geplante Bestandsaufnahme auf frustrierende Weise.

Es dauert fünfzehn Minuten, um den Ort zu erreichen. Er ist abgelegen, auf einem Feldweg hinter einer Mauer aus sich wiegenden Bäumen. Mein Auto ruckelt über den felsigen Boden, während mein Unbehagen wächst. Bis gestern hatte ich mir über meine Sicherheit im Zusammenhang mit meiner Arbeit keine Gedanken gemacht. Ich lebe in einer Kleinstadt, in der ich mich wohlfühle und die mich vor den Schrecken der restlichen Welt schützt, aber heute ist alles anders. Obwohl die Bjorns durchweg höflich waren, gehen sie mir nicht aus dem Kopf. Alles, was ich an ihnen seltsam finde, könnte genauso gut nur mein Vorurteil sein. Ich schüttle den Kopf. *Sie sind nur Männer, deren Ei sich im Mutterleib geteilt hat. Reiß dich zusammen.*

Am Ende der Einfahrt kommt ein Mann in mein Blickfeld, der auf der Veranda sitzt. Er ist von einschüchternder Größe und sieht sehr rau aus, mit abgewetzten Jeans und Stiefeln und grauem Haar, das aussieht, als sei es seit Jahren nicht mehr geschnitten worden. Sein Gesicht hat etwas Wolfsähnliches und seine glasigen, gelblich schimmernden Augen wirken stechend und wachsam. Er steht auf, als ich näher heranfahre und parke, aber er wartet an der Tür, während ich mein

Werkzeug und die neuen Schlösser hole, die ich für die Arbeit brauche.

„Hallo", sage ich. „Tut mir leid, dass Sie warten mussten."

Sein Blick wandert von meinem Gesicht an meinem Körper hinunter. Es ist nicht viel zu erkennen; mein hastig angezogener Overall ist sicher nicht sexy, aber das scheint ihm egal zu sein. Ich fühle mich in der Gegenwart dieses Mannes genauso unwohl wie zuvor in dem Laden mit den Bjorn-Brüdern.

„Ich nehme an, Sie haben sich vergewissert, dass es keine offenen Fenster gibt?"

Der Mann nickt. „Alles ist gut verschlossen."

„Okay, dann lassen Sie uns die Tür aufbohren und Sie reinbringen."

Er nickt und beobachtet mich, während ich die Treppe zur Tür hinaufsteige. Die Tür selbst hat schon bessere Tage gesehen. Die Farbe blättert ab, und das Holz an der Unterseite ist leicht verrottet. Die Stufen sind schmutzig, mit Schlamm und Blättern bedeckt, wo ich meine Sachen abstellen muss. Das ganze Anwesen macht einen heruntergekommenen Eindruck, auch der Mann. Ich inspiziere das Schloss und vergewissere mich, dass das, was ich mitgebracht habe, als Ersatz geeignet ist. Der Mann räuspert sich hinter mir, und als ich mich umdrehe, stelle ich fest, dass er noch näher gekommen ist. Seltsam nah.

„Ich muss nur etwas aus meinem Auto holen", erkläre ich und mein Instinkt, etwas Abstand zwischen uns zu bringen, setzt ein.

„Ich muss da rein", sagt er, und meine Nackenhaare richten sich auf. Da ist eine Dringlichkeit in seiner Stimme, die mir nicht richtig erscheint. Der Typ ist seltsam und die Situation gefällt mir nicht. Vielleicht ist das nicht sein Zuhause. Das ist immer ein Risiko bei diesem Job.

„Ich brauche nur eine Minute." Ich hebe mein

Werkzeug auf und gehe zurück zum Auto und zum Kofferraum. Ich lege mein Werkzeug auf den Boden, während ich nach meinen Schlüsseln suche. Ich will weg von hier. Es ist mir egal, ob ich zugestimmt habe, diesen Job zu machen. Ich schaue zu der Stelle, an der der Mann stand, aber er ist nicht mehr da. Er steht direkt hinter mir.

„Was machen Sie da?", zischt er.

Scheiße. Meine Hände zittern an meinen Seiten. „Ich muss zurück zum Laden … Ich habe nicht das richtige Werkzeug und Schloss dabei. Ich muss mehr Vorräte besorgen", sage ich. Das Zittern in meiner Stimme ist offensichtlich.

Der Mann grinst, und seine braunen Zähne sind hässlich. „Ich bin nicht dumm."

Ich schüttle den Kopf. „Ich habe nicht gesagt, dass Sie dumm sind. Ich habe nur einen Fehler gemacht." Die Blätter knirschen unter meinen Füßen, als ich zwei Schritte zurück zur Fahrertür meines Autos gehe. Wenn ich nur nah genug herankomme, kann ich einsteigen und losfahren. Ich muss es einfach können. Aber der Mann ist da, er folgt mir, und mein Herz fühlt sich an wie eine Basstrommel in meiner Brust. Oh, Gott!

Ich lege meine Hand auf den Türgriff meines Wagens, aber bevor ich ihn aufreißen kann, ist der Mann da und packt mich am Handgelenk. „DU GEHST NIRGENDWO HIN!" Spucke fliegt aus seinem Mund und landet auf meiner Wange. Ich versuche, meinen Arm zurückzureißen, aber er ist stark und drohend, und die Panik, die mich durchströmt, überwältigt jeden zusammenhängenden Gedanken.

„LASS MICH LOS!" Ich schreie, aber meine Kehle ist wie zugeschnürt und ich klinge zu verängstigt, als dass es irgendeine Wirkung hätte. Er grinst und drückt mein Handgelenk so fest, dass ich vor Schmerz aufschreie.

„Du kommst mit mir", zischt er.

Die Art und Weise, wie er mich angrinst, ist sexuell, und der Gedanke daran, dass dies zu ernsthafter körperlicher Gewalt eskalieren könnte, dreht mir den Magen um. Aber was kann ich tun? Ich kann nicht gegen ihn kämpfen. Er ist zu stark. Ich kann nicht fliehen. Ich bin hier mitten im Nirgendwo. Niemand weiß, wo ich bin oder wann ich zurückkommen werde.

Ich stolpere, als er mich zurück zum Haus zerrt. Auf der Treppe falle ich auf die Knie. Ich versuche aufzustehen, aber bevor ich dazu komme, werden wir durch das Knirschen von Laub hinter uns gestört. Der Mann dreht sich vor mir um, und sein scharfes Einatmen lässt auch mich zusammenzucken und mich umdrehen.

Und was ich sehe, löst in mir eine ganz andere Angst aus.

Bären.

Oh mein Gott.

Zwei riesige, schwerfällige Bären.

Ich raffe mich auf, als der Mann mit erhobenen Händen rückwärts auf das Haus zugeht, als ob das die Bären zum Stehen bringen würde. Das tut es aber nicht. Ich stolpere zurück und stoße mit meinem Körper gegen die Tür, aber ich kann nirgendwohin. Ich weiche zur Seite und denke, wenn ich nah genug herankomme, kann ich zu meinem Auto sprinten. Die Bären bewegen sich langsam, aber sie können rennen, wenn sie es müssen. Die Angst weicht einem Gefühl der Unausweichlichkeit. Ich werde es nicht schaffen. Es sind zu viele von ihnen, sie knurren und schmatzen, ihr Speichel tropft.

Aber ich muss es versuchen.

Mein Blick richtet sich auf die riesigen Raubtiere. Der erste Bär legt eine Pfote auf die Stufe, und das ist alles, was ich sehe, bevor ich renne.

Weglaufen ist vielleicht nicht das Richtige. Im Park in der Nähe meines Hauses liefen die Hunde ohne Leine herum. An einem Sommerabend, als ich acht Jahre alt war, bellte mich ein großer Hund an, und ich rannte aus Angst weg. „Lauf, und sie denken, du willst spielen", hatte meine Mutter mir zugerufen, als ich schluchzte, nachdem der Besitzer den Hund eingefangen hatte. Ich weiß noch, wie ich mir den Rotz am Saum meines Shirts abwischte, während meine Mutter die Nase rümpfte, als ob sie etwas Unangenehmes riechen könnte.

Wenn du wegläufst, machst du dich zur Beute. Aber meine Reaktionen sind nicht rational, und in dieser schrecklichen Situation übernimmt mein Instinkt die Kontrolle.

Früher wollte ich mit den Bären aus den Träumen meiner Mutter kuscheln, um meine Einsamkeit zu bekämpfen, aber jetzt, wo ich einen in echt gesehen habe, kann ich nicht verstehen, wie ich jemals einem Raubtier so nahe kommen wollte.

Das Laub und die Erde knirschen unter meinen Füßen und machen so viel Lärm, dass die Bären meine Bewegungen mit Sicherheit mitbekommen werden. Ich höre den Mann rufen, dass sie weggehen sollen, und dann einen durchdringenden Schrei, der mir den Magen zuschnürt, bis mir die Galle im Hals steckt.

In diesem Schrei liegt Schrecken. Und Schmerz. So viel Schmerz.

Ich laufe schneller als je zuvor, aber nicht so, wie ich es geplant hatte. Mein Auto ist nicht erreichbar, wenn die Bären in der Nähe sind. Hinter dem Haus ist ein Waldstück, und dorthin tragen mich meine Füße. Zweige zerkratzen meine Beine, und mein Knöchel brennt vom Umknicken auf dem unebenen Boden. Die biegsamen Äste der kleinen Büsche zerkratzen mein Gesicht und meine Hände, während ich versuche, so schnell wie möglich wegzukommen, aber nichts davon hält mich auf. Das ist meine einzige Chance.

Das Geschrei geht weiter, vermischt mit Fauchen und Knurren, und ich renne schneller. Meine Lungen brennen, und mein Herz fühlt sich an, als würde es mir die Rippen brechen, aber ich laufe weiter. Das hektische Knirschen kommt näher, das Geräusch von Waldboden, auf dem Füßen aufschlagen. Ich reiße den Kopf herum, um zu sehen, was da ist, weil ich befürchte, dass ein Bär meine Fährte aufgenommen hat und mich in den Wald verfolgt. Aber es ist einer der Bjorn-Brüder, der so schnell rennt, wie er kann.

„Stopp", knurrt er. „Goldie, ist schon gut. Du brauchst nicht zu rennen."

„Da sind Bären!", schreie ich, während meine Beine mich immer noch so schnell tragen, wie sie können. Meine Muskeln sind erschöpft, deshalb wird mein Tempo langsamer.

„Es ist in Ordnung. Sie sind weg."

Er hat mich fast eingeholt, so schnell kann er rennen, und er ist kaum aus der Puste. Er streckt den Arm aus, fasst mich um die Taille und bringt mich mit einer Kraft, die sich unnatürlich anfühlt, zum Stehen. Mein Kopf peitscht von der Geschwindigkeit vor und zurück, und er zieht mich an seine Brust, seine Arme umschließen mich. Meine Lungen heben sich, um genug Luft zu holen, und ich lege meine Hände auf ihn und drücke, weil ich mehr Platz brauche.

„Da sind Bären", keuche ich. „Zwei von ihnen. Sie haben einen Mann angegriffen. Sie werden uns wittern. Wir müssen weg."

Evan lächelt, langsam und lässig, auch seine Augen lächeln. „Die Bären sind weg, Goldie. Ich habe sie verscheucht."

„Du hast sie verscheucht?" Meine Hände zittern vor Adrenalin, aber mein Verstand kommt langsam aus dem Kampf-oder-Flucht-Modus heraus. Warum ist Evan hier? Und wie konnte er in so kurzer Zeit zwei riesige Bären verscheuchen?

Evan nickt, leckt sich über die Lippen und streckt seine

Hand aus, um meinen Arm zu berühren. „Es ist jetzt in Ordnung. Komm einfach mit mir zurück. Dir geht es gut. Es gibt nichts zu befürchten."

Ich trete einen Schritt zurück, während der Wald um mich herum drohend aufragt. Ein Windstoß peitscht mir die Haare aus dem Gesicht, und ich zittere. Ich möchte diesem Mann vertrauen, aber ich kenne ihn nicht, und ich fühle mich verletzlicher als je zuvor, wie ich so an diesem einsamen Ort stehe.

„Es ist in Ordnung, Goldie. Ich bringe dich zurück zu deinem Auto und begleite dich zurück in die Stadt."

„Ich muss zur Polizei gehen", sage ich. „Ich muss berichten, was passiert ist."

Evan nimmt sanft meinen Arm und führt mich zurück zum Haus. Ist der Mann noch da? Hat der Bär ihn getötet? „Da war ein Mann", sage ich. „Der Bär ... er –"

„Ich habe keinen Mann gesehen", antwortet Evan. „Die Bären waren einfach dort und haben nach Futter gesucht."

„Da war ein Mann. Ich war hier, um ein Schloss auszutauschen, aber er war ... er war ..." Ich verschlucke mich an einem Schluchzen und bekomme den Rest der Worte nicht mehr raus.

Evan legt seinen Arm um meine Schultern und zieht mich näher zu sich heran. Sein Shirt riecht nach Tannenzapfen und Winterfrost, und er ist so warm. „Es ist alles in Ordnung. Du musst dir um nichts Sorgen machen."

„Aber ich muss es der Polizei sagen."

Wir nähern uns dem Haus, und ich schaue mich hektisch um, um sicher zu sein, dass keine Gefahr auf mich wartet. Ich zweifle ein wenig daran, dass ich diesem Kerl trauen kann, aber was bleibt mir anderes übrig? Ich kann nicht vor ihm weglaufen. Aber warum ist er hier?

„Was wirst du ihnen sagen?", fragt er. Er zuckt mit den Schultern, als ob der Gedanke, ihnen etwas zu sagen, sinnlos wäre.

„Du verstehst das nicht. Die Bären haben ihn getötet. Ich habe Schreie gehört. So schreckliche Schreie." Ich schlinge meine Arme um mich, als die Erinnerung an den Schrecken dieses Geräusches wieder in meinen Ohren dröhnt.

„Es war niemand hier, Goldie. Nur ein paar Bären, die nach Futter suchen."

Ich runzle die Stirn, denn das ist nicht wahr. Die Schreie, die ich hörte, waren voller Schmerz. Könnte eine Person so schreien und dann weglaufen, bevor Evan angekommen ist?

Aber warum sollte er lügen? Ich sehe ihn an und sein Gesicht ist teilnahmslos, als ob er sich um nichts auf der Welt kümmern würde. Als ob alles, worüber ich in Panik geraten bin, nur ein Hirngespinst gewesen wäre.

„Da waren Bären!" Ich glaube, ich muss ihm das noch einmal sagen, damit er den Ernst der Lage begreift.

Evan lächelt. „Bären haben einen schlechten Ruf", sagt er. „Sie sind nicht wirklich an Menschen interessiert. Sie suchen nach dem Essen, das die Menschen hinterlassen."

Meint er das ernst? Ich bin mir sicher, dass ich schon mal Statistiken über Todesfälle durch Bärenangriffe gesehen habe. Sie sind Fleischfresser, nicht wahr? Und Menschen sind Fleisch.

Wir sind fast am Haus, und ich schaue in alle Richtungen, fast sicher, dass wir das Knirschen von Blättern hören werden und wieder rennen müssen. Mein Auto ist in Sichtweite. Ich könnte es schaffen, wenn sie dort sind, nehme ich an. Aber statt Bären sehe ich nur Robert und Hunter, die an etwas lehnen, von dem ich nur annehmen kann, dass es ihr Fahrzeug ist. Es ist ein riesiger schwarzer Pick-up, so bedrohlich und dunkel wie ihr Haus und so voller Kraft. Roberts Gesicht ist ernst und besorgt; er schreitet zu mir, legt seine Hände auf meine Oberarme und mustert mich von Kopf bis Fuß. „Geht es dir gut?"

Ich nicke, der Kloß in meinem Hals brennt von seiner

Sorge. Es ist schon so lange her, dass sich jemand Sorgen um mich gemacht hat, und ich kann es einfach nicht ertragen.

„Nun, das ist gut."

Ich werfe einen Blick über Roberts Schulter und sehe, dass Evan mit Hunter in leisem Ton spricht. Hunters Augen sind auf seinen Bruder gerichtet, aber dann huschen sie zu mir, und ich bin von ihrer Intensität überrascht. Er scheint vor meinen Augen größer zu werden, als er sich aufrichtet, die Schultern zurückzieht und den Kopf hochhält, und ich kann den Blick nicht abwenden.

Hunter starrt mich eindringlich an. Seine Augen scheinen dunkler zu sein, hungriger. Evan stellt sich zwischen uns, während Hunter seine Fäuste an den Seiten ballt, als würde er sich kaum zurückhalten können. Die Art und Weise, wie er steht und fast knurrt, erinnert mich an einen Bären, der sich auf seine Hinterbeine stellt.

Ich trete einen Schritt von Robert zurück, der einen Blick über seine Schulter wirft, sich dann umdreht und sich zwischen seine Brüder und mich stellt. „Du solltest gehen", sagt Robert. „Steig in dein Auto und fahr los." Seine Stimme ist eindringlich. Hat er einen Bären gesehen?

Ich renne zu meinem Auto, springe hinein, schnappe mir meine Tasche und fummele nach meinen Schlüsseln, während ich die Türen abschließe. Fuck. Verdammt. Meine Hände zittern so sehr, dass es schwer ist, den Schlüssel ins Zündschloss zu stecken, und ich muss mich am Lenkrad festhalten, um Halt zu finden. Ich fahre los, bevor mir einfällt, mich umzusehen.

Als ich in den Rückspiegel schaue, sehe ich keine Bären.

Ich sehe die Bjorn-Brüder nicht in ihren Pick-up einsteigen.

Ich sehe Robert und Evan, die Hunter zurückhalten, während er meinem Auto hinterherstarrt; seine Augen blitzen erneut golden auf.

6

GOLDIE

Auf dem Weg in die Stadt wechsle ich von Zittern und Weinen zu einem seltsamen Gefühl der Euphorie, da ich allen Gefahren entkommen bin.

Dieser Mann hat mir nichts getan.

Die Bären haben mir nichts getan.

Die Bjorn-Brüder haben mir nichts getan.

Ich bin sicher.

Ich halte vor meinem Geschäft an, stütze mein Gesicht in die Hände und atme tief und ruhig, um mein rasendes Herz und meine keuchenden Lungen zu beruhigen. Mein Körper fühlt sich wund an, weil ich so schnell und hart gerannt bin. An meiner Hose klebt Laub und an meinen Turnschuhen Schmutz, aber es geht mir gut.

Ich bin wirklich in Ordnung.

Bevor ich die Tür öffne, schaue ich mich um, denn ich muss mich vergewissern, dass nichts Gefährliches um mich herum ist. Was erwarte ich zu sehen? Noch mehr Bären im Stadtzentrum? Das ist unwahrscheinlich. Der Mann mit den braunen Zähnen, der zurückkommt, um mich zu bedrohen? Das ist eine Möglichkeit. Er hat mich angerufen, also kannte er die Adresse meines Ladens, und er hat nicht bekommen, was er wollte. Wenn er den Bären entkommt, besteht die Möglichkeit, dass er hierherkommt. Eine Möglichkeit, die sich für mein Empfinden zu real anfühlt.

Scheiße.

Ich kann so nicht leben. Ich muss arbeiten, um Essen auf den Tisch zu bringen. Vielleicht sollte ich die ganze Sache der Polizei melden, aber was würde ich sagen? Der örtliche Sheriff sagte einmal zu einer Frau, die Opfer häuslicher Gewalt war, dass sie vielleicht besser kochen lernen sollte. Das ist kein Mann, der Vertrauen erweckt. Er ist niemand, zu dem ich mit einer Geschichte über Bösewichte und Bären rennen möchte, die eher nach einem Märchen als nach der Realität klingt.

Er wird mich auf keinen Fall ernst nehmen. Ich bin mir sogar ziemlich sicher, dass er es einfach so abtun wird, als wäre ich eine weitere hysterische Frau. Ich schaue mich noch einmal um und taste nach dem Türgriff. Ich kann es schaffen. Ich muss es tun. Es wird kein großer, starker Mann kommen, der mich zu meinem Laden begleitet. Wenn ich meine Inventur beenden und weitere Anrufe entgegennehmen will, muss ich da rein.

Da fällt mir ein, dass ich mein Werkzeug auf dem Boden hinter dem Auto liegen gelassen habe.

Fuck.

Schlosserwerkzeuge sind nicht billig, aber ich kann nicht dorthin zurückgehen, um sie zu holen. Der Mann könnte immer noch dort sein, oder die Bären. Ich kann es mir im Moment nicht leisten, alles neu zu kaufen. Ich stecke fest. Frustriert reiße ich die Tür auf, und als ich mich aus dem Auto hieve, stehe ich Robert gegenüber.

Dreimal an einem Tag.

Mein Herz hüpft, die Erinnerung an die Angst ist noch

in jeder Zelle meines Körpers präsent. Er nickt, lächelt aber nicht, immer ernst und wachsam.

„Du hast dein Werkzeug vergessen", erklärt er und hebt seinen Arm, um mir zu zeigen, dass er meine wertvolle Fracht trägt. Ich bin so erleichtert, dass ich ihn am liebsten umarmen würde. Erleichtert, dass ich kein kleines Vermögen ausgeben muss, um wieder arbeiten zu können, und er hier ist und ich nicht allein bin.

Ein großer, starker Mann, der mich rettet. Nicht gerade ein Ritter in glänzender Rüstung, aber er ist gut genug.

„Danke", schwärme ich.

Ich habe nicht das Gefühl, dass Robert es gut fände, wenn ich ihn umarmen würde. Eine Erinnerung an das Zimmer, das er so verzweifelt hinter Schloss und Riegel verstecken wollte, schießt mir durch den Kopf, und ich erschaudere. „Willst du nicht reinkommen?" Ich zeige auf meinen Laden und sehe, wie Roberts Blick zu seinem Auto zurückschweift. Ich bin zu ängstlich, um allein hineinzugehen. „Ich kann uns schnell einen Kaffee machen. Ich habe Kekse. Um Danke zu sagen."

Roberts dunkle Augen treffen meine, suchend und intensiv, aber bevor er Nein sagen kann, strecke ich die Hand aus und berühre ihn am Arm. „Bitte."

Ob es mein Flehen oder der Körperkontakt ist, der ihn umstimmt, spielt keine Rolle, denn als er nickt, durchströmt mich ein Gefühl der Erleichterung und ein Hauch von Vorfreude.

Ich fummele mit den Schlüsseln an der Tür herum, meine Hände zittern so sehr, dass sie mich verraten. Robert gibt jedoch keinen Kommentar ab. Stattdessen nimmt er mir behutsam die Schlüssel aus der Hand und öffnet mir die Tür.

Er folgt mir in mein Geschäft, legt mein Werkzeug auf den Ladentisch und sieht sich die Auslagen mit den Schlössern und Griffen an. Macht ihm das Drehen eines

Schlüssels in einem Schloss genauso viel Spaß wie mir? Ich würde im Moment so ziemlich alles tun, um zu sehen, was in seinem Kopf vor sich geht.

Ich hantiere in der Küchenzeile herum und stelle mit zitternden Händen so schnell wie möglich Kaffee und Kekse zusammen. Es ist nicht so, dass ich ihm da draußen nicht trauen würde. Ein Mann mit einem so großen Haus hat es nicht nötig, mich zu beklauen. Außerdem verströmt er Ehrbarkeit wie ein exklusives und teures Parfüm. Ich möchte nur nicht die Gelegenheit verpassen, ihm nahe zu sein und vielleicht etwas von seinem Schutzmantel abzuschälen.

Ich hole die Kekse und nehme mir einen Moment Zeit, um ihn von hinten zu betrachten: dunkles Haar, das gerade lang genug ist, um sich an einigen Stellen zu kräuseln, breite Schultern und kräftige Arme, die mich leicht tragen könnten. Riesige Hände, die mich genau so festhalten könnten, wie ich es mir erträumt habe. Genug von ihm, dass ich mich selbst nach allem, was passiert ist, glücklich und machtlos geborgen fühle.

„Was ist da draußen passiert?", fragt er, als könne er meine Augen auf seiner Haut spüren.

„Ein schlimmer Kunde", sage ich. „Ich habe es ziemlich schnell gemerkt, aber ich habe meinem Instinkt nicht getraut."

„Ja. Darin musst du besser werden." Er dreht sich zu mir um und zuckt mit den Schultern, als sollte ich seine Bemerkung mit Wohlwollen aufnehmen, ohne zu urteilen. Oder ist es etwas anderes?

Hunters Gesichtsausdruck im Wald kommt mir wieder in den Sinn, und die Art und Weise, wie seine Brüder eingreifen mussten, um ihn zu beruhigen. Leidet er an einer Art Wutstörung? Oder geistige Instabilität?

Ich lege meine Hand auf den Tresen. „Es ist schwer. Mein Instinkt ist es, höflich zu sein. Seltsam, dass es wichtiger ist, jemanden nicht zu beleidigen, als meine

Sicherheit zu schützen!" Ich zucke mit den Schultern, und Robert nickt zustimmend.

Ich reiße mich los, um die Kaffeetassen zu holen, und Robert nimmt seine dankend entgegen. Mein Laden ist kälter als mir lieb ist. Ich hatte heute Morgen keine Zeit zu heizen, bevor ich losgehetzt bin, und die Kälte zwingt uns, unsere Tassen mit beiden Händen zu umfassen.

„Wirst du also berichten, was vorgefallen ist?", fragt Robert.

Ich schüttle den Kopf, und er zieht die Augenbrauen hoch.

„Der Sheriff ist nicht gerade ein Mann, den man in einem Kampf auf seiner Seite haben möchte. Und ich habe keine Lust auf den ganzen Ärger. Das muss ich aber vielleicht, wenn dieser Mann zurückkommt."

Robert schüttelt den Kopf. „Darüber brauchst du dir keine Sorgen zu machen", sagt er.

„Warum?" Ich runzle die Stirn. Evan hatte geleugnet, den Mann überhaupt gesehen zu haben.

Robert schüttelt wieder den Kopf. „Ich habe nur das Gefühl, dass er es besser wissen würde."

Ich bin mir nicht sicher, ob das ausreicht, um meine Sicherheit zu gewährleisten. Und woher weiß Robert von dem Mann, wenn Evan sagt, er habe nur Bären gesehen? Sind sie nicht mit demselben Pick-up gekommen? Da ist ein nagendes Gefühl in mir, wie ein winziger Splitter, der mit bloßem Auge nicht zu erkennen ist. Hinter dieser seltsamen Erfahrung steckt viel mehr, als man auf den ersten Blick sieht. Oder zumindest mein Blick!

„Wo sind deine Brüder? Seid ihr nicht immer im Rudel unterwegs?"

Robert gluckst leise. „Kein Rudel, nein. Sie sind nach Hause gegangen."

„Damit Hunter auf einem Knochen herumkauen kann?"

Roberts Gesichtsausdruck ist unbezahlbar, bevor er vor Lachen prustet. Er erklärt das seltsame Verhalten seines Bruders nicht, und ich fühle mich nicht wohl genug, um zu fragen, also stehen wir für einen Moment unbeholfen herum. Wie sind sie nach Hause gekommen, wenn Robert den Pick-up genommen hat? Ich könnte fragen, aber ich bezweifle, dass er mir eine klare Antwort geben würde. Seine Augen verweilen auf meinen und gleiten dann zu meinem Mund. Ich halte den Atem an und erwarte einen Kuss, aber stattdessen stellt er seinen Kaffee auf dem Tresen ab und lässt sich vor mir auf die Knie fallen.

7

ROBERT

Goldies Knöchel sind verletzt. Sie hat es nicht bemerkt, weil das Adrenalin immer noch durch ihre Adern fließt. Ihre Panik riecht nach Sauerkirschen. Ich ziehe den Stoff ihrer losen Hose etwas hoch, während sie wie erstarrt auf der Stelle steht.

Die Angst, die von ihr ausgeht, ist wie ein Überschallknall in meinem Kopf. Innerlich bin ich so aufgewühlt, dass meine Haut aufplatzen könnte, aber ich kämpfe darum, mich zu beherrschen.

Ich blicke in ihre hübschen blauen Augen, die weit aufgerissen und verängstigt sind. Wenn ich mich nicht schon um den Grund für ihre Angst gekümmert hätte, würde ich ihn jetzt zur Strecke bringen. „Hast du einen Erste-Hilfe-Kasten?"

Sie blinzelt verwirrt, dann scheint sie wieder zu sich zu kommen. „Hinter der Theke."

Ich erhebe mich, überrage sie erneut und suche die benötigten Materialien heraus. Meine Haut fühlt sich an, als würde sie durch unsere Nähe vibrieren. Meine Lippen sind unruhig und wollen die ihren erobern. Meine Hände jucken danach, sie an all ihren weichsten, süßesten Stellen zu berühren.

Das ist etwas, was ich noch nie zuvor erlebt habe.

Hunters Worte drehen sich in einer Schleife in meinem Kopf.

Sie ist unser Schicksal.

Er hat recht – diese Dinge können nicht bestritten werden –, aber jetzt ist sie hier und der Umgang mit ihr ist der Punkt, an dem wir aneinandergeraten. Sie ist ganz anders, als ich es mir vorgestellt habe, und alles, was ich mir wünschen könnte. Goldie ist ein Geschenk, bei dem ich zu viel Angst habe, es auszupacken, denn was sich unter dem hübschen Papier verbirgt, ist aufregender, als ich es mir je vorgestellt habe.

Ich knie vor ihr nieder und kremple ihre Hose hoch, damit ich sie verarzten kann. Sie stößt einen zitternden Atem aus, als ob meine sanfte Berührung sie aus dem Gleichgewicht bringen würde. Der Anblick ihrer Schnitte und blauen Flecken erfüllt mich mit Wut. Wir hätten da sein müssen, um sie zu beschützen. Wir sind zu spät gekommen.

Das wird nie wieder passieren.

Ich gebe etwas Antiseptikum auf ein Wattepad und säubere vorsichtig das getrocknete Blut und den Schlamm. Goldie zuckt zusammen, bleibt aber ruhig. Ihre Knöchel sind zierlich, die Knochen zerbrechlich unter ihrer Haut, ganz anders als meine eigenen, kräftigen Hände. Ich könnte ihre Waden leicht mit meinen Fingern umspannen, um sie zu fesseln. Der Gedanke jagt mir einen Schauer über den Rücken, aber ich beiße mir auf die Lippe. Das Mädchen ist verwundet, und ich habe verdorbene Gedanken.

Nach dem Antiseptikum suche ich Pflaster, um die schlimmsten Wunden abzudecken. Als ich fast fertig bin, schaue ich auf und sehe, wie sie mich mit ihren hübschen rosa Lippen und den weichen goldenen Locken, die sich wie ein Heiligenschein um ihr Gesicht legen, beobachtet. Sie ist ein Engel und ich ein Teufel – eine Bestie, die um ihre Selbstbeherrschung kämpft.

Jetzt, wo das letzte Pflaster drauf ist, habe ich keinen Grund mehr, ihr zu Füßen zu liegen, aber ich kann mich nicht überwinden, aufzustehen. Noch nicht. Ich lege meine Hand sanft auf ihre Haut, und das Rauschen ihres Blutes unter meiner Hand ist wie ein Wiegenlied.

„Danke", flüstert sie.

Ihr Körper ruft mich, wie die Musik eines Schlangenbeschwörers eine hypnotisierte Schlange ruft. Ich möchte an ihrer Haut lecken, das Salz ihres Schweißes schmecken, die Süße zwischen ihren Schenkeln finden und sie kosten. Ich möchte sie öffnen wie die Seiten eines Buches und mich in all ihren Geschichten verlieren.

Sie ist eine Droge. Berauschend. Alles.

„Robert?"

Ihr fragender Ton lässt mich aus meiner Ehrfurcht aufschrecken.

„Ja." Ich erhebe mich und trete sofort einen Schritt zurück, um ein paar Meter zwischen uns zu bringen.

Ihre Augen scheinen so glasig zu sein wie meine, das normalerweise klare Blau wird von weiten, dunklen Pupillen überdeckt.

„Die Schnitte werden gut verheilen." Ich klinge, als hätte ich Kies geschluckt.

„Okay." Sie hebt ihren Becher an die Lippen und schluckt laut. Meine Kehle verengt sich auf die Breite eines Streichholzes.

„Hast du also das Zimmer abgeschlossen?"

Ihre Frage kommt aus dem Nichts, und ich verziehe das Gesicht, bevor ich meinen Gesichtsausdruck zügeln kann.

„Dein neues Schloss funktioniert perfekt."

Goldie lässt die Schultern hängen. „Ich … ich wünschte,

du hättest nicht das Gefühl, dass du das musst." Sie fummelt an einer Locke herum, während ich meine Füße bewege.

Es sollte mir nicht unangenehm sein, darüber zu sprechen, aber das ist es. Es ist ein Teil von mir, der sich schon so lange falsch anfühlt. „Aber du hältst mich immer noch für einen Freak." Ich schüttle den Kopf, aber ich schaue nicht weg. Das Knistern der Elektrizität zwischen uns ist wie ein Blitz.

„Nein!" Das Wort sprudelt nur so aus ihr heraus vor Wut. „Nein, das tue ich nicht. Ganz und gar nicht."

„Das sagst du nur so. Aus Höflichkeit."

Goldies Aufmerksamkeit wandert zur Ecke des Ladens, als ob sie überlegt, was sie als Nächstes sagen soll.

Wenn sie wirklich unser Schicksal ist, dann sollte das, was sich hinter der verschlossenen Tür befindet, nicht abschreckend auf sie wirken. Wir sollten in jeder Hinsicht füreinander geschaffen sein. Das ist es, was Schicksal bedeutet. Aber zu glauben, dass eine Frau wie Goldie, die so süß und unschuldig aussieht, jemals die Fantasien wollen könnte, die meine Brüder und mich heimsuchen, scheint zu viel des Guten zu sein. Sie schließt für einen Moment die Augen. Als sie sie wieder öffnet, konzentriert sie sich auf mich und spannt ihren Kiefer an. „Als du mich angerufen hast, um deine Schlösser auszutauschen ... habe ich fantasiert."

Allein der Gedanke daran lässt mich geräuschvoll einatmen.

„In meiner Fantasie war ich mit verbundenen Augen und Handschellen an ein Bett gefesselt, genau wie das in deinem Zimmer, während ein Fremder die Dinge tat, die du gerne tust." Sie bewegt sich nicht, aber es scheint, als kämen wir uns näher, denn ihre Worte ziehen uns mit einer magnetischen Kraft zusammen. „Ich habe noch nie jemandem von meinen Fantasien erzählt."

„Du solltest nicht so reden", sage ich schroff. „Du

kennst mich nicht. Du kennst meine Brüder nicht."

Wenn sie wüsste, was wir sind und was wir von ihr wollen, würde sie sich aus dem Staub machen. Sie würde alle Schlösser in diesem Laden benutzen, um sich zu verbarrikadieren. Sie würde alles tun, um sich unserem Verlangen nicht zu beugen. Aber sie weiß es nicht, und solange ich Hunter nicht begreiflich machen kann, dass wir uns Goldie mit Vorsicht nähern müssen, weiß ich nicht, wie wir weiter vorgehen sollen.

„Jeder ist ein Fremder, bis er es nicht mehr ist", sagt sie. „Ich habe keine Hintergedanken. Ich möchte nur, dass du verstehst, dass du mit deinen Gefühlen nicht allein bist."

Das Gefühl, dass ich ihr mit meinen Händen und Zähnen die Kleider vom Leib reißen möchte? Das Gefühl, dass ich sie so rannehmen will, dass sie eine Woche lang nicht laufen kann? Das Gefühl, dass ich ihre Haut mit rosafarbenen Striemen versehen, sie mit meinem Sperma bespritzen und sie mit meinem Geruch markieren will? Ja, ich kann mir nicht vorstellen, dass sie irgendetwas davon fühlt.

„Dinge im Kopf zu denken ist eine Sache. Sie zu tun, ist etwas anderes. Glaub mir." Ich drehe mich um, weil es einfach zu anstrengend ist, sie weiterhin anzusehen, während wir dieses Gespräch führen. Meine Hand wandert zu einem Schiebeschloss und ich berühre es vorsichtig. Das Metall ist kühl an meinen Fingerspitzen. Das ist es, was ich liebe. Das unnachgiebige Gefühl von Metall, das Gleiten eines Schlosses, die Macht der Kontrolle und die Unterwerfung, die es erzwingt.

Es ist eine verdrehte Art von Verrücktheit, dass die totale Unterwerfung einer Frau die einzige Möglichkeit ist, das Tier in mir im Zaum zu halten. Solange ich sie unter Kontrolle habe, habe ich auch alle meine niederen Triebe unter Kontrolle. Ich würde niemals das Schlimmste in mir entfesseln, wenn eine Frau machtlos ist.

Goldie stellt ihre Kaffeetasse behutsam auf dem Tresen

ab und rückt näher heran.

„Hast du … hast du …?" Meine Stimme stockt, und ich bringe es nicht über mich, die Frage zu beenden. Wenn dieser Teil von ihr lieber in Fantasien als in der Realität lebt, wäre ich am Boden zerstört. Diese Tür zu schließen und zu verriegeln war in Ordnung, als die Frau, die für uns bestimmt ist, noch abstrakt war. Sie zu finden und zu entdecken, dass sie nicht das braucht, was ich brauche … was wir brauchen … Die Enttäuschung wäre riesig und verzehrend.

„Nicht, weil ich es nicht will. Weil ich nie jemand anderen gefunden habe …"

„Und wenn du es tätest?" Ich drehe mich zu ihr um, meine Augen brennen mit einer Intensität, die Goldie erschaudern lässt. Alles an mir fühlt sich dunkel und angespannt an, es möchte sich entfesseln.

Aus dieser Nähe wirkt Goldie winzig, obwohl sie überdurchschnittlich groß und eher kurvig als zierlich ist. Ich fühle mich einfach so groß, so mächtig. Es ist berauschend.

„Wenn ich es täte …" Sie hält an einem Punkt inne, der sich anfühlt, als stünde sie an der Schwelle zu etwas Bedeutendem. Dies ist mehr als nur ein beiläufiges Was-wäre-wenn-Gespräch. In ihrem Gesichtsausdruck liegt eine gewisse Begierde. „… würde ich es versuchen wollen."

Mein Brustkorb hebt und senkt sich, mein Körper braucht mehr Sauerstoff, um das Gesagte zu verarbeiten.

Die Röte, die sich auf ihren Wangen ausbreitet, ist bezaubernd. Meine Hände ballen sich zu Fäusten, während ich versuche, die Kontrolle zu behalten. Ich bin ein ausgehungerter Mann, dem ein Festmahl vorgesetzt wird.

Sie tritt einen Schritt zurück und reagiert auf den wütenden Blick, den ich nicht unterdrücken kann.

Ich starre auf meine Hände und zwinge sie, sich zu öffnen. Mit aller Kraft versuche ich, mich zu beruhigen, die

Anspannung aus meinem Körper zu drängen. Ich bin kurz davor, das Tier in mir aus seinem Käfig zu befreien.

„Du solltest nicht so reden. Du weißt nicht, was du da sagst", flüstere ich.

„Vielleicht", sagt sie mir. „Vielleicht bin ich eine dumme Frau mit dummen Gefühlen. Oder vielleicht bin ich jemand wie du. Jemand, der mehr will, der mehr braucht. Und vielleicht ist das okay."

Ihre Erregung erfüllt die Luft wie das süßeste Parfüm, so süchtig machend, dass ich es einatme, bis mir schwindelig wird. Ihr schneller Herzschlag passt sich meinem eigenen Tempo an, das doppelt so schnell schlägt. Erleichterung durchströmt mich, gemischt mit einem Schauer der Unsicherheit.

Eine solche Versuchung ist zu verlockend.

In Märchen führen Versuchungen wie diese nur in eine Richtung. Goldlöckchen konnte dem Geheimnis der Hütte im Wald nicht widerstehen. Sie konnte sich nicht davon abhalten, den ganzen Brei zu probieren und sich auf alle Stühle zu setzen. Sie wagte sich in alle Betten und vergaß dabei die Gefahr, in der sie sich möglicherweise befand. Sie stürzte sich in die Versuchung wie ein Felsbrocken einen Berghang hinunter.

Goldie hat keine Ahnung, worauf sie sich einlässt, keine Ahnung, was auf sie zukommt.

Wenn sie diese Fantasie ernsthaft verwirklichen will, muss ich ihr zumindest etwas sagen. Ich kann sie nicht blindlings vorwärts stolpern lassen.

„Es geht nicht nur mir so", sage ich barsch, und für einen Moment scheint sie verwirrt zu sein. „Es geht auch Evan und Hunter so. Meine Brüder haben die gleichen ... Verlangen."

„Sie mögen die gleichen Dinge?"

Ich nicke und atme tief ein. „Und wir kommen als Gesamtpaket."

„Gesamtpaket? Moment mal. Was?"

8

GOLDIE

Ich brauche einen Moment, um zu begreifen, was Robert gerade gesagt hat. Drei? Als Gesamtpaket?

Drei Bjorns zum Preis von einem. Ernsthaft, was glaubt er eigentlich, wer ich bin?

Ja, ich habe Fantasien, die über das Normale hinausgehen. Ich wäre vielleicht auch bereit, diese Fantasien außerhalb einer liebevollen Beziehung auszuleben. Verklagt mich doch. Aber drei Männer?

Und es sind nicht nur drei. Die Bjorns sind große Männer. Wirklich groß. Wenn sie genauso gut ausgestattet sind, dass es zur Größe ihres restlichen Körpers passt, dann entspricht das etwa fünf oder sechs normalen Männern.

Meine Muschi verkrampft sich unwillkürlich, und ich schüttle den Kopf. Macht mich dieser Gedanke an? Es scheint so.

Roberts Nasenflügel flattern und er atmet tief ein.

„Gesamtpaket?"

Er blinzelt langsam und starrt gedankenverloren in die

Ferne. „Ja. Das wird sich auch nicht ändern. Es ist einfach so, wie es ist."

In einem verzweifelten Versuch, etwas mit meinen Händen zu tun zu finden, nehme ich einen Keks vom Teller und beiße herzhaft hinein. Ich brauche etwas Zucker, denn mir schwirrt der Kopf.

„Immer als Paket?", frage ich, mit dem Mund voller Kekskrümel.

Ein nachdenklicher Blick huscht über Roberts Gesicht. Vielleicht hat er die Möglichkeit, Zeit allein mit mir zu verbringen, bislang nicht in Betracht gezogen. Ich meine, diese ganze Sache mit dem Paket ist seltsam.

„Was wäre, wenn es nur wir beide wären, als eine einmalige Sache?" Klinge ich verzweifelt? Falls ja, dann deshalb, weil ich es bin. Wirklich verzweifelt. Ich lecke mir die Lippen. Hat sich Goldlöckchen auch so gefühlt, als sie den ganzen Brei gesehen hat? Mein Mund trieft vor Speichel bei dieser Aussicht.

„Vielleicht", antwortet Robert. „Kann ich dich später anrufen?"

Ich nicke, denn es gibt keine andere Option. Er hat mich in seinen Händen, und das ist genau so, wie ich es mag.

Als er geht, gibt es keine Freundlichkeiten, nur eine Handbewegung. Als die Tür zufällt, muss ich mich gegen den Tresen lehnen, um mich zu beruhigen. Ist das alles wirklich gerade passiert?

Ich erkenne die Frau, die ich eben noch war, nicht wieder. Ich habe mehr gewagt, als ich es je zuvor getan habe.

Nutze den Tag. Das hat mein Vater immer gesagt, auch wenn er es nie auf diese Art von Dingen bezogen hat.

Ich starre auf die sorgfältig angelegten Verbände und die gesäuberten Schnitte hinunter. Roberts Berührung war zärtlich. Er legte seine Handfläche auf meine Haut, und mein Herz hüpfte wie ein Mäuserich. Ihn vor mir auf den Knien zu sehen, fühlte sich an, als hätte ich eine mächtige

Eiche gefällt.

Mir ist schwindelig, und das liegt nicht daran, dass ich vor Bären weggelaufen bin. Es ist Robert und seine Anziehungskraft.

Bevor ich mit meiner Bestandsaufnahme beginne, verriegele ich vorsichtshalber die Tür. Ich will nicht ausgeraubt werden, während ich hinten bin, und wer meine Dienste braucht, kann klingeln. Es ist ein Wunder, dass ich mich bei all den Hormonen, die in meinem Körper herumschwirren, überhaupt konzentrieren kann. Zwischen meinen Beinen ist es so warm und schmerzhaft, dass ich mich nur mit Mühe zurückhalten kann.

Die Verweigerung von Vergnügen ist Teil dessen, was ich mag. Ich hoffe, Robert mag es auch.

Ich bin zu Hause, als mein Telefon klingelt, und bin erleichtert, dass ich mich nicht mehr nach Bären oder Männern umsehen muss. Ich bete, dass es Robert ist, und ich hoffe, er ruft an, um mir die Antwort zu geben, die ich so verzweifelt erwarte.

Er ist es. „Aber nur, wenn du heute Abend kommst", sagt er.

„Heute Abend?" Ich bin ein wenig überrascht, aber auch sehr aufgeregt. Es ist acht Uhr abends, und ich bin schon im Schlafanzug.

„Jap. Es ist die einzige Möglichkeit."

Ich denke, damit ist die Entscheidung gefallen. „Ich komme bald", sage ich, und Robert antwortet so, dass mein Höschen feucht wird.

„Braves Mädchen", murmelt er mit heiserer Stimme und legt den Hörer auf.

Oh Gott. Ich bin erschrocken und aufgeregt, glücklich und voller Bangen. Dies könnte die beste Erfahrung meines Lebens sein; der Teil, der mir gefehlt hat, solange ich sexuelle Bedürfnisse hatte. Oder es könnte schrecklich werden. Ein Flop. Nicht so wie die Fantasien, die ich mir in meinem Kopf zurechtgelegt habe. Es gibt auch die Möglichkeit von Gefahr – etwas, das ich bereit bin zu akzeptieren, auch wenn es dumm ist.

Ich muss das Risiko eingehen, denn nie zu wissen, wie es wäre, ist viel schlimmer.

Die Vorstellung, was hätte sein können, ist ein Fluch.

Ich möchte in Zukunft nicht in kalten, einsamen Nächten von Reue erfüllt sein. Also tue ich, was jede lustvolle Frau tun würde. Ich setze mich in mein Auto und fahre zu dem dunklen, geheimnisvollen Anwesen in den tiefen und unheimlichen Wäldern, verzweifelt auf der Suche nach dem Mann, der mir Schauer über den Rücken jagt und meine Schenkel zum Glühen bringt.

9

GOLDIE

Es ist dunkel im Haus der Bjorns, genau wie in der Nacht, als ich ankam und nur an die Arbeit dachte. Jetzt schwirren mir die Gedanken an all das, was ich gesehen habe und was ich noch erleben werde, im Kopf herum. Es ist ein Wunder, dass ich meinen Overall nicht durchnässt habe.

Ja, ich habe ihn wieder über meinen Satin-Pyjama angezogen. Das ist einfacher, als sich für etwas Beeindruckendes zu entscheiden. Ich möchte, dass Robert sich vorstellt, was unter meiner unförmigen Arbeitskleidung steckt. Ich möchte, dass er es unbedingt herausfinden will.

Mein Herz schlägt dreimal so schnell, während ich an der Tür darauf warte, dass er sie öffnet. Zumindest hoffe ich, dass er sie öffnet. Was ist, wenn Hunter an die Tür kommt?

Aber es ist Robert, der mich begrüßt. Er trägt einen weichen, dunkelbraunen Pullover und Jeans, sein Haar ist noch feucht vom Duschen, und die Haare in seinem Gesicht sehen verdammt sexy aus.

„Das ging aber schnell", sagt er, bittet mich herein und

schließt die große, schwere Tür in aller Eile mit einem Klirren, das meine Ankunft unterstreicht. Entweder ist er eifrig oder nervös. Ich bin mir nicht sicher, was davon. Eine Schamesröte breitet sich auf meinem Körper aus, Hitze strahlt von meinem Inneren aus. „Möchtest du etwas trinken?", fragt er, ganz der freundliche Gastgeber.

„Sicher", antworte ich. „Hast du was Hartes?" Ich meine Alkohol, aber unter diesen Umständen erröte ich angesichts der doppelten Bedeutung.

Er sieht mir in die Augen, und seine Lippen zucken. Ich habe den Verdacht, dass er mir mit einem plumpen Scherz antworten möchte, aber er ist zu sehr ein Gentleman. „Whiskey", antwortet er. „Oder Rotwein, wenn das zu hart ist."

Ich mag es hart, möchte ich flüstern. Ich würde am liebsten auf die Knie fallen und ihm zeigen, wie sehr ich es mag.

„Whiskey ist gut. Super."

Robert macht sich daran, Whiskey in zwei antik aussehende Kristallgläser zu füllen. Ich warte, bis er mir meinen reicht, dann kippe ich ihn in einem Zug runter. Verdammt, er brennt mir die ganze Kehle hinunter, aber es fühlt sich gut an. „Noch einen?", frage ich, und Robert nickt.

Der Mann hat immer noch eine stoische Ruhe an sich, obwohl er bei dem Gedanken, dass er heute Abend spielen wird, ganz schön aufgeregt sein muss. Ich kippe mir den zweiten Schluck hinter die Binde, der Alkohol beginnt bereits, meine Gedanken zu beruhigen. Ich bin vielleicht schon weit gekommen, aber ich brauche noch ein bisschen Mut für die letzte Überwindung.

„Wo sind deine Brüder?", frage ich. „Sind sie hier?"

„Nein. Evan musste eine Besorgung machen. Er hat Hunter mitgenommen."

„Also sind wir allein."

„Ja."

Wir starren uns an, meine Augen halten die seinen so lange fest, wie ich die Intensität ertragen kann.

„Möchtest du nach oben gehen?"

Meine Kehle schnürt sich zu, als er sich über die Lippen leckt. Ich bin so nah dran. So nah, dass ich das Gefühl habe, unter der Last der Gefühle in mir zusammenzubrechen. Ich kann nicht sprechen, um Ja zu sagen, und seine Augen suchen mein Gesicht nach Anzeichen dafür ab, dass ich es mir anders überlege. Er ist besorgt, dass es zu viel ist. Er hat Angst, dass ich nur gespielt habe, und jetzt, wo wir uns nahe sind, ich es nicht durchziehen kann. Könnte er die Enttäuschung verkraften? Ich weiß, dass ich es nicht könnte.

Mich überkommt eine Welle der Zärtlichkeit für diesen Mann, der sich für mich so sehr ins Zeug legt. Ich ergreife seine Hand und bin schockiert über ihre Wärme. Er glüht förmlich. Sein Blick geht zu der Stelle, an der wir miteinander verbunden sind, während er seine Finger um meine schlingt.

„Ich bin bereit."

Das Aufflackern eines Lächelns und das tiefe Ausatmen zeigen mir genau, wie er fühlt. Dann führt er mich die Treppe hinauf.

Der Raum wird von schummrigen Lampen beleuchtet, die auf zwei Beistelltischen in gegenüberliegenden Ecken stehen. Es ist warm, ein echtes Feuer brennt in einem prächtigen, verzierten Kamin, auf dem elegante Kerzen in hohen Bronzehaltern stehen. Während ich mich umschaue und alles in mich aufnehme, schließt Robert die Tür hinter uns und verriegelt sie.

Oh, dieses Geräusch. Das Drehen eines Schlüssels. Das Klirren von Metall auf Metall.

Ich zittere trotz der Hitze im Raum.

Als ich mich umdrehe, wirkt Robert irgendwie größer; die Schultern imposanter, und die großen Hände hängen an seinen Seiten, leicht angespannt. Er bewegt sich nicht auf mich zu, aber seine Augen beobachten alles. Er atmet ein, seine Nasenlöcher weiten sich leicht, und ich stelle mir vor, dass er mich riechen kann. Eine berauschende Mischung aus Erregung und Angst und dem Vanilleparfüm, mit dem ich mich eingesprüht habe, bevor ich gegangen bin. Ich rieche so gut, dass man mich essen könnte.

Wird er den ersten Schritt machen?

Das bezweifle ich.

Ich habe irgendwo gelesen, dass in einer dominant-unterwürfigen Situation der Unterwürfige die ganze Macht hat. Männer erobern gerne, aber die guten wollen wissen, dass ihre Frau sich hingeben will. Überwältigt und kontrolliert zu werden, das macht mich an. Ich muss mutig genug sein, um es wirklich zu schätzen, wenn er die Kontrolle übernimmt.

Ich gehe langsam auf ihn zu und atme den berauschenden Duft seines Parfüms ein. Er hat sich wirklich auf mich vorbereitet, und die Anstrengung ist erregend. Wurde er hart, als er seinen Schwanz wusch, bei der Vorstellung, was er später mit mir machen würde? Ich wette, das wurde er.

Roberts Augen suchen meine, sein Kiefer zuckt durch die Spannung zwischen uns.

Ich fahre mit einem Finger über den Rand seines Gesichts und beiße mir auf die Unterlippe, um zu sehen, ob er den Köder schluckt. Er muss bereit sein, mit mir auf die Reise zu gehen.

„Als ich das letzte Mal hier war, habe ich mich berührt und mir das vorgestellt, bevor du angerufen hast."

Er ergreift mein Handgelenk und hält es fest umklammert. Seine Nasenflügel flattern, als er meine Hand an seine Nase führt, und tief einatmet. Seine Augen schließen sich, als ob ihm von meinem Geruch schwindelig geworden ist. Das Gefühl, wie seine große Hand mein

Handgelenk umschließt, macht auch mich schwindelig.

„Du solltest nicht mit mir spielen", knurrt er fast und starrt mich mit hoffnungsvollen Augen an.

„Das würde ich nicht wagen."

Er schluckt den Köder. Seine freie Hand ergreift den Reißverschluss meines Overalls und zieht ihn bis zum Schritt herunter, dann schiebt er den Overall von mir herunter, bis er wie eine Pfütze zu meinen Füßen liegt. Ich stehe nur in meiner Unterwäsche da und fühle mich verletzlich und mächtig. Ich habe etwas, das er sich sehr wünscht: die Fähigkeit, ihn seine Fantasien ausleben zu lassen, und zum ersten Mal in meinem Leben werde ich mich meinen hingeben. Ich bin so aufgeregt, dass ich kaum atmen kann.

„Wenn es dir zu viel wird, kannst du mir jederzeit sagen, dass ich aufhören soll. Such dir einfach ein Wort aus, etwas, das in dem Moment nicht missverstanden wird."

Ich sage das erste Wort, das mir in den Sinn kommt. „Brei."

Robert lächelt verrucht. „Bei einem Namen wie Goldie hätte ich mir denken können, dass du eine Vorliebe für Märchen hast. Nun, was als Nächstes passiert, wird nicht wie jedes andere Märchen sein, das du gelesen hast." Er beugt sich herunter, bis sein Gesicht nur noch wenige Zentimeter von meinem entfernt ist, und unser Atem vermischt sich in dem Raum zwischen uns. Die Intensität, mit der er mich umklammert, und die schiere Größe, mit der er sich über mir erhebt, machen mich feucht. „Erinnerst du dich an dein Wort?" Ich nicke. „Gut." Er beugt sich noch weiter herunter, bis ich fast seine Lippen auf meinen spüre.

Dann leckt seine heiße Zunge über meine Oberlippe.

Ich spüre die Empfindungen überall, von den Haarwurzeln bis zu meiner Klitoris, und stöhne schon bei dieser flüchtigen Berührung. Er tut es wieder, dieses Mal nimmt er meine Oberlippe zwischen seine und saugt sanft daran. Er schmeckt nach Whiskey, und seine Lippen sind fest auf meinen. Er küsst mich langsam, mit Zunge, hält meinen Kopf mit seiner Hand in meinem Haar fest, und ich wimmere bei dieser Zurückhaltung. Er zieht sich langsam zurück, die Augenlider sind schwer und die Lippen feucht, dann führt er mich langsam zum Bett.

„Sag mir, was du willst", befiehlt er.

Ich erröte, unsicher, ob ich meine Fantasien wirklich in Worte fassen kann. Er streicht mit einem Finger über die erhitzte Haut meiner Wangen. „Alles", flüstert er. „Ich werde alles tun. Aber ich kann nicht raten, süße Goldie. Du musst deine Worte benutzen."

Zwischen meinen Schenkeln schwillt meine Klitoris an, und ich atme tief durch und stärke mich, indem ich meine Schultern aufrichte. Ich schaffe das. „Ich will alles", gebe ich zu und halte seinem Blick stand. „Schmerz, Lust, dass du mich aus meiner Komfortzone herausholst, mich betteln und flehen lässt, dich weigerst und mir dann alles gibst."

Sein Gesicht wird weicher, als hätte ich ihm gerade gesagt, dass ich ihn liebe. „Ich werde deine Fantasie wahr werden lassen." Seine Augen verdunkeln sich zu obsidianfarbenen Teichen voller böser Absichten. „Leg dich aufs Bett und spreize deine Arme und Beine."

Ich tue, was er verlangt, und zittere, als mein Rücken auf die kühlen Laken trifft und das Metall der ersten Handschelle gegen mein Handgelenk drückt. Als der Mechanismus einrastet, seufze ich. Robert presst seine Lippen auf die Haut über der Schelle und küsst mich sanft.

Als Nächstes befestigt er meinen Fuß mit einem Lederriemen. Er achtet darauf, ihn dort anzubringen, wo keine Pflaster sind, und ich beobachte ihn dabei, wie seine riesigen Hände die Aufgabe geschickt und ohne zu fummeln erledigen. Er geht zur anderen Ecke, greift nach meinem anderen Fuß und sieht zu mir auf, während er ihn in Richtung der Fesselung zieht. Es ist eine ziemliche

Dehnung für meine Beine, sie so weit zu spreizen, und seine Augen suchen meine Zustimmung. Als er sich davon überzeugt hat, dass ich es genauso sehr will wie er, wandert sein Blick zu dem Stück Satin zwischen meinen Beinen. Ich spüre, wie feucht ich bin. Vielleicht sieht er es auch. Der Gedanke ist ebenso beschämend wie aufregend.

Dann habe ich nur noch eine Hand frei.

In meiner Fantasie wurden mir vorher immer die Augen verbunden, damit ich den Mann, um den es geht, anonym halten kann. Die Realität, Robert zu sehen, so groß und intensiv, dass ich mich nicht mehr bewegen kann, ist so viel erregender. Wärme strömt zwischen meine Beine, und ich lecke mir über meine trockenen Lippen, weil ich ihn wieder schmecken möchte. Als er näher an meine Hand herantritt, verspüre ich plötzlich den Drang, ihm zu trotzen. Ich ziehe sie zu meinem Körper und schaue ihm direkt in die Augen.

„So ist das also, Goldie? Du willst mit mir spielen? Du willst mich dafür arbeiten lassen?"

Seine Augen brennen vor Verlangen nach dieser Herausforderung.

„Wenn du es willst, dann nimm es dir", sage ich.

Blitzschnell packt er meine Hand und drückt sie auf die Stelle, wo die Handschelle wartet. „Ich will es, Goldie. Ich will es so sehr, dass ich es fast schmecken kann. Und ich werde es dir so heftig geben, dass du morgen nicht sitzen kannst, ohne dich daran zu erinnern, was ich mit dir gemacht habe."

Ich stöhne, als seine Worte wie eine heiße, feuchte Zunge über meine Haut gleiten.

Robert mustert mich und schaut sich dann im Raum um, als würde er seine Optionen abwägen. Die Fülle an Spielzeugen, die ihm zur Verfügung stehen, ist überwältigend. Wie weit wird er mich beim ersten Mal treiben? Ich zittere vor Vorfreude.

Anstatt nach einem Spielzeug zu suchen, rutscht er

weiter auf dem Bett nach unten und streicht mit den Fingern über den Rand meines Unterhemds. „Ich möchte sehen, was du darunter trägst." Seine Augen sind auf seine Handbewegungen gerichtet, während er den Stoff langsam nach oben zieht und meinen Bauch, meine Rippen und die Unterseite meiner Brüste enthüllt. Er hält inne, hält den Stoff von meiner Haut fern und zögert seine eigene Befriedigung hinaus. Er schaut mir in die Augen und gleitet mit seiner Hand nach oben, bis seine Handfläche meine Brustwarze streift. Es ist nur eine unbedeutende Berührung, aber genau das macht es so viel erregender. Mein Körper zittert, als er seine Hand über dieselbe steife Brustwarze nach unten gleiten lässt, sie dann zwischen Daumen und Zeigefinger einfängt und fest zukneift.

Ich schreie vor Schmerz auf, und er sieht zu mir auf, ein verruchtes Grinsen umspielt seine Lippen.

„Tut es weh, Goldie?" Ich wimmere, als er sich die Lippen leckt. „Fühlt sich der Schmerz gut an?"

Robert schiebt das Unterhemd bis zu meinem Hals hoch und legt meine Brüste und die dunkelrosa Brustwarzen frei, die er gekniffen hat. Er beugt sich vor, leckt sanft mit seiner Zunge darüber, nimmt sie dann in den Mund und saugt fest daran, was ein Kribbeln in meiner Klitoris auslöst.

„Oh", keuche ich und hebe den Kopf, um zuzuschauen. Es hat etwas unglaublich heißes, einem Mann dabei zuzusehen, wie er an meinen Brüsten saugt. Er lässt nicht locker, presst die Lippen zusammen und leckt mit der Zunge, bis ich allein davon schon fast komme.

„Du hast einen wunderschönen Körper", sagt er, leckt meinen Bauchnabel und atmet meine Haut ein, während er sich immer weiter nach unten bewegt, bis er fast den Bund meiner Shorts erreicht hat. „Deine Haut ist so makellos. Ich kann es kaum erwarten, sie zu markieren."

„Was hast du vor?", frage ich und beobachte, wie er zu einer Truhe unter dem Fenster geht. Er öffnet eine große, schwer aussehende Schublade und sucht darin. Als er zurückkommt, hat er zwei kleine Metallgegenstände in der Hand, die wie Wäscheklammern aussehen. Herr Bjorn legt sie neben mich auf das Bett und zwickt mit den Fingern an meinen Brustwarzen, bis sie spitz sind. Dann greift er nach den Klammern und befestigt sie gleichzeitig. Die Kette zwischen ihnen fühlt sich kühl auf meiner Haut an, und es tut so weh, dass ich mich auf dem Bett wölbe und aufschreie. Der Schmerz wird fast sofort von einer angenehmen Wärme abgelöst. Robert beobachtet meine Reaktion und beugt sich über mich, bis sein Gesicht nur noch wenige Zentimeter von meinem entfernt ist. „Goldie, du bist ein böses Mädchen, nicht wahr?" Er zieht an einer Klammer und dehnt meine Brustwarze bis zum Äußersten.

„Ahh", stöhne ich ihm ins Gesicht, und er leckt die Innenseite meiner geöffneten Lippen.

„Ich habe darauf gewartet, ein böses Mädchen wie dich zu bestrafen." Seine Hand gleitet so langsam zwischen den Klammern hinunter, dass ich mich vor Kribbeln winde. Ich möchte, dass er mich zwischen meinen Beinen berührt und entdeckt, wie feucht ich bin. Ich möchte, dass er meine Reaktionen wahrnimmt und merkt, wie unglaublich toll es sich für mich anfühlt, endlich etwas zu erleben, was für mich bisher nur eine peinliche Fantasie war. Aber das tut er nicht. Stattdessen schaut er sich erneut im Raum um, geht zurück zur Truhe und kommt mit einer Schere zurück.

„Was wirst du tun?", frage ich, während mir Bilder davon durch den Kopf schießen, wie er mir die Haare schneidet.

„Ich werde deine Shorts zerschneiden, Goldie. Ich will deine Muschi sehen, aber ich will dich nicht losbinden, jetzt, wo ich dich da habe, wo ich dich haben will. Ich werde sie ersetzen."

Der erste Schnitt verläuft entlang der Mittelnaht, und das kühle Metall der Schere gleitet über die Haut meines Bauches, immer weiter nach unten, bis es über meine Klitoris gleitet. Ich halte mich völlig still, während er die zerfetzten Stoffstücke zur Seite zieht und die weichen, goldenen Haare an der Spitze meiner Schenkel freilegt. Roberts Augen sind starr auf mich gerichtet, während seine Finger durch die Locken streichen und sich immer näher an meine Muschi heranwagen, ohne sie jedoch jemals ganz zu erreichen.

Dann nimmt er die Schere wieder zur Hand, schiebt die Klinge in mein Schamhaar, schneidet ein kleines Stück ab und führt es an seine Nase. „So weich", sagt er und atmet tief ein. „Du riechst so gut."

Er legt die Schere und seine Trophäe neben mir auf das Bett und gleitet dann mit seinen Fingern zurück in meine Locken, wobei er sie fest umklammert, bis ich meine Hüften vom Bett heben muss, um den Schmerz zu ertragen.

„Ich habe die totale Kontrolle über dich", flüstert er bedrohlich. „Ich kann mit deinem Körper machen, was ich will, und du wirst mir nicht entkommen können."

„Nein", sage ich mit vorgetäuschtem Schmerz in meiner Stimme.

Als er mich loslässt und meine Hüften auf das Bett fallen, stoße ich einen scharfen Atemzug aus und schnappe nach Luft, als seine Handfläche auf das weiche Fleisch meiner Hüfte trifft. „Du sprichst nicht, es sei denn, ich stelle dir eine Frage, Goldie. Hast du verstanden?"

„Ja", keuche ich und winde mich, während sich der Schmerz des Klapses in eine köstliche, warme Hitze verwandelt.

Robert beugt sich über mich und zieht so fest an den Nippelklemmen, dass ich aufschreie. Der Schmerz brennt, aber die Nervenenden, die gegen das Metall drücken, senden einen Lustimpuls direkt an meine Klitoris, sodass ich meine Hüften wieder vom Bett hebe. „Böses Mädchen", zischt er und schlägt mir auf die Innenseite des Oberschenkels. Die Kraft seiner Handfläche drückt meine Beine weiter auseinander und öffnet meine feuchte Muschi der kalten Luft. „Das gefällt dir, nicht wahr?" Ein weiterer schneller, harter Schlag landet auf der Innenseite meines Oberschenkels.

Ich schreie auf und winde mich unter ihm, während sein Körper sich immer näher zu mir zu bewegen scheint, um mich vollständig festzuhalten. Ich merke, wie sich meine Hüften ihm entgegenstrecken, das Verlangen, ausgefüllt zu werden, wird immer lauter und ungeduldiger. Mein Verstand sehnt sich nach jeder Qual, die dieser Mann sich nur ausdenken kann – dass er mich auspeitscht, mich fesselt, mich schlägt, mich an die Decke hängt und mich mit einem Rohrstock schlägt, bis ich schluchze –, aber mein Körper kann sich nur das rohe Verlangen vorstellen, von seinem Schwanz ausgefüllt zu werden. Ich spüre, wie er sich gegen meinen anderen Oberschenkel drückt, während er sich dort positioniert, massiv und hart. Seine Finger gleiten nun leicht über meine feuchte Muschi.

„J-ja ... Ich liebe es." Ich spüre kaum den Schmerz seines Schlags – nur die großartige, brennende Schönheit der Lust, die direkt dorthin zu schießen scheint, wo es mir wehtut. Das Gefühl seiner Finger, die kaum meine Klitoris berühren, reicht aus, um Schauer der Erregung durch meinen Körper zu jagen. Meine Brustwarzen scheinen in den engen Klammern noch härter zu werden.

Ich beobachte seine Hand aufmerksam, meine Brust hebt und senkt sich schnell, während ich über all die Dinge nachdenke, die er mit mir machen wird. Er kann meine Klitoris festklemmen, wie er es mit meinen Brustwarzen getan hat, an der Kette ziehen und mich an die Grenzen von Qual und Ekstase bringen. Würde ich das wollen? Ich bin mir nicht sicher. Sich etwas vorzustellen, ist etwas ganz anderes, als es zu erleben. Vielleicht würde das zu weit gehen. Das wird sich erst zeigen, wenn er es versucht.

Seine Hand ballt sich mehrmals zur Faust und entspannt sich wieder, sein Blick ist auf meinen Schritt geheftet. Er berührt meine Klitoris ein paar Mal zaghaft, arbeitet sich langsam vor und testet meine Grenzen aus. Als er sieht, dass sich meine Hüften nur noch weiter nach oben bewegen – so weit es eben geht –, beginnt er, fester zuzuschlagen. Seine Augen lassen meine nicht los, sie messen meine Reaktionen. Ich beiße mir auf die Unterlippe und nicke entschlossen. Ich will es. Was auch immer er mir geben muss, ich will es.

Mit zitternder Stimme bringe ich die halb geflüsterten Worte hervor, die alles in Gang setzen werden. „Mein Körper gehört dir. Mach mit mir, was du willst. Ich gehöre dir."

10

GOLDIE

Als Robert schnell seine Hand hebt, spanne ich mich an und stoße einen leisen Schrei aus, in Erwartung des Schlags, der sicher folgen wird. Ich halte den Atem an und schließe instinktiv die Augen. Als der Schlag ausbleibt, wage ich einen kurzen Blick – gerade lange genug, um zu sehen, wie seine riesige Hand hart auf meine empfindliche Spalte niedersaust.

Ich schreie hemmungslos, meine Beine versuchen verzweifelt, sich zu schließen, um mich vor seinem Angriff zu schützen. Sie ziehen vergeblich gegen die stabilen Fesseln und werden resigniert schlaff. In jeder Fantasie, die ich hatte, habe ich mich gefragt, ob die Lust meiner Gedanken stärker sein würde als die Realität. Das ist sie nicht. Als der Schmerz des Schlags nachlässt, stöhne ich verzweifelt und fühle mich, als stünde ich kurz vor dem Höhepunkt. Ich brauche mehr. Durch mein Zittern und meine stockende Atmung bringe ich es fertig, herauszuplatzen: „Bitte …"

Die Bitte scheint ihm zu gefallen, oder vielleicht ist es auch meine Verzweiflung. Ein leises, grollendes Stöhnen hallt aus seiner Brust wider. Seine Finger gleiten langsam an beiden Seiten meiner Schamlippen auf und ab, wobei der Druck von Moment zu Moment zunimmt. Ich wimmere und stöhne erneut, während er mich stimuliert, und bete still darum, dass das Neckenspiel ein Ende hat. Ich will, dass er sich über mich hermacht, mich versohlt, jede einzelne unserer wilden Fantasien erfüllt.

Er versetzt mir immer härtere Schläge, mit kurzen Pausen dazwischen. Der Schmerz ist so stark, dass mein Körper völlig verkrampft und der Schmerzensschrei, den ich so verzweifelt ausstoßen möchte, in meiner Brust gefangen bleibt. Meine Augen weiten sich und starren an die Decke.

Ich möchte so gerne sehen, wie meine Muschi unter dem Schlag rot wird und anschwillt, aber mein Körper lässt das nicht zu. Ich kann kaum glauben, wie intensiv diese Empfindung ist, aber noch überraschender ist die instinktive, unaufhaltsame Reaktion meines Körpers darauf. Ich zittere und versuche verzweifelt, mich zurückzuziehen, obwohl ich mir nichts sehnlicher wünsche, als dass er weitermacht. Es ist nicht so, als könnte ich entkommen. Die Fesseln an meinen Knöcheln und Handgelenken klirren, während ich mich wehre, was mein Verlangen noch verstärkt.

Er wird langsamer und hört dann auf. Zu meiner Überraschung drücke ich meine Hüften gegen seine Hand, und meine Augen können endlich wieder zu seinen zurückkehren. Robert hat ein erbarmungsloses, erfreutes Lächeln auf den Lippen; sein Blick huscht zu meiner geschwollenen Muschi. Sein Finger reibt grob über meine Klitoris, und seine Stimme ist ein leises, raues Knurren, als er zu mir aufblickt. „Wir müssen uns jetzt um diesen Arsch kümmern, nicht wahr?"

Ich lecke mir die Lippen und flüstere: „Nein … ich kann nicht mehr."

Robert mustert mich mit kalten, abschätzenden Augen

und wartet darauf, dass ich das Sicherheitswort sage. Als ich es nicht tue, scheint er zufrieden zu sein, unser Spiel fortzusetzen. „Ich glaube, du kannst es und du wirst es tun."

Während er die Gurte an meinen Knöcheln löst, bleibe ich genau so, wie ich bin, obwohl ich nicht mehr gefesselt bin. Nachdem er die Handschellen an meinen Handgelenken geöffnet hat, setzt er sich neben mich auf das Bett. Seine großen, kräftigen Hände greifen fest um meine Taille, und er hebt mich fast mühelos hoch und legt mich über seinen Schoß. Ich versuche mich zu wehren, aber er hält mich fest.

Von der Stelle, an der er mich festhält, kann ich nichts außer dem Boden sehen, aber ich höre ein leises, schmieriges Geräusch, bevor ich spüre, wie etwas hart gegen meinen Hintern drückt. Ich spanne mich reflexartig an, aber das Eindringen lässt sich nicht aufhalten. Eine große Hand greift nach meinem Gesäß, drückt zu, zieht mich auseinander, und ich spüre, wie das glatte Spielzeug in mich hineingleitet. Ich schreie leise auf, als ich gedehnt werde, und mein Hintern verkrampft sich schließlich knapp über der breiten, ausgestellten Basis.

„Gefällt dir dein neues Spielzeug, Goldie?" Robert dreht langsam den glatten Plug in mir und ich wimmere leise zustimmend. „Gut. Du wirst ihn tragen, bis wir fertig sind, es sei denn, ich entscheide mich, dir einen größeren zu geben."

Ich bewege mich langsam auf seinem Schoß und spüre das Spielzeug in mir. Es ist ein neues, schmerzhaftes Gefühl, das von Unartigkeit geprägt ist, und obwohl ich mir nicht sicher bin, ob mir dieses Gefühl der Verletzung gefallen sollte, gefällt es mir doch. Ich presse meine Beine zusammen und winde mich, weil ich mich in meiner Muschi so leer fühle. „Wirst du mich bestrafen?"

„Natürlich werde ich das, süße Goldie. Du warst ein böses Mädchen, nicht wahr?"

Ich nicke nur verlegen, während ich über meine Schulter

zu ihm hinaufschaue. Seine Hand greift fester nach meinen Haaren, und ich schaue fast sofort wieder zu Boden.

„Ah-ah. Nichts davon jetzt. Warum sorgen wir nicht dafür, dass du nicht sehen kannst, was ich mit dir machen werde, hmm?"

Ich höre ein Rascheln, gefolgt von dem seltsam beruhigenden Gefühl, als mir eine Augenbinde über die Augen gezogen wird. Obwohl ich bereits weiß, wer unter mir ist, wer gekommen ist, um mich für meine abartigen Wünsche zu bestrafen, spielt das keine Rolle. Er bindet sie hinter meinem Kopf fest, und ich seufze leise vor Vergnügen, als die Welt um mich herum schwarz wird. Jetzt kann ich nur noch darauf warten, wann die Schläge kommen, wie sie kommen werden und was er dafür benutzen wird. Ich bin jetzt wirklich ganz in Roberts Händen.

Ich atme tief ein. Jetzt ist es soweit. Jetzt ist es wirklich soweit. Endlich werde ich Sex so erleben, wie ich es brauche.

Fast augenblicklich spüre ich, wie seine riesige Hand hart auf mein blasses, empfindliches Fleisch schlägt. Das schmerzende, brennende Vergnügen durchströmt mich, der wellenförmige Druck des Schlags stimuliert mich zwischen meinen Beinen. Er knetet die schmerzende Stelle, spreizt meinen Hintern mit einer Hand, während er mit der anderen den Plug hineindrückt. Meine Muschi öffnet sich, immer noch schmerzhaft und prall von den Schlägen, die sie erhalten hat.

Robert seufzt leise vor Zufriedenheit, drückt und knetet mein weiches Fleisch, fast liebevoll, bevor seine Hand so hart zuschlägt, dass es zu hallen scheint. Meine Augen weiten sich unter der Augenbinde, und ich beiße die Zähne zusammen, um nicht zu schreien. Ich vermute, wenn er nicht die Reaktion bekommt, die er sich erhofft, wird er einfach zu wirksameren Maßnahmen übergehen müssen. Genau das, was ich will.

„Es sieht so aus, als müssten wir eine Stufe höher gehen."

Ja. Meine Hüften bewegen sich und mein Hintern hebt sich erwartungsvoll. Etwas Unbekanntes, Kaltes und Glattes gleitet mein Bein hinauf, beginnend an meiner Fußsohle. Ich kann nicht anders, als ein wenig zu zittern, als das Spielzeug dort entlanggezogen wird. Ich erinnere mich an alles, was ich in diesem Raum hängen gesehen habe, und vermute, dass es sich um die Reitgerte handelt. Ich spreize meine Beine leicht, und was ich für die glatte Lederschlaufe am Ende der Gerte halte, wird sanft über die empfindliche Haut der Innenseite meines Oberschenkels gezogen.

Ein schauderndes Stöhnen entweicht mir bei dem Gedanken, dass er damit meine Muschi auspeitschen könnte, aber ich bezweifle, dass er das vorhat. Davon hat er schon genug gehabt. Er sagte, ich hätte wunderschöne Haut, die er unbedingt markieren wolle. Ich vermute, dass dies nicht das Letzte sein wird, was er bei mir anwenden wird, aber es wird auf jeden Fall Spuren hinterlassen.

Das Leder zischt schnell durch die Luft, gefolgt von einem brennenden Schlag auf meinen Hintern, der die Welt um mich herum trotz der Augenbinde verschwimmen lässt. Nichts existiert mehr außer dem intensiven Schmerz der Reitgerte auf meinem Hintern, und innerlich flehe ich Robert an, die andere Backe genauso hart zu schlagen. Nur einen Moment später geht mein Wunsch in Erfüllung: Ein weiterer schneller Schwung, gefolgt von einem explosiven Schub aus Schmerz und Lust, der mich feuchter macht als je zuvor.

Ich kann nicht mehr. Aber als der Schmerz sich in angenehme Hitze verwandelt, merke ich, dass ich es doch kann.

11

ROBERT

Goldie stöhnt und lehnt sich an mich, während sie gegen unwillkürliche Schluchzer ankämpft. Zwischen den wenigen zittrigen Atemzügen, die sie schafft, gibt sie ein halb stöhnendes, angestrengtes Flüstern von sich.

„Mehr."

„Oh, Goldie." Meine Stimme klingt fast wehmütig, so sehr bin ich von ihrer trotzigen Unterwerfung eingenommen, aber dann fasse ich mich wieder und bin noch dominanter. „Ich sollte dir deine Dreistigkeit nicht durchgehen lassen. Vielleicht muss ich dir zeigen, wer hier die Entscheidungen trifft."

Sie schüttelt den Kopf – noch trotziger – und meine großen Hände greifen erneut nach ihrer Taille und heben sie von meinem Schoß. Ich setze sie so hin, dass sie auf dem Bett kniet, und greife nach dem Flaschenzugsystem über ihr. Ich werde sie an den Handgelenken fesseln, während sie auf dem Bett steht. Sie zittert vor Vorfreude, sobald sie spürt, wie ich ihre Hände zusammenbinde, und ein langsames Knirschen begleitet ihren Aufstieg.

Als ich fertig bin, steht sie bequem auf dem Bett, kann sich aber nicht weit bewegen, ohne dass sie an den Handgelenken schwingt.

„Das ist besser, Goldie. Schau dir deinen wunderschönen Körper an. Es scheint fast falsch, ihn zu markieren." Ich lache auf eine Weise, die selbst in meinen Ohren beunruhigend klingt, und sie wimmert und presst ihre Beine zusammen. So ist ihre Unterwerfung perfekt, und das weckt das Tier in mir, die süße Grausamkeit, die hinter meiner alltäglichen Fassade lauert.

Ein schneller Schwung durch die Luft lässt sie nach Luft schnappen, weil sie Schmerz erwartet, aber es kommt nichts. Es ist ein ganz anderes Zischen als das der Reitgerte – viel schärfer, höher. Der schlanke Holzstock ist leicht und lang in meinen Händen. Es braucht kaum etwas, um ihre Haut damit wunderschön zu markieren. Die Spannung ist fast so süß wie die brennenden Striemen, die ich ihr gleich zufügen werde.

Ich gehe um sie herum und löse vorsichtig die Klammern von ihren süßen Brustwarzen. Sie sind rot und hart wie Diamanten, und ich kann nicht widerstehen, mich vorzubeugen und eine davon in meinen Mund zu nehmen. Ich sauge gierig daran und berühre mit meiner Fingerspitze ihre Klitoris. Sie ragt hervor, sehnt sich nach Berührung, ist rot und durch die Schläge angeschwollen. Sie stöhnt und drückt ihre Hüften nach vorn, aber ich ziehe meinen Finger und meinen Mund zurück. Sie hat keine Selbstbeherrschung mehr. Ich habe sie ihr vollständig genommen.

Ich lege einen Arm um sie und halte sie fest, während ich ihre beiden Brüste küsse und daran sauge, wobei ich häufig zwischen ihnen hin und her wechsle, da ich mich nicht entscheiden kann, welche mir mehr gefällt. Der Rohrstock bewegt sich langsam über ihren Rücken und ihren Hintern, und ich gebe ihr ab und zu ein paar vorsichtige Schläge, um sie mit dem Schmerz zu necken, den ich jederzeit ausüben könnte, aber ich bin zu sehr auf ihr Vergnügen konzentriert. Ich bin völlig hingerissen von dem harten, wimmernden Stöhnen, das ich ihr entlocke, während ich ihre Brustwarzen stimuliere.

Ich ziehe mich widerwillig zurück, atme tief durch, und meine Stimme zittert, als ich spreche. „Du bist für heute genug gezeichnet, meine Schöne."

Sie nickt schnell, aber ich bin mir nicht sicher, ob das daran liegt, dass sie genug Bestrafung hatte, oder ob sie einfach nur verzweifelt nach der Erlösung sucht, nach der sie sich offensichtlich sehnt. Der Rohrstock klappert auf den Boden, und das Bett bewegt sich, als ich mich in Position bringe. Meine kräftigen Hände greifen nach ihren wohlgeformten Beinen, heben sie an und legen sie auf meine Schultern, während ich mich nach vorn beuge, um ihre Muschi zu küssen und zu lecken.

Sie ist so geschwollen und stemmt sich gegen meinen Mund, obwohl ich den Kontakt sanft und neckisch halte. Sie ist so feucht, dass es mein Kinn benetzt, und meine leckende Zunge macht schmatzende Geräusche an ihrem Fleisch. Ihre Muschi zuckt und ihre Schenkel spannen sich an. Sie ist so nah dran. Ich drücke gegen den Plug in ihrem Arsch, lecke etwas fester, und sie kommt, ihr Körper spannt sich gegen das Seil, das um ihre Handgelenke gebunden ist. Sie stöhnt lang und laut, ihr Kopf hängt herab, aber ich lecke weiter und weiter, weil ich spüre, dass es intensiver wird, als sie es aushalten kann, aber das ist ihre Strafe.

Schließlich ziehe ich mich zurück. „Du bist ohne meine Erlaubnis gekommen", murmele ich und drücke meinen Mund gegen ihren warmen, weichen Bauch. „Das nächste Mal musst du dich mehr anstrengen."

Das nächste Mal.

Fühlt sie sich genauso wie ich, völlig begeistert, jemanden gefunden zu haben, der ihr alles gibt, was sie braucht?

Ich möchte mehr, obwohl ich zuvor gesagt habe, dass dies eine einmalige Sache sein würde.

Das kann nicht sein – nicht, wenn Hunter und Evan auch an die Reihe kommen wollen, nicht, wenn wir alle noch so viel mehr wollen. Meine Hände gleiten an ihren Seiten und Armen entlang, während ich mich aufrichte, um ihre Handfesseln zu lösen und ihr die Augenbinde abzunehmen. Sie blinzelt, um ihre Sicht zu klären, und starrt mich mit großen Augen an, die mein Herz sich zusammenziehen lassen. Sie ist wunderschön und perfekt – alles an ihr.

Mein Gesicht ist angespannt vor lauter Gefühlen. Meine Lippen sind noch feucht von ihrer Lust, und ich kann nicht aufhören, sie anzustarren, möchte sie in meine Arme ziehen und sanft küssen.

Diese Erfahrung ist genau das, was wir beide gebraucht haben, aber ich will mehr. Ich will alles.

Aber dafür ist sie nicht hier. Sie ist noch nicht bereit, alles zu wissen. Sie ist hier wegen meiner Dominanz und ihrer Unterwerfung. Ich streichle sanft ihr Haar, während ich mich sammle. Dann mache ich ein entschlossenes Gesicht. „Genau so, Goldie. Leg dich auf den Bauch."

Mit gefesselten Händen zu knien, ist schwierig, besonders auf einem weichen Untergrund. Also helfe ich ihr, sich auf den Bauch zu legen, die Arme über den Kopf gestreckt und das Gesicht zur Seite gedreht. Ich streichle ihren Rücken und ihren Hintern so sanft, dass es kitzelt und sie sich windet. Meine Hand hinterlässt Spuren auf ihrer makellosen Haut, aber das ist nichts im Vergleich zu den Spuren, die ich ihr gerne in das Fleisch drücken würde. Diese Spuren würden auch nach Tagen ohne mich nicht verblassen. Diese Spuren würden für immer bleiben.

Sie sieht zu, wie ich vom Bettrand gleite und mich ausziehe, bis ich nackt vor ihr stehe. Ihr Blick gleitet über mich, ihre Augen weiten sich anerkennend beim Anblick meines muskulösen Oberkörpers und meiner Beine, und sie verweilt am längsten auf meinem Schwanz, den ich in meiner heißen Handfläche umklammert halte. Sie leckt sich die Lippen, als ich ihn loslasse und er gegen meinen Bauchnabel klopft. Ich greife in die Schublade des Nachttischs, hole ein Kondom heraus und ziehe es mir geschickt über. Jede Handlung bringt uns dem Moment näher, in dem ich sie füllen werde, und ich sehne mich danach. Ihre Lippen öffnen sich, und ich stelle mir gerne vor, dass sie mich fast anfleht, mich zu beeilen.

Ich gehe um das Ende des Bettes herum, spreize ihre Beine, wobei ich darauf achte, ihre wunden Knöchel nicht zu verletzen, und knie mich zwischen sie, bis mein Körper an ihrem liegt. Ich bin schwer und stark und umhülle sie auf eine Weise, die ihr das Gefühl geben sollte, machtlos, aber vollkommen beschützt zu sein. Ich halte meinen Schwanz am Ansatz fest und fahre damit durch ihre Schamlippen, reibe ihre glatte, geschwollene Klitoris und stoße dann an ihren Eingang, bis ich nur einen Zentimeter tief in sie eindringe. „Du bist so feucht", sage ich und schließe die Augen, um etwas Kontrolle zu finden. „So verdammt bereit für mich."

Ich bin so groß und sie ist so klein. Der erste Stoß wird schmerzhaft sein, aber sie ist feucht genug, dass es, als ich weiter in sie eindringe, einfach nur unglaublich ist. Ihr enger Griff um mich herum lässt mich lang und tief stöhnen, und sie tut es auch. Ich lache vor Vergnügen. „Du versautes Mädchen", flüstere ich. „Du versautes Mädchen, das nach meinem Schwanz hungert." Ich stoße noch einmal, zweimal, bis ich ihren Gebärmutterhals berühre und den Plug in ihrem Arsch anstoße. Ich hoffe, sie fühlt sich gut und ausgefüllt, dass die doppelte Penetration ihr neue Empfindungen beschert.

„Du fühlst dich gut an", sage ich ihr, greife mit beiden Händen nach ihren Armen und halte sie fest, während ich von hinten in sie stoße. Mein Atem strömt heiß gegen ihren Nacken, während ihr leises, sanftes Keuchen mich noch mehr erregt. Sie versucht, sich zu winden, sich auf meinen Schwanz zu drücken, aber ich halte sie fester, will ihre völlige Hingabe. Sie wird schlaff in meinen Armen, lässt mich ihre Unterwerfung spüren und übergibt mir ihr Vergnügen vollständig. Meine Stöße werden heftiger, härter und schneller und drücken ihr mit jedem Stoß die Luft aus den Lungen. „Oh … fuck … ja", knurre ich an ihrem Ohr. „Lass mich dich spüren, Goldie. Lass mich spüren, wie du auf meinem Schwanz kommst."

Sie stöhnt, und ich gebe ihr mehr, um sie wieder über den Abgrund zu treiben. Ich lasse einen Arm los und schiebe meinen Finger in die heiße Höhle ihres Mundes. „Lutsch ihn", sage ich hart. „Zeig mir, was du das nächste Mal mit meinem Schwanz machen wirst."

Ich schließe meine Augen, stoße meine Finger bis zu den Knöcheln in ihren Mund und spüre, wie sich ihre Muschi fest um meinen Schwanz zusammenzieht. „Genau so, genau so", sage ich und ficke sie so hart, dass wir uns auf dem Bett nach oben bewegen. Ich bin verloren, im Rausch mit Goldie unter mir. Mein Körper verkrampft sich, mein Griff um ihre Handgelenke wird brutal, als ich mich entlade. Mein Kopf dröhnt, während hinter meinen Augenlidern helle, weiße Blitze aufleuchten.

Ich kann nicht aufhören, mich zu bewegen, stoße in ihre Muschi und reibe immer wieder gegen den Plug. Unsere Haut ist schweißnass, und unsere Brustkörbe heben und senken sich im Gleichklang unserer Atemzüge.

Fühlt sie sich gut? Ist es das, was sie wollte? Sich benutzt und hart rangenommen zu fühlen, wund von den Brustwarzen über die Haut an den Oberschenkeln und am Gesäß bis hin zu ihrer gut gefickten Muschi? War das, was ich ihr gegeben habe, genug? Ich ziehe mich langsam zurück, ziehe das Kondom ab, knote es zu und lasse es neben dem Bett auf den Boden fallen. Dann drehe ich sie um, lockere ihre Handgelenke und küsse jedes einzelne sanft, während ich sie aus ihrer Fessel befreie. Ich setze mich neben sie, streichle zärtlich ihre Brüste und Hüften und bin fasziniert von den roten Flecken, die ich auf ihrem

Körper entdecke. Sie dreht sich zu mir um und strahlt mich mit einem hellen Lächeln an.

„War das genug für dich?", frage ich leise und schaue ihr in die Augen, um eine Bestätigung zu erhalten.

Sie nickt. „Es war perfekt." Sie beißt sich auf die Lippe und summt, vielleicht weil sie nicht weiß, wie sie sich ausdrücken soll. „Ich hätte nie gedacht, dass ich so etwas einmal teilen würde. Ich hätte nie gedacht, dass ich außerhalb meiner Fantasien das fühlen würde, was ich brauche."

Mein Herz hüpft vor Zufriedenheit. Wir mögen Fremde sein, aber wir passen perfekt zueinander, zumindest in dieser Hinsicht. Hunter glaubt an die alten Geschichten über Schicksal und Vorsehung, aber ich hatte immer meine Zweifel.

Nicht jetzt. Jedenfalls nicht darüber.

Ich fühle mich rau und beschwingt, voller Energie, die ich noch nie zuvor gespürt habe – und das alles dank einer Schlosserin namens Goldie.

Sie streckt die Hand aus, um meine Brust zu berühren. „Wer bist du, Robert Bjorn?"

Ich wünschte, ich könnte es ihr sagen, aber sie ist noch nicht bereit, es zu hören. Und meine Brüder werden bald zurück sein. Ich werde nicht verbergen können, dass sie hier war; sie werden sie bereits an der Türschwelle riechen, vielleicht sogar schon von draußen. Aber zumindest muss sie sich ihnen nicht stellen, während Hunter wütet und Evan meine Handlungen missbilligt.

Ich wünschte, ich könnte sie tagelang in meinem Bett behalten, aber das geht nicht. Zumindest noch nicht. Nicht heute Nacht.

12

GOLDIE

Robert zieht an der Bettdecke, um seinen Schwanz zu bedecken, aber ich bin immer noch vollkommen nackt. Vollkommen nackt und viel schüchterner deswegen als noch vor zehn Minuten.

Sex wie dieser ist nicht emotional im traditionellen Sinne. Wir haben uns nicht in die Augen geschaut, uns keine Liebesworte zugeflüstert und uns nicht zärtlich gestreichelt. Alles daran war sehr direkt, aber das bedeutet nicht, dass ich Roberts Fürsorge nicht gespürt oder gesehen habe, dass er in jeder Hinsicht, die wichtig ist, sanft und gut ist.

Jetzt, wo wir zusammen liegen, streichelt er mein Gesicht.

„Goldie", flüstert er, und mein Herz macht einen Sprung. „Wo warst du mein ganzes Leben lang?"

Ich grinse breit, während sich in mir eine große Blase glücklicher Erleichterung ausbreitet. „Mit Schlössern und Schlüsseln spielen."

„Das ist ein ungewöhnlicher Beruf für eine Frau." Robert streicht mir eine lose Locke hinter das Ohr und fährt mit seinen Fingern über meine Wange.

„Ich bin eine ungewöhnliche Frau."

„Ja", sagt er. „In jeder Hinsicht." Sein Blick fällt auf seine Uhr. „Ich möchte das nicht sagen, aber wir haben nicht viel Zeit."

„Kommen deine Brüder bald zurück?"

„Ja. Und es wäre am besten, wenn du dann nicht hier wärst."

Das ist genau das, was ich aufgrund unserer vorherigen Gespräche erwartet hatte, aber so kurz nach dem Sex gebeten zu werden, zu gehen, tut trotzdem weh. Ich genieße es, Zeit mit Robert zu verbringen und mich in diesem bequemen Bett zu entspannen. In die Kälte hinauszugehen und nach Hause zu meinem einsamen Bett zu fahren, ist keine reizvolle Aussicht. Aber mehr noch habe ich das Gefühl, dass ich seine Wärme und Stärke brauche, um mich von den Orten zurückzuholen, an die er mich mit dieser gekonnten Intensität und gebändigten Gewalt geführt hat.

„Wie werden sie wissen, dass ich hier bin?", frage ich.

„Dein Auto." Robert lächelt. „Und dein Duft."

Ich ziehe die Augenbrauen zusammen und runzele die Nase. Meint er damit, dass ich so stark rieche, dass seine Brüder merken, dass ich im Haus bin? Ich habe geduscht, bevor ich hierherkam. Ist mein Parfüm so intensiv?

„Mein Parfüm?"

Robert schüttelt den Kopf. „Es ist schwer zu erklären … und wir haben keine Zeit."

Es klingt sehr nach einer Abfuhr, aber Roberts Gesichtsausdruck ist reumütig. Ich rutsche vom Bettrand herunter, sammle meine Kleidung ein, ziehe meinen Overall an und stopfe meinen zerfetzten Pyjama in meine Taschen. Mein Herz ist von einer seltsamen Leere umgeben, die bei jedem Herzschlag widerhallt. Robert zieht sich hinter mir an, und wir sind gleichzeitig fertig.

„Ich hatte eine wundervolle Zeit, Goldie", sagt er, fasst mein Kinn und beugt sich vor, um mich zu küssen. Der Kuss ist sanft und zärtlich, aber das reicht nicht aus, um mich zu beruhigen. Es mag lächerlich klingen, aber zwischen uns könnte etwas Gutes entstehen, wenn Robert nicht an seine Brüder gebunden wäre. Ich mag ihn. Sehr sogar. Viel mehr, als ich nach nur wenigen Begegnungen und dem intensivsten Sex meines Lebens sollte.

Bin ich durch den Sex geblendet?

Es ist ein wichtiger Faktor, aber nicht der einzige.

Dieser Mann ist alles, was ich mir jemals gewünscht habe: gelassen und still, aufmerksam und beschützend. In seiner Nähe bekomme ich Gänsehaut und mein Herz wird warm. Aber seine Bindung zu seinen Brüdern ist zu stark und hat diese Erfahrung und die Intensität unserer Verbindung mit einem schnellen Schnitt zunichte gemacht.

Robert hat seine Hand auf der Türklinke und will gerade die Schlafzimmertür öffnen, als das Geräusch eines herannahenden Autos die Stille stört. Er hält inne und neigt den Kopf zur Seite, um besser hören zu können. Seine Brust hebt sich. Hunter und Evan sind zurück, und seine Knöchel werden weiß, als er die Türklinke fester umklammert.

Er dreht sich mit geweiteten Augen zu mir um, und mein Herz setzt einen Schlag aus. Das ist mehr als nur Verlegenheit, weil er erwischt wurde. Er macht sich ernsthaft Sorgen darüber, was jetzt passieren könnte, da seine Brüder zurück sind. Seine Sorge ist der Beginn meiner Panik.

Ich hätte unter diesen Umständen nicht hierherkommen sollen. Ich bin eine erwachsene Frau. Ich sollte meine Beziehungen oder mein Sexualleben vor niemandem verbergen müssen, und ich möchte auf keinen Fall wieder Angst haben. Die Begegnung mit diesem Arschloch und den Bären heute hat mir genug Angst für mein ganzes Leben bereitet.

„Was wird passieren?"

Robert schüttelt den Kopf, schaut über meine Schulter hinweg in den Raum und dann wieder zur Tür. Er überlegt, ob es besser für mich ist, hierzubleiben, oder ob er mich zu meinem Auto bringen soll. Ich möchte nicht in diesem Raum gefangen sein. Ich möchte nicht hier sein, wenn er sich so unwohl fühlt.

„Wirst du hierbleiben?", fragt er. „Ich muss dich einsperren."

Ich konzentriere mich auf die Tür und das Schloss, das ich erst kürzlich angebracht habe. Ich hätte nie gedacht, dass es dazu dienen würde, mich gefangen zu halten. Ich beiße mir auf die Lippe, als Robert die Tür mit seinem Körper verdeckt. Er blickt zum Fenster, dann wieder zu mir, und bläst die Wangen auf, während er ausatmet.

„Es wird alles gut. Ich muss nur mit meinen Brüdern reden."

„Reden?"

„Ja."

„Und dafür musst du die Tür abschließen?" Ich trete näher und stelle mir vor, wie ich an ihm vorbeieilen, die Treppe hinunterlaufen und an Evan und Hunter vorbeikommen könnte. Selbst wenn ich die schnellsten Füße hätte und die drei Männer schwerfällig und unkoordiniert wären, hätte ich keine Chance. Schweißperlen bilden sich unter meinen Armen, während mein Puls schneller wird.

„Es ist zu deiner Sicherheit."

Ich starre ihn aufmerksam an, suche nach Anzeichen dafür, dass er unaufrichtig ist, und versuche, meine Unsicherheit in meinem Gesichtsausdruck nicht erkennen zu lassen. Seine Haltung ist unbehaglich, aber nicht unehrlich. Wenn es nur um ein Gespräch geht, dann ist das für mich in Ordnung. Robert scheint gegen einen Bro-Code verstoßen zu haben, den ich nicht verstehe. Familien sind seltsam – meine eigene auch. Ich habe nichts als Mitgefühl.

Ich rede mir ein, dass alles gut werden wird, denn was bleibt mir sonst übrig?

„Okay", sage ich. „Aber mach nicht zu lange. Ich muss ins Bett. Ich muss morgen arbeiten."

Robert nickt und drückt den Türgriff runter. Er zieht den Schlüssel aus dem Schloss und dreht sich zu mir um, um mich zu küssen. Es ist heftig in einer Art, die beschützend wirkt und voller Absicht ist. Vorher dachte ich, er würde seinen Brüdern sagen, dass dies nur eine einmalige Sache war und nicht wieder vorkommen würde. Jetzt bin ich mir nicht mehr so sicher.

Das Geräusch des Schlüssels, der auf der anderen Seite der Tür im Schloss gedreht wird, lässt mich erschauern. Es ist das erste Mal, dass ich von jemandem in einem Raum eingesperrt werde, und es fühlt sich viel aufregender an, als es eigentlich sein sollte. Ich bin wie eine Prinzessin, die in einem Turm gefangen ist, aber hier gibt es keine Spinnräder – nur genug Sexspielzeug, um die Körper und Seelen eines ganzen Harems von Frauen zu zerstören.

Ich gehe eine Weile auf und ab, bleibe dicht an der Tür und lausche auf Stimmen, aber ich kann kein Murmeln hören. Wo auch immer dieses Gespräch stattfindet, es ist nicht nah genug, dass ich etwas mitbekommen könnte. Ich möchte unbedingt hören, was sie sagen.

Die Zeit vergeht, und Robert kommt nicht zurück. Ich bin erschöpft von einem anstrengenden Tag und einer unglaublichen Nacht und lasse mich auf das Bett fallen. Die Kissen sind weich und die Bettdecke duftet frisch. Mein Körper entspannt sich, aber ich kämpfe darum, meine Augen offen zu halten. Dies ist kein Ort, an dem ich einschlafen sollte. Ich muss wachsam bleiben, aber je mehr Zeit vergeht, desto schwerer werden meine Augenlider. Ich werde nur für ein paar Minuten meine Augen schließen.

Dieses Bett ist so bequem.

Es ist gefährlich, aber mein Körper schaltet sich ab, und ich kann nichts dagegen tun.

Nur ein paar Minuten.

Als ob ich irgendetwas kontrollieren könnte.

13

3

ROBERT

Ich gehe schnell die Treppe hinunter, um meine Brüder abzufangen, bevor Hunter heraufstürmt und mich mit Goldie konfrontiert. Das Gespräch, das wir führen werden, ist nichts für ihre Ohren. Jedenfalls noch nicht, und schon gar nicht unmittelbar nach dem, was wir getan haben.

Mein Körper singt. Mein Geist auch, als hätte Goldie die Tür zu meinem Käfig aufgeschlossen und mich frei fliegen lassen.

Fuck.

Meine Hände zittern, der Schmerz, als sie ihr Fleisch trafen, hallt noch immer in mir nach. Ihr Wimmern erfüllt noch immer meine Ohren.

Hunter umklammert das Geländer am Fuß der Treppe mit aller Kraft, und als sich unsere Blicke treffen, ist seine Wut offensichtlich.

„Du hast sie hierhergebracht, ohne uns etwas zu sagen. Du hast uns auf eine sinnlose Mission geschickt, damit du sie für dich beanspruchen konntest." Hunter knurrt, seine animalische Wut kommt zum Vorschein.

„Nein", sage ich.

Ja. Die Wahrheit flüstert schuldbewusst.

Das ist aber nicht das, was er denkt. Ich will Goldie nicht nur für mich behalten. Und es ging mir auch nicht darum, sie als Erster für mich zu beanspruchen. Ich bin kein territorialer Arsch. Meine Brüder sind eine Erweiterung meiner selbst, und ich teile alles mit ihnen, auch Goldie. Ich habe sie nicht für mich beansprucht. Es gibt keine Markierung auf ihrem Körper. Nichts, was sie offiziell zu unserer Auserwählten macht. Ohne meine Brüder würde ich das nicht tun. Ohne Hunter, unseren Alpha, könnte ich das nicht tun.

Aber Hunter würde es nicht schaffen, mit Goldie umzugehen, ohne sie zu verschrecken. Das war die einzige Möglichkeit, sie in unser Leben zu holen. Ihr einen Vorgeschmack darauf zu geben, wie es ist, wenn ihre Fantasien Wirklichkeit werden. Es so schön zu machen, dass sie nie wieder weggehen will. Wir können ihr die Unterwerfung nicht aufzwingen. Sie muss es freiwillig wollen.

Hunter ist zu sehr in Folklore und Legenden verstrickt. Er ist zu arrogant und hat nie gelernt, sein Temperament zu kontrollieren. Ich mache ihm keine Vorwürfe. Diese Eigenschaften gehören dazu, wenn man das Oberhaupt einer Familie ist. Ohne sie hätte unsere Art nicht überlebt.

„Sie braucht eine behutsame Hand", sage ich.

Er schaut auf meine riesigen Hände, die an meinen Seiten herunterhängen. „Behutsam? Du hast sie doch in das Zimmer gebracht, oder?"

Ihm entgeht nichts. Der Raum ist kein Ort der Liebe und Romantik. Es ist ein Ort des Schmerzes und der Befreiung. Das weiß er. Behutsame Hände haben in diesem Raum nichts zu suchen. Oder vielleicht ist das falsch. Vielleicht haben sanfte Hände in diesem Raum nichts zu suchen. Behutsame Hände sind immer gefragt.

„Ja."

Evan, der still hinter mir steht, schüttelt den Kopf. Selbst mein unbekümmerter Bruder, für den das Leben eine einzige Party ist, ist von mir enttäuscht.

„So, das war's. Sie bleibt jetzt hier." Hunter steigt drei Stufen hinauf, seine Absicht ist deutlich zu erkennen an seinen zusammengekniffenen Augen und seinem angespannten Kiefer. Goldie ist im Zimmer. Jetzt ist er an der Reihe, sie für sich zu beanspruchen.

Ich strecke meine Hände aus und trete seitwärts in die Mitte der Treppe, entschlossen, ihm den Weg zu versperren.

„Das ist weder der richtige Zeitpunkt noch die richtige Art und Weise", sage ich. „Ich habe keinen Anspruch auf sie erhoben."

Hunter ist es nicht gewohnt, dass ich mich ihm widersetze. In unserem Alltag gibt es keinen Grund, unterschiedlicher Meinung zu sein. Wir leben harmonisch zusammen, kümmern uns um das Haus, investieren unser Vermögen und verteidigen, was uns gehört. Unsere Eltern haben uns dazu erzogen, Verbündete zu sein, keine Rivalen. Nur so konnten wir sicherstellen, dass wir glücklich mit einer Frau leben würden, nur so konnten wir garantieren, dass die nächste Generation geboren werden und gedeihen würde.

„Geh mir aus dem Weg, Robert", knurrt er fast, als ihn der Urinstinkt überkommt, das Versprochene zu erfüllen.

„Ich kann nicht", sage ich. „Du verstehst das nicht. Wenn du da hochgehst, verlieren wir sie. Sie hat sich ins Unbekannte gewagt. Sie hat Wahrheiten über sich selbst entdeckt, die sie erst einmal verarbeiten muss. Alles an diesem Haus ist ihr fremd, auch wir. Wir müssen Geduld haben. Und ich habe keinen Anspruch auf sie erhoben."

Er runzelt die Stirn, und sein Mund formt einen ungläubigen Ausdruck. Ich habe es dreimal gesagt, und erst jetzt hat er es verstanden. „Du hast sie nicht für dich beansprucht?"

„Ich habe ihre Fantasien erfüllt", antworte ich. „Wir beanspruchen sie gemeinsam für uns."

Hunters Schultern entspannen sich ein wenig. Ich habe eine Grenze überschritten, aber ich habe ihn nicht entehrt. Ich habe ihm nicht genommen, was ihm rechtmäßig zusteht.

„Erzähl ihm von ihrem Laden", unterbricht Evan. „Erzähl ihm, was wir gesehen haben."

Hunter verschränkt die Arme vor der Brust. „Ihr Laden brannte. Die Feuerwehrleute waren da und löschten das Feuer."

„Was?" Ich runzle die Stirn und schaue Evan fragend an, um mich zu vergewissern, dass dies kein Trick ist, um mich abzulenken, damit Hunter an mir vorbeiziehen kann. In meinem Inneren brodelt die Wut und drängt nach außen, will sich unbedingt befreien. Das kann ich nicht zulassen. Nicht, wenn Goldie oben ist.

„Es ist Rache, Robert. Sie wissen, wer sie ist."

„Scheiße." Ich fahre mir mit der Hand durch die Haare, als sich meine Vermutungen bestätigen. Der Vorfall im Wald kam mir nicht wie ein Zufall vor, aber ich hoffte, dass ich mich irrte. Goldie ist nicht bereit für die Gefahr, in der sie schwebt. Sie ist nicht bereit zu verstehen, warum ihr Leben Stück für Stück zerstört wird. Sie ist nicht bereit für die Wahrheit.

„Sie kann nicht gehen. Das verstehst du doch. Sie muss alles erfahren." Hunter presst die Kiefer aufeinander, seine Muskeln spannen sich an, als er die Arme fester verschränkt. Er ist eine Wand aus Entschlossenheit und Sturheit, und ich liebe ihn mehr als mich selbst.

„Lässt du mich das regeln?"

„Wer hat dich zum Leiter dieser Sache gemacht?", fragt er.

„Ich denke, Goldie hat das getan, indem sie hierherkam,

als ich sie angerufen habe. Sie hat mich zuerst getroffen."

„Es ist okay, Hunter", sagt Evan. „Du weißt, dass Robert das hinbekommt. Du weißt, dass er recht hat. Auf lange Sicht wird das keinen Unterschied machen. Wir müssen nur Geduld haben."

„Ich habe keine Geduld mehr", brüllt Hunter.

Evan lächelt mich an und verdreht die Augen über Hunters Launenhaftigkeit. „Doch, hast du. Wir warten schon, seit wir denken können, seit Papa uns die Geschichte erzählt hat, die sich wie ein Märchen anhörte, von dem goldhaarigen Mädchen, dessen Neugierde sie zu unserem Haus mitten im Wald führen würde. Ein paar Tage oder Wochen mehr machen keinen Unterschied."

Mein Bruder ist klug, Hunter an diese Momente mit unserem Vater zu erinnern, an seine tiefe, melodische Stimme und die Versprechen, die er gemacht hat. Die Erinnerung lässt Hunters Gesichtszüge weicher werden. Er mag ungeduldig sein, aber er ist kein Dummkopf.

„Sie muss es erfahren, Robert. Wenn du das übernehmen willst, nur zu. Aber ich werde einschreiten, wenn du es vermasselst. Es geht vor allem um ihre Sicherheit."

Ich nicke, warte aber, bis er sich umdreht, die Treppe hinuntergeht und in der Küche verschwindet.

Evan zögert und zieht die Augenbrauen hoch. „Hat sich das Warten gelohnt?", fragt er und neigt den Kopf zur Seite.

Ich grinse trotz der Gefahr, der Goldie ausgesetzt ist, und der Herausforderung, der ich mich stellen muss, wenn ich zu ihr zurückkehre. „Jede Sekunde wert", sage ich.

Evan nickt und lächelt so breit, dass ich den Kopf schüttle und lache.

Oben angekommen, stecke ich den Schlüssel ins Schloss, und als ich die Tür aufstoße, setzt sich Goldie hastig auf. Ihre Augen sind vom Schlaf noch trüb und ihr

Haar zerzaust. Verwirrt blinzelt sie und lässt ihren Blick durch den Raum schweifen, bevor sie sich wieder ruhig hinlegt. Sie muss eingeschlafen sein und vergessen haben, wo sie sich befindet. Ohne Fesseln und schmerzhafte Instrumente ist das Bett in diesem Zimmer bequem. Sie starrt auf das mit Vorhängen verdeckte Fenster und versucht, die Tageszeit zu erraten. Es sind erst zwanzig Minuten vergangen, aber sie blinzelt schnell, um den tiefen Schlaf aus ihren Augen zu vertreiben.

„Was ist passiert? Ist alles in Ordnung?", fragt sie und scheint erleichtert zu sein, dass ich es bin, der den Raum betritt, und niemand anderes.

Ich schüttle den Kopf, mir bewusst, dass mein Gesichtsausdruck ernst ist. „Es ist zu spät", sage ich, während meine Nerven die Oberhand gewinnen. Ich hatte keine Zeit, mir zu überlegen, wie ich die Nachricht überbringen soll, und fange am falschen Ende an. Die Verantwortung lastet schwer auf mir. Vielleicht hätte ich es Hunter überlassen sollen. Vielleicht hätte seine Direktheit den Mist durchschaut. Oder vielleicht hätte Evan Goldie dazu bringen können, das Gute in dem zu sehen, was ich ihr sagen werde. Mit seinem Humor und seinem frechen Lächeln hätte er ihr Stirnrunzeln in ein Lächeln verwandeln können.

„Was ist zu spät?"

„Du kannst nicht gehen." Ich stecke meine Hände tief in die Taschen und schüttle den Kopf.

„Was meinst du damit, ich kann nicht gehen?"

„Ich meine, du kannst nicht gehen … Es ist … es ist kompliziert."

Sie wirft die Bettdecke zurück und steht schnell auf. Ich rühre mich nicht, als sie auf mich zukommt und unterwegs ihre Handtasche schnappt. „Ich gehe." Sie schlüpft in ihre Stiefel, aber als sie bereit ist zu gehen, habe ich mich in die Tür gestellt. Ich stütze mich mit der Hand am Türrahmen ab, lehne mich vor und fülle den Raum aus. Sie mustert mich misstrauisch, ihr Blick verweilt auf meinem Arm und meiner Brust. Ihre Wangen werden rot. „Du kannst nicht gehen", sage ich erneut. „Es ist nicht sicher."

„Ich fühle mich hier gerade nicht besonders sicher", zischt sie. „Du kannst mich nicht gegen meinen Willen festhalten. Das ist Freiheitsberaubung oder Entführung oder ein anderes Verbrechen. Ich möchte nach Hause."

„Du verstehst nicht."

„Dann erklär es mir", antwortet sie und ist jetzt so nah an meinem Gesicht, dass ich ihren Atem spüren kann. Meine Nasenflügel flattern vor Frustration, vor allem über mich selbst. Wie kann ich ihr unser Geheimnis verraten? Wie kann ich etwas mit ihr teilen, das sie erst glauben wird, wenn sie es mit eigenen Augen sieht? Es ist noch zu früh. Das spüre ich in meinen Knochen. Am besten halte ich es einfach.

„Ich kann nicht", sage ich. „Es ist zu deiner eigenen Sicherheit."

„Du hältst mich zu meiner eigenen Sicherheit gefangen. Warum bin ich in Gefahr?"

Ich schüttle den Kopf, bleibe aber standhaft. Ich bin riesig im Vergleich zu ihr. Breit genug, um den Türrahmen zu blockieren, und stark genug, dass sie es nicht wagen würde, mit mir zu kämpfen, um vorbeizukommen.

„Das musst du mir erklären, Robert", sagt sie, ihr Gesicht verfinstert sich vor Wut.

„Es ist etwas passiert", antworte ich. „Etwas, das alles verändert."

14

GOLDIE

Was zum Teufel?

Wann wurde mein Leben zu diesem verwirrenden und beängstigenden Ding, über das ich scheinbar keinerlei Kontrolle habe?

Kontrolle ist eine heikle Angelegenheit. Es ist etwas, das ich beim Sex instinktiv loslassen muss, aber in allen anderen Bereichen meines Lebens instinktiv festhalten möchte.

Ich verstehe es nicht, aber so ist es.

Und jetzt habe ich keine Kontrolle mehr über irgendetwas.

„Ich weiß nicht, wovon du sprichst", sage ich, meine Stimme wird rau, als sich meine Kehle zusammenzieht. „Aber du musst mir das sofort erklären ... Ich drehe durch."

„Es ist okay", antwortet Robert und legt mir sanft die Hand auf die Schulter. Ich kann meine instinktive Reaktion, sie wegzuschütteln, nicht unterdrücken. „Hier bist du nicht in Gefahr, aber da draußen schon."

„Was meinst du damit?"

„Dein Laden wurde beschädigt."

„Was?"

„Evan und Hunter fuhren vorbei und sahen die Feuerwehrleute. Deshalb kamen sie früher nach Hause. Sie wollten, dass ich nachschaue, ob es dir gut geht."

„Oh mein Gott." Ich stolpere rückwärts und falle auf das Bett, wobei ich meine Handtasche auf den Boden fallen lasse. Mir ist schwindelig. „Wer würde so etwas tun?"

„Ich weiß es nicht."

Robert setzt sich neben mich, so nah, dass sich unsere Beine berühren. Die gleiche magnetische Anziehungskraft, die zuvor da war, ist immer noch vorhanden. Ich möchte mich in seine Arme sinken lassen, mein Gesicht an seiner Brust vergraben und die Welt um mich herum untergehen lassen. Dieses Verlangen ergibt keinen Sinn, aber es ist trotzdem da, als wären seine Pheromone wie eine Droge.

„Aber du kannst hier nicht weg, bevor wir herausgefunden haben, was los ist. Ich kann dich nicht unnötige Risiken eingehen lassen."

„Ich möchte dorthin gehen und mir die Lage ansehen. Ich muss das Büro des Sheriffs und die Versicherungsgesellschaft kontaktieren."

„Das kannst du alles am Morgen erledigen. Wir haben genügend freie Zimmer. Du kannst hier übernachten, und wir werden uns nach dem Aufwachen darum kümmern."

Ich schüttle den Kopf, völlig am Boden zerstört. War es dieser Mann aus dem Wald, der zurückgekommen ist, um sich zu rächen? Oder war es nur ein Unfall? Habe ich die Kaffeemaschine angelassen? Oder gab es einen Stromausfall? Was zum Teufel soll ich jetzt tun?

„Ich muss nach Hause."

„Das ist zu riskant", sagt Robert. Er legt seine Hand auf mein Knie, und ich schaue darauf und frage mich, ob ich das als echte Zuneigung auffassen kann oder nicht. Ist das echt oder nur ein Trick, um mich über Nacht hierzuhalten? Ich müsste in die Stadt fahren, um mich selbst davon zu überzeugen. Ich hatte das Gefühl, dass ich ihm vertrauen sollte, aber es bleibt ein Funke Zweifel.

„Ich möchte mich nicht aufdrängen, und du bist mir nichts schuldig." Ich halte meine Stimme ruhig.

„Du drängst dich nicht auf, und es geht auch nicht darum, dass ich dir etwas schulde, Goldie. Es geht darum, das Richtige zu tun. Ich kann dich jetzt auf keinen Fall nach Hause gehen lassen. Wenn dir etwas zustoßen sollte, würde ich mich dafür verantwortlich fühlen. Es wäre meine Schuld. Bitte."

Es ist das ‚bitte', das mich stört. Er muss nicht betteln. Im Moment ist er größer und stärker, und ich bin in seinem Territorium. Wenn er mich zum Bleiben zwingen wollte, müsste er sich nicht besonders anstrengen. Aber trotz der Unsicherheit und Angst sagt mir mein Bauchgefühl, dass es in Ordnung ist. Vielleicht werde ich es bereuen, aber welche Wahl habe ich wirklich?

„Ich habe keine Zahnbürste."

„Ich hole dir eine."

„Du hast meinen Schlafanzug in zwei Hälften geschnitten."

Robert schnaubt leise vor Lachen. „Ich gebe dir eins meiner Hemden."

„Kann ich in deinem Zimmer schlafen?"

Seine Augenbrauen schießen nach oben. Ein Gästezimmer, wirklich. Wir haben gerade wild miteinander gevögelt, und jetzt schlägt er vor, dass wir keusch und getrennt schlafen sollen. Wir sind hier nicht in den Vierzigerjahren.

„Ähm ..."

„Ich schnarche nicht und stehle auch keine Decken. Man sagt mir sogar nach, ich sei die perfekte

Schlafpartnerin. Ich habe eine ausgezeichnete Löffelchenstellung."

„Löffelchen?"

„Du weißt schon, von hinten kuscheln?"

Robert lacht erneut. „Wenn jemand der große Löffel sein wird, dann bin ich das. Und warum glaubst du, dass ich gerne kuschle? Hat mich das Spanking verraten? Die Auspeitschung? Oder war es meine Handbewegung mit dem Rohrstock?"

Ich schüttle den Kopf. „Nichts davon. Ich habe einfach so ein Gefühl. Trotz deiner etwas mürrischen, zurückhaltenden Art und deiner Fähigkeit, mir genau die richtige Menge Schmerz zuzufügen, damit ich schreie, bist du wie ein großer Kuschelbär."

Robert macht ein würgendes Geräusch. Gefällt ihm meine Beschreibung so gar nicht?

„Hast du Angst davor, alleine zu schlafen?"

„Mit dir fühle ich mich wohler. Dieser Ort ist mir fremd."

„Okay." Robert steht auf und greift nach meiner Handtasche. Ich folge ihm mit meinen Augen und Ohren in höchster Alarmbereitschaft auf den Flur. Wo sind Evan und Hunter im Haus? Dieses Haus ist so alt und weitläufig.

Roberts Zimmer befindet sich im nächsten Stockwerk, ganz am Ende des Flurs. Es sieht genauso aus, wie ich es mir vorgestellt habe, hin zu den vollgestopften Bücherregalen und dem imposanten, verzierten Schreibtisch. Sein Bett ist ordentlich gemacht, mit einer dunkelgrauen Bettdecke und vier großen Kissen. Es duftet nach seinem Parfüm, und ich fühle mich sofort sicher.

Er kramt im Schrank herum und kommt mit einer Zahnbürste in einer Verpackung und einem T-Shirt zurück, das mir wahrscheinlich bis zu den Knien reichen wird. „Das Badezimmer ist dort." Er zeigt auf eine Tür in der Ecke, und ich bin dankbar, dass ich mich nicht den Flur entlangwagen muss, um mich frisch zu machen.

Es hat etwas sehr Intimes, sich im Badezimmer eines anderen zu waschen. Robert benutzt dieselbe Zahnpasta wie ich, aber alles andere ist eher männlich. Ich wasche mich schnell und benutze dabei ein dickes, flauschiges Handtuch aus dem Stapel auf dem Regal in der Ecke. Der Plug steckt noch in meinem Hintern, also nehme ich ihn heraus, wasche ihn im Waschbecken und lege ihn beiseite. Es ist peinlich, wenn Robert ihn nach dem Intimakt findet, aber was soll ich sonst damit machen? Ich öffne den Schrank und finde Roberts Deodorant. Er hat sogar eine Gesichtscreme, die ich benutzen kann. Es scheint, dass selbst die rauesten Männer ihre Haut pflegen.

Als ich fertig bin, öffne ich langsam die Tür, finde den Raum aber leer vor.

Eine Notiz am Fußende des Bettes lautet: *Ich muss etwas erledigen. Ich bin bald zurück. Die Türen sind zu deiner Sicherheit verschlossen.*

Er ist weggegangen und hat mich im Haus eingeschlossen. Jetzt fühle ich mich wirklich wie eine gefangene Prinzessin. Ich gehe zum Fenster, um frische Luft zu schnappen und meinen Kopf frei zu bekommen. Es ist nicht heiß im Zimmer, aber ich fühle mich durch die Situation eingeengt – eingeengt und nervös.

Ich greife nach dem Griff und öffne das Fenster langsam und leise. Ich möchte niemanden auf meine Anwesenheit aufmerksam machen. Die Nacht ist kühl, die Luft frisch und sie duftet nach dem muffigen Geruch von verrottenden Blättern, feuchter Erde und Baumharz. Die Bäume rascheln sanft bei jedem leichten Windhauch, die Äste neigen sich, als wollten sie sich umarmen. Es gibt auch lauteres Rascheln, als würde jemand oder etwas durch das Unterholz knirschen. Ich ziehe mich hinter den Vorhang zurück, aus Angst, dass Evan oder Hunter mich entdecken könnten.

Ich spähe durch den Spalt und versuche zu erkennen, wer da draußen ist. Vielleicht ist es Robert, der tut, was auch immer er tun muss. Wer muss um diese Uhrzeit im Wald etwas erledigen? Vielleicht ist es sein Job. Er hat nie darüber gesprochen, womit er seinen Lebensunterhalt verdient. Ich habe ihm erlaubt, Dinge in meine intimsten Bereiche zu schieben, und trotzdem weiß ich es nicht. Er könnte ein Arzt im Bereitschaftsdienst sein. Welche anderen Berufe zwingen einen dazu, mitten in der Nacht aus dem Bett zu steigen? Meiner ist einer davon. Feuerwehrmann? Tierarzt? CIA?

Oh Gott, jetzt bin ich total durcheinander, aber da draußen ist etwas – etwas Großes.

Am Rand der Baumgrenze erblicke ich etwas, das wie ein pelziger Hinterlauf aussieht. Es ist nur schemenhaft zu erkennen, daher bin ich mir nicht sicher, aber es sieht aus wie ein Bär. Ein riesiger Bär, wie die, vor denen ich zuvor geflohen war. Die Bäume wackeln, als würden sie von etwas gestört, das an ihnen vorbeizieht. Ist da noch ein Bär? Könnte es derselbe sein?

Scheiße.

Ich bin in einem Haus gefangen, das von wilden Tieren umgeben ist. Selbst wenn ich einen Weg aus diesem Raum finden könnte, könnte ich nicht nach draußen gehen.

Bären.

In dieser Gegend soll es keine wilden Bären geben. Es ist kein Nationalpark. Wo zum Teufel kommen die denn her?

Ich beobachte weiter, wie die Bewegungen der Bäume sich entfernen. Dann hört es plötzlich auf.

Haben sie einen Platz zum Schlafen gefunden? Das wäre die einzige Erklärung. Während ich zusehe und auf weitere Bewegungen warte, taucht eine Person nackt aus dem Laubwerk auf. Dann ein weiterer Mann und noch einer.

Die Bjorn-Brüder.

Was zum Teufel machen die denn im Wald, ohne Kleidung, mit Bären?

Dies ist das zweite Mal, dass sie zur gleichen Zeit wie die Bären da sind.

Ich bin total verwirrt. Sie sprechen leise, sodass ich nur ein Murmeln hören kann. Sie sind fast schon an der Tür, als einer seinen Kopf zu meinem Fenster hebt. Sein Haar ist zerzauster als das seiner Brüder, und sein Mund ist zu einer grimmigen Linie verzogen. Unsere Blicke treffen sich, und Hunter bleibt stehen, seine Augen auf meine gerichtet. Sie haben denselben schimmernden Goldton wie in jener ersten Nacht, der die Dunkelheit durchdringt und mich vor Schreck und Ehrfurcht nach Luft schnappen lässt.

Auch die anderen bleiben stehen und drehen sich um, und Robert murmelt etwas, das wie ein Fluchen klingt.

Ich hätte das hier nicht sehen dürfen, und jetzt stecke ich ganz sicher in Schwierigkeiten.

15

GOLDIE

Ich schließe schnell das Fenster, springe ins Bett, ziehe die Decke über mich und fest um meinen Hals. Scheiße. Scheiße. Scheiße. Vielleicht haben sie mich nicht gesehen. Vielleicht komme ich damit durch, wenn ich mich ganz normal verhalte und so tue, als wäre nichts passiert.

Das Geräusch einer zuschlagenden Tür im Erdgeschoss lässt mich zusammenzucken. Meine Nerven liegen so blank, dass ich kaum atmen kann. Schritte erklimmen die Treppe, und mein Herz schlägt bei jedem Schritt mit.

Ich bin eine dumme Frau, weil ich mich in diese Situation gebracht habe. Eine dumme Frau, die ihre sexuellen Wünsche über ihre Sicherheit gestellt hat.

Als sich der Schlüssel im Schloss dreht, mache ich mich bereit.

Roberts hübsches Gesicht kommt ins Blickfeld. „Hast du dich gut eingelebt?"

Er unterhält sich ernsthaft mit mir, nachdem ich das gerade gesehen habe.

„Ähm ... ja. Ich denke schon."

„Entschuldige bitte. Ich musste nur noch etwas erledigen."

Ich blinzle langsam und bin verwirrt über sein Verhalten.

„Etwas Nacktes im Wald mit deinen Brüdern?"

Robert steht still, seine Hand auf dem Türgriff.

„Nackte Drillinge im Wald und Bären. Viele riesige Braunbären."

Roberts Schultern heben sich, und er atmet tief ein. Er scheint nicht glücklich darüber zu sein, dass ich herumgeschnüffelt habe, und ich ziehe mich noch weiter gegen das Kopfteil zurück und kauere mich vor seiner Unruhe zusammen.

„Scheiße", murmelt er leise und schüttelt den Kopf. „Das war eine schlechte Idee."

„Das hier?"

Er fährt sich mit den Fingern durch die Haare, sodass sie abstehen. „Ich habe dich in Gefahr gebracht."

„Ich scheine überall in Gefahr zu sein."

Robert umrundet das Bett und setzt sich auf die Bettkante, nah genug, um mich zu berühren. „Goldie. Wenn du herumschnüffelst, besteht die Möglichkeit, dass du auf Dinge stößt, die du nicht wissen solltest. Dinge, die besser geheim bleiben sollten, oder Dinge, für die du noch nicht bereit bist."

Ich lasse die Decke fallen, sodass meine Hände auf meinem Schoß liegen. „Ja, nun, ich bin nach dem neugierigsten Mädchen im Märchenland benannt. Goldlöckchens ganze Persönlichkeit dreht sich um ihre Neugier."

„Und schau, wo sie gelandet ist."

„Sie ist vor den Bären geflohen", sage ich und schüttle den Kopf. „Das habe ich diese Woche schon einmal gemacht und überlebt."

„Was, wenn die Bären nicht wollen, dass du wegläufst?",

fragt Robert leise.

„Natürlich nicht. Sie wollen mich fressen. Es ist viel einfacher, etwas zu fressen, wenn es stillhält."

Robert macht ein würgendes Geräusch. „Goldie. Du weißt doch, wie Goldlöckchen in der Geschichte alles im Haus ausprobiert. Den Brei, die Stühle, die Betten."

„Jaaa", sage ich gedehnt.

„Möchtest du das hier machen?"

Ich bin für einen Moment verwirrt. Ich werde doch nicht herumlaufen und Möbel testen. Plant er einen Brei-Kochwettbewerb mit seinen Brüdern und braucht eine Jurorin? Das alles wird langsam sehr surreal, aber anstatt mir den Kopf über so viele seltsame Möglichkeiten zu zerbrechen, sollte ich ihn vielleicht einfach bitten, mir mehr darüber zu erzählen.

„Was sagst du da? Du redest in Rätseln, und ich verstehe nicht, was du meinst."

„Ich meine, willst du bleiben und schauen?"

„Was schauen?"

„Ob es dir hier gefällt."

Ich neige meinen Kopf zur Seite, während Robert lächelt und mit den Schultern zuckt. Er ist sehr gelassen für jemanden, der gerade eine fast Fremde eingeladen hat, nach einem vermeintlichen One-Night-Stand bei ihm einzuziehen. Sehr gelassen für jemanden, der so nervös war, als seine Brüder zurückkamen.

„Was?"

„Sieh mal, es ist nicht sicher für dich, nach Hause zu gehen, und ich hatte heute Abend viel Spaß."

„Ich auch, außer dem Teil, wo ich eingesperrt wurde."

Robert verzieht das Gesicht. „Das war zu deiner eigenen Sicherheit."

„Für welchen Fall? Dass ich weglaufe und von Bären gefressen werde? Von deinem seltsamen, aggressiven

Bruder mit den farbwechselnden Augen?"

Robert versteift sich. „Hier in der Gegend würde man nicht von Bären gefressen werden", sagt er mit offensichtlicher Gewissheit. Weiß er denn nichts über wilde Tiere? Und warum vermeidet er Augenkontakt?

„Und dein Bruder?"

„Weißt du, wie es in Märchen ist, wenn sich Menschen auf den ersten Blick verlieben oder dazu bestimmt sind, zusammen zu sein ... sie spüren es einfach in ihren Herzen?"

„Ja", sage ich und frage mich, warum unsere Gespräche immer wieder im Märchenland enden.

„Nun, das ist es, was mein Bruder über dich denkt."

„Über mich?"

Robert nickt. „Er ist der Älteste, derjenige, der spürt, dass etwas ..." Er verstummt und fährt sich wieder frustriert mit den Fingern durch die Haare. Sein Mund öffnet sich, um ein Wort zu sagen, das er nicht ausspricht. Dann seufzt er, als hätte er sich mit dem, was als Nächstes kommt, abgefunden. „... schicksalhaft ist."

„Schicksal?" Ich ziehe die Augenbrauen hoch. Gerade als ich dachte, es könnte nicht seltsamer werden, wird es noch seltsamer. Das ist wirklich das Tüpfelchen auf dem i. „Hunter glaubt, dass wir füreinander bestimmt sind. Er und ich?"

„Du und wir alle", antwortet Robert. „Ich weiß, das klingt verrückt. Ich weiß, dass man so etwas nicht jeden Tag hört. Aber genau deshalb ist er dir gegenüber so. Es ist eine Art Wahnsinn. Deshalb wollte ich dich nicht nur für mich hierherbringen. Das wäre nicht fair. Nicht, wenn er gerade diese ... diese Raserei durchlebt."

Je mehr Zeit ich mit Robert verbringe, desto mehr mache ich mir Sorgen, dass diese Brüder hier draußen schon so lange isoliert sind, dass sie seltsam geworden sind. Menschen sind nicht vom Schicksal dazu bestimmt, zusammen zu sein. Das mag in alten Geschichten und epischen Romanzen eine gängige Vorstellung sein, aber nicht im wirklichen Leben. Das wirkliche Leben ist schmutziger, rauer und düsterer. Es gibt kein Happy End. Nicht wirklich. Es ist einfach Glück, wenn man einen Menschen findet, mit dem man sich gut genug versteht, um in einer Beziehung zu bleiben.

„Nichts von dem, was du gerade gesagt hast, ergibt Sinn. Menschen sehen nicht einfach jemanden und wissen dann, dass sie für immer zusammenbleiben werden. Und schon gar nicht ändern sie deswegen ihre Augenfarbe."

Robert steht auf, geht zum Fenster, zieht die Vorhänge auf und betrachtet die Aussicht, die ich zuvor studiert hatte.

„Was du sagst, ist richtig. Menschen sehen nicht einfach jemanden und wissen, dass sie ihr Leben lang zusammenbleiben werden. Zumindest nicht so, wie Hunter es tut."

„Warum hast du mir dann erzählt, dass es so passiert ist?"

„Menschen tun das nicht", sagt Robert, dreht sich zu mir um und sieht mich so ernst an, wie ich ihn noch nie gesehen habe. „Aber wir sind keine Menschen."

16

GOLDIE

Hat Robert das gerade ernsthaft gesagt? Ich traue mich nicht, ihn zu bitten, das zu wiederholen, ohne mich lächerlich zu machen.

Ich rutsche aus dem Bett und gehe über den warmen Teppich zu ihm hinüber, bis ich vor ihm stehe. Ich berühre seinen Arm, um mich zu vergewissern, dass er so ist, wie ich ihn in Erinnerung habe: fest, warm und real. Ich berühre sein Kinn. „Für mich fühlst du dich auf jeden Fall real und menschlich an", sage ich leise.

„Wenn man eine Münze nur von einer Seite betrachtet, versteht man nur die Hälfte des Gesamtbildes."

„Und was ist die andere Hälfte?"

„Ich glaube, du weißt es." Er schaut in den Wald hinaus und legt seine Hand auf das kühle Glas des Fensters. Als ich seinem Blick folge, beginnt sein Arm zu zittern.

Ich starre ihn an, weil es aussieht, als würde er gleich einen Anfall bekommen, aber stattdessen verdunkelt sich seine Haut vor meinen Augen, bis sie dunkel und behaart ist, und anstelle seiner Hand befindet sich dort nun eine

Pfote mit langen, scharfen Krallen. Er bewegt sich nicht, aber ich tue es und trete zurück, bis ich die Kante des Schreibtisches erreiche.

Die Bären.

Sein Arm hat dieselbe Farbe wie die Bären im Wald, und die Farbe breitet sich allmählich weiter aus, bedeckt seinen Bizeps und spannt sein Hemd, während seine Schulter immer massiger wird. Vor meinen Augen verwandelt sich sein Arm langsam wieder in einen menschlichen Arm, und meine Finger krallen sich dabei fest in das Hartholz.

Die andere Seite der Münze. Nicht menschlich.

Kein Werwolf. Ein Gestaltwandler.

Ich habe Fantasy-Bücher über Wesen gelesen, die sich nach Belieben von einer Gestalt in eine andere verwandeln können, aber ich hätte nie gedacht, dass es sie wirklich gibt.

Meine Augen müssen mich täuschen. Das müssen sie.

Das kann nicht real sein.

„Ich werde dir nicht wehtun", sagt Robert leise. „In keiner Form. Es sei denn, es gefällt dir." Er grinst, seine Augen voller Scham und Hoffnung, und ich muss wie ein erschrecktes Kaninchen aussehen, denn sein Gesicht verzieht sich.

„Du bist … du bist …"

„Ein Bär", antwortet er leise. „Manchmal."

„Manchmal?" Ich schüttle den Kopf; die Realität dessen, was ich gesehen habe, ist noch nicht ganz zu mir durchgedrungen. „Wie?"

„Das ist eine gute Frage. Es ist einfach so, wie es ist. So wie es schon immer war."

„Du meinst so etwas wie eine genetische Veranlagung?"

Robert nickt und wendet sich vom Fenster ab, seine Hand ist nun wieder ganz menschlich. Er streckt die Hand aus, um mein Gesicht zu berühren, und ich zucke zurück. Sein Gesichtsausdruck verfinstert sich, und er steckt die

Hände in die Taschen. „Unsere Familie konnte, soweit wir zurückverfolgen können, ihre Gestalt verändern."

„Wie viele von euch gibt es?"

„Viele", sagt er, ohne näher darauf einzugehen. Ich muss träumen. Liege ich noch schlafend in dem Bett im Sexzimmer? Ich schaue mich um, und alles sieht zu klar aus, um ein Traum zu sein. Ich kneife mich in den Arm, und es tut weh. Kein Traum.

Die Welt ist ganz anders, als ich dachte. Wenn Robert sich wirklich in einen Bären verwandeln kann, welche anderen Wesen aus Kinderbüchern gibt es dann noch? Werwölfe? Kobolde? Drachen? Feen?

„Du siehst erschüttert aus", sagt er. Ich hebe meine Hand, und er hört sofort auf.

„Bist du überrascht?" Ich strecke meine zitternde Hand aus und betrachte sie, als gehöre sie jemand anderem. „So etwas sehe ich nicht jeden Tag, Robert."

„Das ist nichts, was ich jeden Tag preisgebe. Tatsächlich bist du die einzige Außenstehende, der ich das jemals erzählt habe. Ich habe uns in Gefahr gebracht, indem ich es dir gezeigt habe, aber ich musste es tun, weil ..."

Ich schiebe mich vom Schreibtisch weg und gehe auf die andere Seite des Raumes, während meine Gedanken kreisen. Es ist nicht gut, dass er mir die Wahrheit über sich erzählt hat. Wie soll er mir vertrauen, dass ich nichts verrate? Ich könnte es dem Sheriff erzählen. Robert und seine Brüder könnten verhaftet und eingesperrt werden. Das werden sie doch nicht riskieren, oder?

„Du wirst mich nicht gehen lassen, oder?", frage ich. „Jetzt, wo du mir das gezeigt hast."

Robert konzentriert sich auf den Boden, vermeidet meinen Blick und bestätigt damit meine Befürchtungen.

„Ich wollte nicht, dass du mir das zeigst. Ich wollte nicht, dass du mir dein Geheimnis verrätst", zische ich. „Warum zum Teufel hast du das getan?"

„Weil es dein Schicksal ist, bei uns zu sein, Goldie. Das habe ich mir nicht ausgesucht. Es hat dich ausgesucht."

„Ich bin zu nichts bestimmt!", rufe ich. „Mein Leben ist geordnet und gewöhnlich, und genau so gefällt es mir."

Robert schüttelt den Kopf. „Ich glaube dir nicht. Wenn du so denken würdest, wärst du nicht hier. Du würdest nicht alles riskieren."

Ich bleibe stehen, seine Worte sind provokativ, treffen mich aber mit ihrer Wahrheit mitten ins Herz. Ich bin heute Abend tatsächlich ein Risiko eingegangen, ein Risiko, das beweist, dass ich mit meinem Leben, so wie es ist, nicht zufrieden bin. Ich bin hierhergekommen, um etwas mehr zu suchen, aber nicht das hier. Nicht eine seltsame, vom Schicksal bestimmte Verbindung mit drei fremden Männern.

Drei.

Es gibt drei von ihnen, und ich soll ihr Schicksal sein. Wie zum Teufel soll das funktionieren?

„Ist dir klar, wie verrückt das für mich klingt? Wie verrückt das aussieht?"

„Natürlich. Deshalb lebt unsere Familie seit Generationen hier, am Rande des normalen menschlichen Lebens." Seine Stimme ist leise und ruhig, seine Schultern hängen herab. Ich empfinde eine überwältigende Traurigkeit für ihn und seine Brüder. Wie muss es sein, unter Menschen zu leben, aber niemals man selbst sein zu können? Ein so großes Geheimnis sein ganzes Leben lang mit sich herumzutragen und sich niemandem anvertrauen zu können?

Niemandem außer mir. Ich glaube, ich verstehe das, weil ich so viel von mir vor meiner Familie und meinen Freunden verborgen habe. Nur Robert hat diesen Teil von mir gesehen.

„Warum ich?", frage ich leise.

Robert zuckt mit den Schultern. „Ich weiß es nicht. Es

funktioniert einfach so für uns. Die Planeten standen an dem Tag, an dem du geboren wurdest, in einer bestimmten Konstellation. Unser Instinkt sagt uns, dass du aufgrund deiner genetischen Veranlagung zu uns passt."

„Genetische Veranlagung. Warum sollte das ein Faktor sein?"

Eine Röte breitet sich auf Roberts Wangenknochen aus. Dieser Mann hat Dinge mit mir gemacht, die kein anderer Mann jemals das Privileg hatte zu tun, aber das Reden bringt ihn zum Erröten.

„All das muss schwer zu verstehen sein. Selbst während ich diese Dinge sage, höre ich, wie seltsam sie klingen. Und ich wäre nicht hier bei dir, um dir diese Dinge zu erzählen, wenn es nicht unbedingt notwendig wäre. Du bist zu Hause in Gefahr."

„In Gefahr vor wem?"

„Männer wie wir. Männer, die Wölfe sind."

„Wölfe? Wie Werwölfe?"

„Ja, aber sie verwandeln sich nicht nur bei Vollmond. Sie sind wie wir. Hybride Wesen, die sich nach Belieben verwandeln können."

„Und sie wollen mir wehtun?"

„Sie wollen uns wehtun. Du bist nur ein Kollateralschaden."

Ich schüttle den Kopf und versuche, die Verwirrung und Ungläubigkeit angesichts der Fakten und Wahrheiten zu vertreiben. „Warum wollen sie euch wehtun?"

„Das war schon immer so. Am Anfang ging es um den Kampf um Territorium. Je mehr sich die menschlichen Siedlungen ausbreiteten, desto weniger Wildnis blieb uns. Wir müssen einen Teil der Zeit in unserer Tiergestalt leben können, sonst fühlen wir uns eingesperrt. Die Wälder wurden zerstört, und was übrig geblieben ist, reicht nicht aus, damit wir ohne Konflikte nebeneinander leben können. Spitzenprädatoren vertragen sich nicht miteinander."

„Also kämpft ihr?"

„Ja."

„Und was passiert dann? Verteidigt ihr euer Revier?"

„Ja."

„Und was ist, wenn ihr verletzt werdet?"

„Das kommt vor."

Ich halte inne, mustere ihn und überlege, ob ich die Antwort auf die nächste Frage wissen möchte.

„Im Ernst? Könntet ihr sterben?"

„Ja."

Ich schrecke zurück. Der Gedanke an diese andere gewalttätige Welt, die unter der Oberfläche der normalen menschlichen Gesellschaft existiert, ist mir so fremd, dass ich Mühe habe, ihre Realität zu begreifen.

„Wir können dich hier beschützen. Meine Brüder und ich werden dich beschützen. Und wenn du während deines Aufenthalts hier feststellst, dass du bleiben möchtest ..."

„Und wenn ich das nicht tue?" Ich kann nicht über die Verbindung nachdenken, von der er glaubt, dass wir sie haben. Nicht jetzt. Nicht, nachdem er mich mit allem anderen bombardiert hat.

„Lass uns jetzt nicht darüber reden, okay?"

„Dinge unter den Teppich zu kehren, lässt sie nicht verschwinden. Dinge hinter Türen zu verschließen, lässt sie nicht verschwinden."

Robert nickt, nimmt seine Hände aus den Taschen und kommt langsam auf mich zu. Diesmal halte ich ihn nicht auf. Seine Hand umschließt mein Kinn und hebt mein Gesicht zu seinem.

„Aus welchem Grund auch immer, du bist wie für uns geschaffen, Goldie. Ich weiß, dass dir das im Moment nicht einleuchtet, aber das ist in Ordnung. Ich bin mir sicher, dass es dir mit der Zeit klar werden wird. Und wenn es soweit ist, müssen wir uns keine Sorgen mehr um die Dinge machen, die wir unter den Teppich gekehrt oder hinter verschlossenen Türen versteckt haben. Wirst du mir vertrauen?"

„Habe ich eine Wahl?"

Er holt tief Luft und atmet aus. „Nicht wirklich, aber tun wir mal so, als ob. Tun wir mal so, als ob das ein Date wäre, das wirklich gut gelaufen ist. Ein Date, das wir nicht beenden wollen."

„Das muss ich nicht vortäuschen", sage ich, und ich lüge nicht. Ich wäre gerne bei Robert geblieben, wenn er nicht gewollt hätte, dass ich gehe. Ich fühle mich unfassbar wohl in seiner Nähe, was, wie ich jetzt vermute, etwas mit dem zu tun hat, was er mir erzählt hat. Wenn wir dazu bestimmt sind, zusammen zu sein, ist das dann der Grund, warum mein Körper nach ihm verlangt, wenn wir uns nahe sind? Ist das der Grund, warum ich nicht schreie und wegrenne, wenn er mich mit seiner menschlichen Hand berührt, die manchmal klauenbehaftet und haarig ist?

„Also gehen wir ins Bett, und morgen früh kannst du mit mir und meinen Brüdern etwas unternehmen. Wir finden heraus, was in deinem Laden passiert ist, machen dir etwas Leckeres zum Frühstück und zeigen dir, warum du hier unendlich glücklich sein wirst."

Ich schüttle den Kopf, muss aber lächeln. „Das ist eine Menge für einen einzigen Vormittag."

Robert beugt sich vor, um mich sanft auf die Lippen zu küssen, seine Hände streifen meine Oberarme über meine Ellbogen, bis sie meine Hände erreichen und festhalten. Instinktiv ziehe ich meine Hände zurück, die Erinnerung an seine Bärenpfote ist noch frisch. Ihn jetzt zu berühren, fühlt sich anders an als zuvor. Ich bin mir nicht mehr sicher, was ich vorfinden werde: Haut oder Fell? Was verwandelt ihn vom Menschen zum Bären und wieder zurück? Ich habe gesehen, dass er eine Verwandlung erzwingen kann, aber gibt es Umstände, die seine Verwandlung hervorrufen?

„Es ist okay. Ich bin einfach ich. Das menschliche Ich",

flüstert er. Sein Gesichtsausdruck bricht mir das Herz.

„Du wirst dich doch nicht verwandeln, während wir schlafen?"

Robert schüttelt den Kopf. „Das kann ich kontrollieren", antwortet er. „Es sei denn, es besteht Gefahr."

Ich sollte schreien und an den Fensterscheiben kratzen, um herauszukommen, ich sollte in Panik geraten, zittern und Angst haben, aber innerlich bin ich seltsam ruhig, als ob dieses Schicksal bereits seine Wirkung auf mich ausübt. Ich sollte protestieren, mich gegen die Leichtigkeit wehren, mit der ich dem Unglaublichen begegne, aber ich scheine nicht den Willen dazu zu finden.

Das fühlt sich wie ein so bedeutender Moment an. Kann ich wirklich neben diesem Mann einschlafen? Neben diesem Bären?

Trotz aller Verwirrung und Unsicherheit gibt es eine Sache, der ich mir sicher bin.

Robert wird mir nichts tun.

Aber bei seinen Brüdern und den Kreaturen, die draußen im Wald auf mich lauern, bin ich mir nicht so sicher.

17

ROBERT

Ich lasse Goldie zuerst ins Bett schlüpfen und nehme mir Zeit im Badezimmer. Als ich frisch geduscht herauskomme, hat sie sich unter der Bettdecke auf die Seite gekuschelt. Ich gehe barfuß über den Holzboden, schalte die Lampe auf meinem Nachttisch ein und gehe quer durch den Raum, um das Hauptlicht auszuschalten. Das Lampenlicht wirft einen schwachen gelben Schein auf meine Seite des Bettes und lässt Goldie im Schatten liegen.

„Ich bin noch wach", flüstert sie und lässt mich zusammenzucken.

Ich hebe die Ecke der Bettdecke an, setze mich auf das Bett und trinke einen Schluck aus meinem Wasserglas. Mein ganzer Körper vibriert vor Bewusstsein. Sie liegt neben mir, in meinem Bett. Weich, warm und genau richtig.

Ich habe mich noch nie so gefühlt. Jede Frau, mit der ich dieses Bett geteilt habe, kam mir vor wie ein quadratischer Pflock in einem runden Loch. Keine hat länger als eine Nacht ausgehalten, weil ich wusste, dass es keinen Sinn hatte, Zeit zu investieren, wenn die Frau, die für meine

Brüder und mich bestimmt war, irgendwo da draußen war. Warum Zeit und Mühe mit jemandem verschwenden, der nur eine Zwischenstation sein würde?

„Fühlst du dich wohl?", frage ich.

„Ja."

Ich schwinge meine Beine auf die Matratze, lehne mich gegen das dunkle Holzkopfteil und verschränke meine Hände hinter dem Kopf. Goldie starrt mich mit großen blauen Augen an, die Farbe der Blauglöckchen, die sich im Frühling auf dem Waldboden ausbreiten.

„Brauchst du noch etwas?"

„Nein."

Ihre Hand taucht aus ihrem Kokon auf und ruht auf meinen Bauchmuskeln, zunächst still, dann aber forschend.

„Du bist so …" Sie hält inne, während ihre streichelnden Finger mir Schauer über den Rücken jagen und mir das Blut in den Schwanz schießt.

„Was?"

„Muskulös."

Ich schnaube. Muskulös ist für Fitnessstudio-Fanatiker. Ich bin ein Mann mit einem Körper, der durch Arbeit, Bewegung im Freien und gute Gene geformt wurde.

„Gefällt es dir?" Ich packe ihr Handgelenk mit meiner großen Hand und halte sie fest.

„Natürlich." Das Zittern in ihrer Stimme verwandelt meine halbe Erektion in eine voll ausgeprägte. Ihre Augen weiten sich, als sie bemerkt, wie sich meine schwarze Shorts ausbeult.

Ich drücke einen sanften Kuss auf ihre Fingerknöchel, lasse sie los und rutsche weiter nach unten auf dem Bett. Mit dem Kopf auf dem Kissen liegen wir uns gegenüber und starren uns an. Das ist Neuland für mich. Betten sind zum Schlafen und Ficken da, aber so erregt ich auch bin, ich möchte im Moment weder das eine noch das andere tun.

„Wie geht es deiner Freundin?", frage ich. „Der mit der Pilzallergie."

„Ihr geht es gut", antwortet sie und kaut auf ihrer Wange herum. „Woher wusstest du das?"

„Sie roch nach saurer Pilzsuppe, als würde ihr Körper sie ablehnen. Mein Bären-Geruchssinn ist immer präsent."

„Wirklich?" Sie zuckt zurück.

„Ja, warum?" Ich lache.

„Heißt das, dass du mich die ganze Zeit riechen kannst?"

„Jap."

Sie schüttelt den Kopf und rümpft die Nase. „Du meinst, meinen ganzen Geruch?"

„Jap. Alles von dir. Durch deine Kleidung hindurch", lache ich.

Sie rutscht rückwärts, bis sie fast von der Matratze fällt. „Und jetzt?"

„Ich würde dich schon von der Hälfte der Treppe aus riechen", sage ich. „Köstlich."

Sie schlägt nach mir, kommt aber nicht ganz heran und rückt näher. „Ich fühle mich im Nachteil."

„Willst du mich auch im Flur riechen?"

„Du riechst gut, also ja."

„Magst du meinen Geruch?"

Sie nickt und lächelt geheimnisvoll. „Es ist holzig und frisch, aber darunter liegt noch etwas anderes. Etwas, das mir bekannt vorkommt."

„Wirklich?" Ich strecke meine Hand aus, um ihr Haar zu berühren, und bewundere die wahnsinnigen Locken, die ihr süßes Gesicht umrahmen. „Ich habe mich gefragt, ob es bei unserer Auserwählten auch so sein würde … ob sie uns genauso wahrnehmen würde, wie wir sie wahrnehmen."

„Ich habe dich nicht wahrgenommen", antwortet sie. „Ich meine, ich habe mich zu dir hingezogen gefühlt, als ich hierherkam, aber ich war wegen der abgelegenen Lage und deiner Größe furchtbar nervös."

„Wegen meiner Größe?"

„Ja, und Imposanz. Und Ruhe."

„Ist es einschüchternd, still zu sein?"

„Klar." Sie zuckt mit den Schultern. „Das Geschwätz der Leute ist beruhigend, besonders in ungewohnten Situationen."

„Und ich nehme an, mein Zimmer des Untergangs hat auch nicht gerade geholfen, oder?"

Ihre Wangen ziehen sich mit ihrem Lächeln nach oben. „Eigentlich schon. Ich habe mich ein wenig in der Aufregung verloren. Es war, als wären wir Seelenverwandte, und ich war traurig, dass wir beide so verdammt verklemmt waren."

„Nicht mehr." Ich greife nach ihrem Körper und ziehe sie an mich. Mein Shirt ist auf ihrem Körper höher gerutscht, sodass meine Hand ihren Hintern umfassen kann. Er ist so warm und prall, dass mir tatsächlich das Wasser im Mund zusammenläuft. Ist das der Bär in mir oder der Mann? Manchmal bin ich mir nicht sicher.

Unsere Lippen verbinden sich in einem süßen, forschenden Kuss, als würden wir uns endlich begrüßen. Trotz all dem körperlichen Kontakt, den wir zuvor hatten, ist dies das erste Mal, dass ich spüre, dass sie mir näher sein möchte, als nur aus einer momentanen Laune heraus. Ich ziehe mich zurück, bevor das tobende Tier in mir meine Zurückhaltung überwältigt. Goldies Augen sind trüb und ihre Lippen sind geschwollen und feucht. Perfektion.

„Robert", flüstert sie. „Ich habe Angst."

Ihr Geständnis schmerzt mich, scharf und tief. Meine Gefährtin sollte keine Angst haben, nicht, wenn sie mich hat, der sie beschützt. „Ich weiß, Prinzessin, aber das musst du nicht. Wir würden sterben, bevor wir zulassen, dass dir etwas zustößt."

Ihre Hand um meinen Arm spannt sich an, ihre Fingernägel graben sich gerade so tief ein, dass es erregend ist. „Was?"

„Ich meine es ernst."

Überrascht atmet sie aus und rollt sich auf den Rücken, um zur Decke zu schauen.

„Erzähl mir etwas über dich", flüstert sie. „Ich möchte nicht darüber nachdenken, was außerhalb dieses Raumes geschieht. Erzähl mir etwas, das niemand sonst weiß."

Es ist schwer, eine Antwort auf ihre Frage zu finden, weil meine Brüder bei fast allen Erfahrungen in meinem Leben dabei waren. Nun, bei allem außer …

„Als ich zehn war, wollte ich weglaufen."

Sie dreht nur ihren Kopf, sodass sich unsere Blicke treffen.

„Ich war müde. Müde davon, einer von dreien zu sein. Müde davon, das mittlere Kind zu sein. Hunter war der Liebling meines Vaters, und Evan war der Liebling meiner Mutter. Es war nicht offensichtlich, aber ich spürte es. Die Sache mit dem Bären war überwältigend. Ich lernte, es zu kontrollieren, aber Hunter war immer besser darin. Ich fühlte mich einfach erstickt. Also ging ich bis zum Rand des Blackwood-Waldes. Ich schaffte es in die Stadt und setzte mich auf eine Bank. Ich beobachtete stundenlang die Menschen, die ihr alltägliches Leben lebten: einkaufen, spazieren gehen, Auto fahren, streiten. Das war mir nicht fremd. Wir waren nicht isoliert. Wir mussten das Haus verlassen, um das Nötigste zu besorgen, und unsere Eltern achteten darauf, uns so gut es ging zu integrieren. Aber ich fühlte mich trotzdem wie ein Außenseiter. Das Geheimnis meiner Identität lastete schwer auf mir, und ich wusste, dass das immer so bleiben würde."

„Was ist dann passiert?"

„Ich ging wieder nach Hause. Mein Vater fragte mich, wo ich gewesen sei. Ich sagte ihm, ich sei im Wald eingeschlafen."

Sie atmet tief aus und streicht mit ihrer Hand über mein bärtiges Gesicht, zärtliche Finger und ein sanfter Ausdruck, der mir die Kehle zuschnürt.

„Ich bin auch weggelaufen", gibt sie zu. „Ungefähr im gleichen Alter. Meine Mutter war immer streng zu mir. Sie nannte mich flatterhaft. Sagte, ich würde nichts in meinem Leben erreichen, weil ich nie bei einer Sache blieb. Ich wollte einfach nur neue Erfahrungen machen und mich nicht von Erwartungen einengen lassen. Wir lebten in einer anderen Stadt, etwa achtzig Meilen von hier entfernt, aber am Ende saß ich auf einer Bank und beobachtete die Leute, bis ich Hunger bekam. Dann ging ich nach Hause. Ich fühlte mich überall wie eine Außenseiterin."

Ich versuche mir vorzustellen, wie sie damals aussah. Hatte sie längere oder kürzere Haare? Trug sie einen Zopf oder zwei Zöpfe? War sie ein Wildfang oder mochte sie Kleider? Der Gedanke, dass sie sich in diesem Alter genauso unwohl fühlte wie ich, verwirrt mich. „Ich wünschte, wir hätten uns auf dieser Bank getroffen", sage ich. „Ich wünschte, wir hätten uns früher gefunden."

„Vielleicht wären wir noch nicht bereit gewesen." Sie lächelt verschmitzt. „Wir sind schließlich füreinander bestimmt. Bedeutet das nicht, dass das Universum einen bestimmten Zeitpunkt für unser Zusammentreffen vorgesehen hat?"

Der letzte Teil ist spöttisch gemeint, aber ich nehme es nicht persönlich. Für Außenstehende muss unser Weltverständnis verrückt erscheinen.

„Damals hätten wir das nicht bemerkt", sage ich. „Wir wären einfach zwei verlorene Kinder gewesen."

„Ich fühle mich die meiste Zeit wie eine verlorene Erwachsene."

Ihr Geständnis ist so leise gesprochen, dass ich es überhört hätte, wenn ich sie nicht direkt angesehen hätte.

Ich nehme ihre Hand in meine und küsse ihre Fingerknöchel. „Du bist nicht mehr verloren, Goldie. Du wurdest gefunden."

Sie kuschelt sich näher an mich, ihr Duft nach Sonnenschein, Äpfeln und Vanillecreme umhüllt mich. Ich schlinge meine Arme um sie und drücke sie an meine Brust. Danach reden wir nicht mehr viel, und schließlich fällt sie erschöpft in einen tiefen Schlaf.

Ich halte sie fest und lausche lange Zeit ihrem Atem, habe immer noch das Gefühl, dass alles, was gerade passiert, nur ein Traum ist, und spüre endlich das Gefühl von Zuhause, das mir mein ganzes Leben lang gefehlt hat.

18

GOLDIE

Robert ist ein Schmuser. Außerdem ist er auch ein Mann, der die Grenzen einer Frau respektiert. Wir lagen die ganze Nacht zusammen im Bett, und er hat nicht ein einziges Mal versucht, etwas Sexuelles zu initiieren.

Ich wartete darauf, ob er es tun würde, erwartete es zum einen und zum anderen auch nicht. Der Grund dafür ist nicht ganz klar. Vielleicht ist er ein Gentleman und wollte mich nach seinem Geständnis nicht überfordern. Oder vielleicht mag er nur eine Art von Sex, und ohne Handschellen, Peitschen und Klammern reizt ihn das nicht. Ich fühle mich jedoch nicht wohl dabei, ihn danach zu fragen. Zumindest noch nicht.

Ich wache auf, als Robert sich bewegt. Es ist so seltsam, über das Kissen hinweg sein Gesicht zu sehen. Er sieht morgens gut aus, sexy auf eine zerknitterte und ungepflegte Art, die mich dazu bringt, ihn ablecken zu wollen. Seine Arme und seine Brust sind nackt, und die Wärme seiner Haut überträgt sich auf mich, obwohl ich nicht nah genug bin, um ihn zu berühren. Um ehrlich zu sein, ist er wie ein

Heizofen. Vielleicht liegt es an seinen Bären-Genen.

Er kam in schwarzen Baumwollshorts ins Bett, die sich eng an alles schmiegten, was er zu bieten hat – einen wunderschönen Hintern und diesen großen Schwanz, den er so selbstbewusst einsetzt. Verdammt. Es gibt keine rationale Erklärung dafür, warum ich so geil aufgewacht bin. Vielleicht liegt es daran, dass ich mich der Mitte meines Zyklus nähere und wahrscheinlich kurz vor dem Eisprung stehe.

Argh, werden sie das an meinem Geruch erkennen?

„Bist du bereit für Frühstück?", fragt er lächelnd.

Als Antwort auf seine Frage knurrt mein Magen, und Robert kichert.

„Gehen wir lieber schnell."

Er küsst mich auf die Stirn und springt mit einer Energie aus dem Bett, die ich nie aufbringen kann. Ich erinnere mich an unser Gespräch von gestern Abend, unsere Geständnisse, die mir im kalten Licht des Tages zu intim erscheinen.

„Komm runter", sagt er, als er den Raum verlassen will. „So gerne ich dir auch das Frühstück ans Bett bringen würde, meine Brüder würden sich darüber aufregen. Ich kann dich nicht für immer für mich allein behalten!"

„Kann ich mich kurz frisch machen?", frage ich, während ich meine wilden Locken glätte und mir vorstelle, wie zerzaust ich wohl aussehen muss.

„Sicher."

Ich gehe ins Badezimmer, während Robert praktisch die Treppe hinunterstürmt. Im Spiegel sehe ich irgendwie anders aus. Meine Haut hat einen Glanz, den sie gestern noch nicht hatte, und mein Haar ist perfekt frisiert. Sogar meine Augen scheinen strahlender zu sein. Ist das die Wirkung von gutem Sex? Guter Sex und das Schlafen an der Brust eines Bärenmannes geschmiegt. Wo kann ich mich dafür täglich anmelden?

Ich putze mir die Zähne und spritze mir Wasser ins Gesicht. Ich möchte meinen Overall nicht wieder anziehen, aber nur mit diesem Nachthemd die große Treppe hinunterzugehen, scheint mir nicht angemessen. Ich finde Roberts Bademantel, der an der Tür hängt, und schlüpfe in seine Wärme. Er ist riesig und hüllt mich in weichen Stoff, der nach ihm riecht. Ich kremple die Ärmel hoch, damit meine Hände sichtbar sind, und binde den Gürtel um die Taille. Ich kann nicht widerstehen, noch einmal daran zu riechen, denn die Unterhaltung von gestern Abend ist mir noch frisch im Gedächtnis. Der Geruchssinn ist wirklich mächtig, und Roberts Duft löst Gefühle aus, die ebenso verwirrend wie erregend sind. Sein Duft lässt meinen Körper erröten, aber ich fühle mich auch sicher. Er besänftigt meine Unruhe und verlangsamt meinen Herzschlag, der eigentlich völlig außer Kontrolle sein müsste, aber ruhig schlägt.

Ich atme ein paar Mal tief durch und überlege, was mich unten erwartet: Frühstück mit drei Männern, die ebenfalls Bären sind, von denen ich zwei kaum kenne, die aber glauben, dass ich ihre Seelenverwandte bin. Ich lache nervös. Das klingt sogar in meinem Kopf seltsam.

Wie kann ich das als Realität akzeptieren? Wie kann ich nicht ausflippen? So verrückt das alles auch ist, ich verspüre irgendwie ein Gefühl der Leichtigkeit, das ich mir selbst nicht erklären kann.

Ich habe es mit eigenen Augen gesehen. Es war real. Aber Robert, trotz all seiner verrückten Geständnisse, kommt mir wie ein lang verlorener Freund vor. Ich schüttle den Kopf, die Verwirrung macht mich schwindelig, dann wappne ich mich für das, was als Nächstes kommt.

Ich schlendere die Treppe hinunter, betrachte die Ölgemälde, an denen ich gestern vorbeigegangen bin, und bemerke dabei die Familienähnlichkeiten. Es gibt auch Gemälde von Bären, die ich gestern noch für einfache Darstellungen der Natur gehalten habe, aber heute frage ich mich, ob es sich dabei um Familienmitglieder handelt.

Das ist zu verrückt, als dass ich es begreifen könnte, aber ich weiß, was ich gesehen habe, und es ist unglaublich.

Ein Mann, der sich nach Belieben in einen Bären verwandeln kann, ist ein Wunder – ein furchterregendes und wunderschönes Wunder.

Aus der Küche dringt Gesprächslärm, aber ich bleibe nicht stehen, um zu lauschen. Was, wenn sie ein verstärktes Gehör haben und mich wahrnehmen können?

Das Gespräch verstummt, als ich eintrete.

Robert steht am Herd und rührt in einem großen Topf. Evan und Hunter sitzen am großen Holztisch und trinken Kaffee. Der Duft von gerösteten, bitteren Bohnen, Sahne und Zimt liegt in der Luft.

„Guten Morgen." Meine Stimme klingt quietschiger, als mir lieb ist, aber ich befinde mich in einer so ungewohnten Umgebung, dass meine Nerven vibrieren.

„Guten Morgen." Evan grinst breit und zwinkert.

„Guten Morgen." Hunter spricht mit einer tieferen, knurrenden Stimme als seine Brüder, und auch seine Augen scheinen mit etwas Wildem zu brennen. Liegt es daran, dass er der Älteste der Drillinge ist, dass es ihm schwerer fällt, sich in meiner Gegenwart normal zu verhalten? Erst als er mich sah, passierte das mit den goldenen Augen. Auf Robert und Evan hatte ich zuvor nicht denselben Effekt gehabt.

„Das Frühstück ist fast fertig", sagt Robert. „Setz dich. Evan bringt dir einen Kaffee."

„Milch und einen Zuckerwürfel, bitte", sage ich, während Evan aufsteht, um mir etwas aus der Kanne auf der Theke einzuschenken.

„Bist du nicht süß genug?"

Robert zwinkert mir zu und deutet damit an, dass ich es bin. Er wirkt heute unbeschwerter, als wäre ihm eine Last von den Schultern genommen worden. Liegt es an der Anwesenheit seiner Brüder? Oder vielleicht daran, dass sie offen zugeben, wer und was sie sind? Vielleicht ist es der Sex oder das Kuscheln, das ihm diesen Glanz in den Augen und das Lächeln auf den Lippen beschert. Ich mag sein Glück.

Ich zucke mit den Schultern.

„Robert?" Evan zeigt mit der Tasse auf seinen Bruder. „Du weißt es doch."

„Man sollte genießen und schweigen", sage ich.

„Er hätte sie gar nicht erst küssen sollen", murrt Hunter. Mürrisch knallt er seine leere Kaffeetasse auf den Tisch.

„Vieles davon war meine Schuld", antworte ich. „Zu viel Versuchung."

Hunter schüttelt den Kopf. „Robert ist Manns genug, um es besser zu wissen."

„Wenn er das getan hätte, würde ich jetzt nicht hier sitzen, oder?"

„Und wir freuen uns, dass du hier bist", sagt Evan leichthin. „Wir freuen uns wirklich sehr."

„Hunter scheint nicht glücklich zu sein", antworte ich mit einem Achselzucken. „Ich würde sogar so weit gehen zu sagen, dass Hunter ziemlich wütend und unglücklich über alles zu sein scheint."

„Hunter ist außer sich vor Freude." Evan drückt die breiten Schultern seines Bruders, während er mir den großen gelben Becher reicht. Der Griff ist fest und wirkt eher warnend als liebevoll.

„Hunter wäre noch begeisterter, wenn er nicht gezwungen wäre, zu frühstücken, als wären wir metrosexuelle Hipster. Papa würde sich im Grab umdrehen."

„Du frühstückst nicht?", frage ich verwirrt.

„Wir frühstücken jeden Tag", sagt Robert und wirft

Hunter einen warnenden Blick zu.

„Wir sollten aber nicht mit Goldie frühstücken. Zumindest nicht, bevor wir sie zu unserer gemacht haben."

„Hunter", warnt Evan.

„Ignoriere meinen Bruder." Robert schaltet den Herd aus.

„Das ist das Ergebnis davon, dass du mich ignoriert hast." Hunter deutet mit einer Handbewegung auf den Raum. „Glaubst du etwa, unsere Familie hat Jahrhunderte lang überlebt, indem wir uns zum Frühstück verabredet haben? Nein. Wir treffen unsere Auserwählte und beanspruchen sie für uns. So war es schon immer."

„Beanspruchen?"

„Es ist okay, Goldie", sagt Evan. „Hunter ist ein Traditionalist. Er möchte wie unsere Vorfahren leben, ohne Rücksicht darauf, dass wir im 21. Jahrhundert leben und die Welt sich weiterentwickelt hat."

„Die Außenwelt hat sich weiterentwickelt, Evan. Aber in diesem Haus und in unserem Clan sollte alles so bleiben, wie es immer war."

„Ich nehme keine Frau mit ins Bett, wenn sie nicht selbst will", sagt Evan verärgert. „Das mag vielleicht deine Art sein, aber nicht meine."

„Glaubst du etwa, Goldie würde nicht gerne dabei sein? Sie hat sich praktisch auf Robert gestürzt."

„Aber nicht auf uns. Wir sind zu dritt, und wir bekommen keinen Freifahrtschein, nur weil unser Bruder einen hat."

Hunter schlägt mit der Faust auf den Tisch, sodass die Becher klappern. „Ich bin ein Bär. Ich brauche keinen verdammten Freifahrtschein. Wenn ich meine Auserwählte sehe, nehme ich sie mir und beanspruche sie für mich. So ist das nun mal. Warum muss ich hier sitzen und Small Talk bei Haferbrei machen? Ich verstehe das verdammt noch mal nicht."

Hunters Augen blitzen golden, und ich schiebe meinen Stuhl vom Tisch weg. Sein Blick ist wild und ungezähmt.

Wird er sich jetzt in einen Bären verwandeln? Roberts sich verändernder Arm war schon beängstigend genug. Hunter in seiner Bärenform so nahe zu kommen, wäre furchterregend.

Wird er mich nach oben bringen und mich zwingen, mit ihm Sex zu haben? Ist es das, was man unter „beanspruchen" versteht?

„Es ist okay", sagt Robert. Er steht neben meinem Stuhl und legt seine Hand auf meine Schulter. „Hier beansprucht niemand etwas. Verstehst du mich?"

„Niemand hat dich zum verdammten Boss gemacht", knurrt Hunter. „Ich habe lange darauf gewartet. Es ist mein Geburtsrecht."

„Wir haben alle lange gewartet", antwortet Evan. „Aber das bedeutet nicht, dass wir uns beeilen müssen. Goldie verdient etwas Zeit, um uns kennenzulernen, sich anzupassen und zu akzeptieren. Sie hat die Wahl."

„NEIN", knurrt Hunter, seine Augen leuchten wie Blitze. „Sie hat keine Wahl. Von dem Moment an, als sie bei Vollmond geboren wurde, gehörte sie uns. Warum tust du so, als wäre es anders?"

„Weil du ihr eine Heidenangst einjagst", sagt Evan. „Sieh mal."

Hunter fixiert mich mit seinem Blick, lässt ihn über mein Gesicht und hinunter zu meinen Händen gleiten, die sich um die Stuhllehne klammern. Meine Knöchel sind weiß, und mein Herz schlägt so heftig, dass ich es in meiner Kehle spüre. Hunters Gesichtsausdruck verändert sich jedoch nicht. Seine Augen werden nicht weicher, seine Gesichtszüge entspannen sich nicht. Er zeigt keinerlei Mitgefühl für das, was ich gerade empfinde.

„Sie muss akzeptieren, dass dies ihr Schicksal ist", sagt er. „Keiner von uns hat hier eine Wahl. Ich wünschte, es wäre anders, aber das ist es nicht und kann es auch nicht sein. Du belügst sie nur und weckst falsche Erwartungen."

Ich werfe einen Blick auf Evan und Robert, um ihre Reaktionen zu beobachten. Die Schuld steht ihnen deutlich ins Gesicht geschrieben.

Keine Wahl.

Hunter hat es gesagt, und Robert und Evan haben gezeigt, dass sie glauben, dass es wahr ist. Sie können zwar so tun, als würden sie eine sanfte Herangehensweise wählen, aber sie sind sich einig, dass es so enden wird, wie Hunter sagt.

Geboren bei Bärenmond. Ich habe noch nie davon gehört, aber anscheinend wird dies einen grundlegenden Einfluss auf den Rest meines Lebens haben.

Ich bin es nicht gewohnt, keine Wahl zu haben. Ich habe mein ganzes Leben nach meinen eigenen Vorstellungen gelebt. Meine Eltern wollten, dass ich in das Familienunternehmen einsteige, aber ich bin meiner Leidenschaft gefolgt und habe mein eigenes Unternehmen gegründet. Mein Vater wollte, dass ich den Sohn seines Geschäftspartners heirate, den ich schon mein ganzes Leben lang kannte, aber ich bin ausgezogen, um mir meinen Partner selbst aussuchen zu können. Ich habe hart dafür gekämpft, mein eigenes Leben zu leben, und jetzt sagen mir diese Männer, dass alles umsonst war.

Scheiß drauf.

„Ich sage dir mal was", sage ich und zeige mit dem Finger auf Hunter. „Niemand hier hat irgendwelche Ansprüche auf mich. Was ich zu geben habe, gebe ich zu meinen Bedingungen. Hast du mich verstanden?"

Hunter beugt sich vor und will gerade kontern, als Evan aufsteht und sein Stuhl laut über den Fliesenboden zurückrutscht. „Hunter. Wenn du so weitermachst, wird Goldie dich hassen. Willst du das wirklich?"

Hunter brummt leise vor sich hin, antwortet aber nicht.

Ich vermute, Evan hat einen wunden Punkt getroffen, und Hunter überlegt, wie es wohl wäre, der einzige Bruder zu sein, der ausgeschlossen wird.

Das heißt, wenn er sich nicht dazu entschließt, seine Kraft und Entschlossenheit einzusetzen, um mich seinem Willen zu unterwerfen. Mir wird übel, weil mich dieser Gedanke erregt. Mein Verstand sagt mir Nein, aber mein Körper hat immer andere Vorstellungen, wenn es um dominante Männer geht.

Hunters riesige Hände ruhen auf dem Tisch, und ich stelle mir vor, wie es wäre, wenn er mich mit einer Hand am Hals festhalten würde, während er mich mit seinen großen Fingern penetriert. Er könnte mich für sich beanspruchen, und ich wäre machtlos, mich zu wehren. Das warme Gefühl zwischen meinen Beinen ist beschämend. Normale Frauen werden nicht erregt von der Vorstellung, zum Sex gezwungen zu werden. Normale Frauen suchen Männer wie Robert und Evan, denen es wichtig ist, wie wir uns fühlen, und die trotzdem verdammt männlich sind. Normale Frauen suchen keinen Alpha-Arschloch-Tarzan-Imitator, der sie über die Schulter wirft und in den Dschungel trägt.

Ich bin keine normale Frau.

„Das Frühstück wird kalt", zischt Robert. „Kann ich mich darauf verlassen, dass du den Mund hältst, während ich die Schüsseln hole?"

Hunter grunzt, Evan packt die Rückenlehne seines Stuhls und zieht ihn heran. Als wir alle wieder am Tisch sitzen, atme ich tief ein und lasse die Luft langsam durch die Nase ausströmen. Hunters Brust hebt und senkt sich schneller als normal. Er ist ernsthaft aufgebracht über die ganze Situation. Eine Ader an seiner Schläfe pocht. Es geht hier nicht nur um eine erbärmliche Macho-Attitüde. Es wirkt sich physisch auf ihn aus, mir gerade gegenüberzusitzen.

Ich habe noch nie zuvor jemanden so beeindruckt. Ich meine, mir wurde schon gesagt, dass ich hübsch bin. Ich habe süße Haare und eine kleine Stupsnase. Meine Augen haben eine zarte, vergissmeinnichtblaue Farbe und mein Körper ist kurvig. Für manche vielleicht etwas zu rundlich, aber ich bin glücklich mit meiner weichen Weiblichkeit. Ich mag den Kontrast zwischen meinem weiblichen Körper und Roberts harten Gesichtszügen. Aber das hier ist etwas anderes.

Das ist ein rohes Bedürfnis.

Das ist animalisch und triebhaft.

Das ist alles, wovor ich weglaufen sollte, aber stattdessen zieht es mich dazu hin.

Diese Männer wollen mich teilen. Sie glauben, ich sei ihr Schicksal.

Sie wollen mich zu ihrer Auserwählten machen, und sie haben oben ein Zimmer, in dem meine wildesten Fantasien wahr werden können.

Ich frage mich, warum ich diese Chance nicht sofort ergreife, wenn ich es so zusammenfasse.

Robert serviert den Haferbrei und reicht mir als Erstes eine Schüssel. Sahne und Ahornsirup stehen in der Mitte des Tisches, und ich füge beides hinzu. Als ich den ersten Löffel probiere, bin ich im siebten Himmel. Haferbrei hat noch nie so gut geschmeckt. Ich schaue mich am Tisch um und sehe diese drei großen, kräftigen Männer, die ihren cremigen Haferbrei verschlingen, und ich muss lachen. Sie sind wie Bären. Sollten sie nicht riesige Teller mit Würstchen, Speck und Eiern essen? Oder sogar Steak?

Entweder haben sie als Kinder viele Märchen gelesen, oder Märchen sind real. Die Aussicht auf Letzteres ist mehr als nur ein wenig beängstigend.

„Ich möchte zu meinem Laden fahren, und selbst sehen, was passiert ist."

Hunter räuspert sich. „Wir werden heute dort hinfahren und es für dich überprüfen. Es ist zu gefährlich für dich, dorthin zu fahren."

„Ich bin keine zerbrechliche Blume", antworte ich. „Das ist meine Sache. Ich muss die Versicherung anrufen. Es kostet Geld, um den Laden wieder zum Laufen zu bringen."

„Robert und ich werden heute dorthin fahren. Wir werden Fotos machen und dafür sorgen, dass alles so gut wie möglich gesichert wird. Wenn du dann nach Hause musst, kann Evan dich hinbringen, damit du ein paar Sachen holen kannst. Aber du musst wieder hierher zurückkommen." Hunters Tonfall ist so bestimmt, dass er jede Diskussion im Keim erstickt. In gewisser Weise bin ich dankbar, dass ich mich nicht ganz allein damit auseinandersetzen muss. Den Brandschaden und die Zerstörung mit eigenen Augen zu sehen, würde mir das Herz brechen.

Wenn sie damit zufrieden sind, bin ich gerne bereit, sie gewähren zu lassen.

19

HUNTER

Sobald Robert in meinen Pick-up steigt, gebe ich Gas. Er schnallt sich an und lehnt sich zurück, während der Motor aufheult und die Reifen Blätter und Kies hinter uns aufwirbeln.

„Willst du etwa fahren, als hättest du Todessehnsucht?", fragt er ruhig. Aus welchem Grund auch immer hat Robert, als die Charaktereigenschaften unter uns verteilt wurden, die ganze Geduld bekommen und mir die ganze Frustration überlassen. Nicht zum ersten Mal in meinem Leben ärgere ich mich über die Intensität der Gefühle, die mit der Rolle des Alphas einhergehen.

„Ich fahre, als hätten wir ein Ziel vor Augen", sage ich. „Eine dringende Besorgung für unsere Auserwählte."

„Du könntest sie einfach Goldie nennen. Das ist ihr Name."

Ich drehe mich zu ihm um und verziehe das Gesicht. Noch nie habe ich mich meinem Bruder so entfremdet gefühlt. Warum musste das gerade jetzt passieren und ausgerechnet wegen einer so wichtigen Sache?

Ich beiße die Zähne zusammen, während mir all die wütenden, bissigen Dinge, die ich ihm entgegenschreien könnte, durch den Kopf gehen. Die Enttäuschung, die ich über diese Situation empfinde, ist wie ein brodelnder Ofen in meinem Bauch.

Wir haben so lange gewartet, und dann kommt unsere Auserwählte so in unser Leben? Ich verstehe nicht, warum.

Alle Geschichten, die uns über frühere Generationen erzählt wurden, sind es wert, weitererzählt zu werden. Unsere Eltern trafen sich zufällig an einer Kreuzung. Eigentlich hätten sie aneinander vorbeigehen und in verschiedene Richtungen weitergehen sollen, aber stattdessen gingen sie gemeinsam weiter und waren von diesem Tag an immer Seite an Seite. Die Eltern unseres Vaters trafen sich in einer Bäckerei. Er war auf der Suche nach Apfelkuchen, den seine Mutter ihm immer gebacken hatte, bevor sie starb. Seine Auserwählte arbeitete hinter der Theke, und ihre Backspezialität war Apfelkuchen, genau so, wie er ihn mochte. Die Eltern unserer Mutter trafen sich, als unser Großvater an einer Frau vorbeifuhr, deren Tasche aufgegangen war. Ihre Einkäufe waren über den Bürgersteig verstreut, und unser Großvater hielt mit seinem Auto an, um ihr zu helfen. Der Rest ist Geschichte.

Und was bekomme ich? Eine Auserwählte, die auf meinen Bruder fixiert ist und mich hasst. Einen Bruder, der es okay findet, unsere Auserwählte alleine zu ficken.

Ich habe das Gefühl, dass unser Schicksal zerstört wurde. Es fühlt sich an, als wäre mir alles genommen worden, was mir versprochen wurde. Und ich verstehe nicht, wie Evan so gelassen damit umgehen kann. Er ist genauso außen vor wie ich, aber er ist so friedlich wie ein Lamm. Er nimmt sich gerne die Zeit, unsere Auserwählte zu umwerben, während unser Bruder sie in seinem Bett hat.

Ich verliere den Verstand.

„Die Wölfe stecken dahinter", sagt Robert. Er trommelt mit den Fingern auf sein Knie, während er versucht, das

Thema zu wechseln. Vielleicht ist es gut, sich auf etwas anderes zu konzentrieren. Ich habe dem, was ich vor Goldie gesagt habe, nichts hinzuzufügen. Ich habe meine Meinung klar zum Ausdruck gebracht.

„Das tun sie."

„Wie haben sie von ihr erfahren?"

„Die Bar", sage ich. „Das ist der einzige Ort, an dem sie uns zusammen gesehen haben."

„Der Supermarkt?"

„Ich hätte ihren Gestank gerochen, wenn sie zur gleichen Zeit wie wir Lebensmittel eingekauft hätten."

Robert schnaubt. Die Wölfe müssen sich in Windrichtung hinter der Bar versteckt haben. Manchmal folgen sie uns, so wie wir ihnen folgen. Es ist ein dummes Spiel, aber die Rivalität ist zu tief verwurzelt, um sie zu ändern.

„Also versuchen sie, sie aus der Reserve zu locken, indem sie ihr Geschäft ruinieren?"

„Oder sich mit ihrer üblichen Unreife verhalten."

„Krieg ist auf beiden Seiten hässlich."

Robert hat recht. Ich möchte nicht gezwungen sein, mit anderen im Streit zu leben. Das ist anstrengend und fruchtlos, aber ich werde tun, was getan werden muss, um meiner Familie willen.

„Vergeltung ist notwendig."

Robert stöhnt und fährt sich mit der Hand über das Gesicht. „Ich möchte mich nur auf Goldie konzentrieren. Wir brauchen Zeit, um uns einzuleben. Wir müssen alles tun, um sie glücklich zu machen."

„Was ist mit unserem Glück?"

Er starrt mich an, seine Augen mustern mein Profil. Ich spüre seine Aufmerksamkeit. „Diese beiden Dinge hängen zusammen."

Das ist doch offensichtlich! Ich bin nur ein gereizter

Arsch, weil ich es sein kann. Meistens bin ich einfach nur ungeduldig. Ich möchte unsere Zukunft leben und nicht in einer Gegenwart verharren, in der unsere Auserwählte noch ein separates Wesen ist.

„Was sie glücklich macht, macht auch uns glücklich."

„Ich bin kein Idiot."

„Dann komm damit klar."

Ich runzle die Stirn und hasse es, dass mein Bruder recht hat. Ich schalte das Radio ein und quäle mich durch die Musik, die gerade läuft, verzweifelt auf der Suche nach Ablenkung. Als wir die Main Street und Goldies Laden erreichen, werden wir mit der Realität unseres Krieges und den Auswirkungen, die er auf unsere Auserwählte hat, konfrontiert. Es ist nichts mehr übrig. Es ist nur noch eine verkohlte Hülle. Die Schlüssel, die Robert in seine Tasche gesteckt hat, sind nutzlos. Es gibt keine Tür, geschweige denn ein Schloss.

Der Boden ist noch nass von den Schläuchen, und die Vorderseite wurde von der Polizei mit Klebeband abgesichert. Es ist den Elementen ausgesetzt, obwohl es nicht mehr viel gibt, was die Elemente zerstören könnten.

„Meine Güte", sagt Robert und schüttelt den Kopf. „Die haben sich aber ins Zeug gelegt."

„Dafür werde ich sie vernichten", knurre ich. Meine Hände kribbeln und jucken vor Verlangen, sich zu verwandeln. Meine Kehle ist angespannt und sehnt sich nach dem grollenden Knurren, das ich als Bär von mir gebe. Meine Zähne schmerzen vor Verlangen zu beißen. Rache ist ein scharfer Geschmack auf meiner Zungenspitze.

„Wir müssen uns das genauer ansehen", sagt Robert. „Und vielleicht mit Brettern vernageln. Sicherstellen, dass wir nichts übersehen."

„Okay", antworte ich. „Dann machen wir das. Und dann sollten wir Evan anrufen. Vielleicht kann er die Situation etwas abmildern." Unser Bruder kann vieles gut, und

Menschen aufzumuntern ist eine seiner größten Stärken. Diese Eigenschaft habe ich leider nicht geerbt.

Ich fahre an den Straßenrand und stelle den Motor ab. Wir schauen uns beide vorsichtig um, denn es könnte sich um eine Falle handeln. Es ist schon lange her, dass wir uns offen bekämpft haben. Das Risiko, entdeckt zu werden, ist sowohl für Wölfe als auch für Bären zu groß, aber diese Situation ist neu. Das Warten auf unsere Gefährtin hat lange gedauert, und dass unsere zuerst aufgetaucht ist, ist der Auslöser für die Eskalation. Die Wölfe aus der Gegend warten, und ihr erweiterter Clan versammelt sich. Ich möchte keine Außenstehenden hinzuziehen, um unsere Zahl zu vergrößern. Eine totale Kriegsführung zu riskieren, würde nicht nur zu mehr Sachschäden führen. Wir haben zu lange gewartet, um zu sterben, bevor wir unser Schicksal erfüllen können.

20

GOLDIE

Robert und Hunter sind nach dem Frühstück losgefahren und haben meine Schlüssel mitgenommen. Ich dusche schnell und habe keine andere Wahl, als meine Arbeitskleidung zu tragen, um mit Evan das Haus zu verlassen.

Nach Hause zu fahren, um eine Reisetasche zu packen, kommt mir so seltsam vor, aber ich glaube, ich habe auch keine andere Wahl. Die ganze Situation macht mich emotional.

„Es wird alles gut", sagt Evan, während ich mir mit dem Ärmel die Augen abwische.

„Es war mein Traum", flüstere ich. „Ein kleiner und erbärmlicher Traum, schätze ich."

„Es gibt keine kleinen und erbärmlichen Träume." Evan streckt seine Hand aus und legt sie auf mein Knie. „Aber du bist damit nicht allein. Wir sind für dich da, okay? Wir werden das alles gemeinsam bewältigen."

Sein ernster Tonfall lässt mich vermuten, dass er nicht nur den Laden meint. Wenn es Brandstiftung war, wie soll ich dann jemals alles klären? Ich kann nicht in den Laden zurückkehren, wenn ich wirklich in Gefahr bin.

„Was ist mit dem Mann im Wald passiert?"

Evan spielt mit dem Radio und wählt sanfte Countrymusik, um sich die Zeit zu vertreiben. „Hast du jemals ein Märchen gelesen, bei dem du nach der Hälfte das Buch zuklappen und nie wieder aufschlagen wolltest?"

„Ja", sage ich. „Hänsel und Gretel."

Evan nickt. „Das ist besonders düster. Kann ich einfach sagen, dass ich das Buch zugeschlagen habe? So kannst du sicher sein, dass du das Ende der Geschichte gar nicht wirklich wissen willst."

Ich nicke, obwohl er meine Neugier geweckt hat. Mit Robert darüber zu sprechen, schien mir machbar, aber Evan ist eher eine unbekannte Größe. Ich habe Angst, eine Büchse der Pandora zu öffnen, die ich nicht mehr schließen kann.

„Also, du solltest alles zusammenpacken, was du brauchst. Wir werden eine Weile nicht mehr hierher zurückkommen."

„Eine Weile? Das klingt nach einer langen und unbestimmten Zeitspanne."

„Das ist es", antwortet Evan. „Und ich bin nicht mit Hunters Höhlenmenschen-Ansatz einverstanden. Die Zeiten haben sich geändert, und das müssen wir berücksichtigen. Ich würde dich niemals zu etwas zwingen, was du nicht willst." Er wirft mir einen Blick zu und nimmt dabei die Augen von der Straße, um meine Reaktion zu beobachten. „Aber ich glaube, du bist unser Schicksal, Goldie. Wir haben in der Vergangenheit viele Frauen kennengelernt und viel erlebt, aber wir haben noch nie auf eine von ihnen so reagiert wie auf dich. Du musst verstehen, dass wir uns das nicht ausgesucht haben, und ehrlich gesagt würden wir es auch nicht für dich aussuchen. Es ist einfach so, wie es immer war. Für uns ist es etwas, das wir erwartet haben. Ich verstehe, dass es für dich schwer zu begreifen ist."

„Sagen wir einfach: Vor ein paar Tagen war mein Leben noch so, und jetzt ist es ganz anders. Ich habe das Gefühl, als wäre ich in eine andere Dimension gestolpert; ich bin immer noch ich, nur eben anders. Die Welt sieht zwar gleich aus, ist es aber nicht."

Evan zuckt mit den Schultern. „Vielleicht solltest du es so betrachten. Niemand ist genau so, wie er scheint. Man trifft jemanden, der sich von seiner besten Seite zeigt, und wenn man ihn dann besser kennenlernt, kommt sein wahres Wesen zum Vorschein. Bei uns geht es um mehr als nur das Wesen. Es ist ein körperlicher Unterschied, aber den erkennt man sofort. Jetzt geht es nur noch darum, den Rest von uns kennenzulernen. Ich verspreche dir, du wirst uns lieben. Schließlich sind wir füreinander geschaffen."

Er grinst breit, und ich bemerke, dass er ein kleines Grübchen hat, wenn er breit lächelt. Seine Hände liegen locker auf dem Lenkrad und sind genauso groß und haben dieselbe Farbe wie die von Robert. Hände wie diese haben mich überall berührt. Ein Gesicht wie dieses hat mich mit so viel heftiger Lust angesehen, dass ich dachte, ich könnte dahinschmelzen. Er ist derselbe, aber doch anders. Leichtigkeit und Humor im Vergleich zu Roberts ernster Intensität. „Sogar Hunter?", frage ich und merke dann, dass ich damit irgendwie zugegeben habe, dass ich Evan und Robert bereits mag.

Evan lacht leise. „Sogar Hunter. Oberflächlich betrachtet ist er ein arroganter, eingebildeter Arsch, aber tief im Inneren hat er ein Herz aus Gold."

„Ja. Dieser Teil ist momentan tief vergraben."

Wir sind in der Nähe meiner Wohnung, und ich beginne, mir im Kopf zu notieren, was ich noch einpacken muss. Wird Evan mit hochkommen oder im Auto warten? Möchte ich, dass er mit in meine Wohnung kommt?

Er parkt draußen und dreht sich zu mir um. „Benötigst

du Hilfe?" Dass er überhaupt fragt, ist ein gutes Zeichen und zeigt, dass er nicht automatisch meine Grenzen überschreitet. Wenn es Hunter wäre, wäre er schon zur Tür hinaus, einfach davon ausgehend, dass ich seine Hilfe brauche. Mir gefällt Evans Art. Er hat dieselbe respektvolle Haltung wie Robert.

Es fühlt sich seltsam an, die Tür zu meinem Zuhause aufzuschließen. Ich war nur einen halben Tag weg, aber es ist dasselbe ungewohnte Gefühl wie nach einem zweiwöchigen Urlaub. Evan folgt mir ins Haus, und ich beobachte ihn aus den Augenwinkeln, wie er sich umschaut. Mein Zuhause ist auf jeden Fall eklektisch. Viele alte Möbel, kombiniert mit heller moderner Kunst und weißen Wänden. Ich liebe es, und es unterscheidet sich auf jeden Fall vom Herrenhaus der Bjorns.

„Ich brauche nur ein paar Minuten", sage ich.

In meinem Schlafzimmer schnappe ich mir meinen kleinen Koffer und packe Jeans, Pullover, Unterwäsche und Nachtwäsche ein. Es ist schwer vorherzusagen, was ich brauchen werde, also packe ich das ein, was ich für einen Wochenendausflug mitnehmen würde, nur ohne das kleine Schwarze. Unter den gegebenen Umständen werden wir nicht zum Abendessen ausgehen. Während ich packe, kreisen meine Gedanken um meine Situation. Evan ist in der Nähe, aber ich habe einen Moment für mich allein in meinem Zimmer. Der leere Notizblock auf meinem Nachttisch scheint hell und weiß. Ich greife nach dem Stift und schreibe eine kurze Notiz darauf, wo ich bin, wobei meine Augen ständig zur Tür huschen. Als ich fertig bin, stecke ich sie in die Schublade und lasse sie dort liegen wie die Brotkrumen, die Hänsel und Gretel im Wald verstreut haben. Wenn mir etwas zustößt, findet sie vielleicht jemand.

Ich durchsuche meine Unterlagen, finde meinen Geschäftsordner mit allen Versicherungsunterlagen und verdränge das Gefühl der Angst tief in meiner Brust. Der Ordner passt in den Koffer, und ich schließe ihn, bevor mir auffällt, dass ich meine Kosmetik- und Toilettenartikel vergessen habe. Als ich fertig bin, ist mir heiß und mein Mund ist trocken. Bevor ich den Koffer vom Bett heben kann, steht Evan schon an der Tür.

„Lass mich das tragen." Sein Blick schweift durch mein Schlafzimmer und bleibt an meinem schmiedeeisernen Bett hängen. Ich hatte keinen Besuch erwartet, und die Handschellen, die ich benutze, wenn ich meinen privaten Fantasien fröne, hängen noch immer an dem Metallgestell. Typisch, dass ihm das auffällt. Das Grinsen auf seinem Gesicht ist so breit wie nie zuvor.

„Magst du Handschellen?"

Ich nicke, während sich Röte wie ein Lauffeuer über meine Wangen ausbreitet. Ich drehe mich um und beginne, mein Schlafzimmer aufzuräumen, weil ich es ordentlich hinterlassen möchte und Ablenkung brauche. Als ich die Bettdecke glätte, um die Falten zu entfernen, spüre ich Evans Hand auf meiner Hüfte.

„Du musst dich vor mir nicht schämen", sagt er. Sein Finger streift meine Wange und mein Kinn, sein Blick gleitet träge über mein Gesicht und weiter nach unten. „Du hast das Zimmer gesehen, das wir für dich eingerichtet haben. Du hast gesehen, was wir mögen."

Ich drehe mich zu ihm um und schaue zu ihm auf, mein Mund wird trocken, als ich seinen whiskeyfarbenen Augen begegne. „Das ist nichts, worüber ich bisher offen gesprochen habe."

Evans Augen verdunkeln sich wie die von Roberts, werden flüssig und intensiv.

„Wir sind perfekt füreinander." Seine Stimme wird tief und ernst und ist voller Entschlossenheit. Er senkt die Lider und leckt sich die Lippen. Er strahlt eine Gier aus, die mich erschauern lässt. Würde er genauso ficken wie sein Bruder? Würden sich seine Hände auf meiner Haut genauso anfühlen? Würde sein Schwanz mich genauso perfekt dehnen und den süßen Punkt finden, der meine Beine zum

Zittern bringt?

Es fühlt sich falsch an, mich zu ihm hingezogen zu fühlen, wo ich doch mit seinem Bruder intim war, aber sie sind sich so ähnlich, dass meine Grenzen verschwimmen. Früher waren die Bjorn-Brüder eins. Jetzt sind sie zu dritt, und das ist einfach überwältigend.

Robert sagte, sie wollen mich teilen, aber könnte ich mich jemals damit wohlfühlen, mich auf diese Weise zu teilen? Wird sich das gut anfühlen, wenn ich Evan küsse, oder wie Verrat? Und Hunter … nun, Evan meint, ich würde mich auch in ihn verlieben, wenn ich mir die Zeit nehme, hinter seine brutale Fassade zu blicken. Wie würde sich das anfühlen?

Teilen ist ein abstrakter Begriff. Er kann so vieles bedeuten. Würde ich jede Nacht einer einzelnen Person zugewiesen werden, oder würden sie etwas Offeneres und Sinnlicheres erwarten? Wollen diese drei Bärenmenschen sich gegenseitig zusehen, wie sie mich ficken? Wollen sie mich fesseln und gleichzeitig mit Lust quälen? Es war perfekt, als Robert seine Kontrolle über mich ausgeübt hat. Mit seinen beiden Brüdern dazu könnte es überwältigend werden.

Ich sollte fragen, aber wie?

„Perfekt", murmele ich. „Perfekt seltsam."

Evan hebt mein Kinn an und zwingt mich, ihm direkt in die Augen zu schauen. „Eines Tages wirst du dich so akzeptieren, wie du bist. Du wirst die Dinge, die du magst, nicht mehr als falsch und beschämend ansehen. Du wirst alle wunderbaren Facetten deiner Persönlichkeit mit Stolz annehmen."

„So wie Robert?"

Evan verzieht das Gesicht. „Wir haben lange auf dich gewartet, und das hat uns alle auf unterschiedliche Weise mitgenommen. Robert zweifelt an sich selbst. Hunter ist ungeduldig."

„Und du?"

Evan blinzelt. „Ich glaube, ich nehme einfach alles auf die leichte Schulter, um die Ängste meiner Brüder auszugleichen."

Er ist bemerkenswert selbstbewusst. Was ist meine Schwäche? Halte ich Menschen auf Distanz? Bin ich misstrauisch? Bin ich nicht offen dafür, mich wirklich mitzuteilen?

Rosies Wahl für mein Geisttier kommt mir in den Sinn. Es passt zu keinem dieser Merkmale, und mir wird plötzlich klar, dass ich mich verdreht und gewunden habe, um etwas anderes zu werden, damit ich es schaffen kann. Ich bin hart geworden, weil meine Eltern so viel Zeit damit verbracht haben, mich verändern zu wollen. Aus Angst vor Enttäuschungen bin ich sehr streng geworden, wenn es darum geht, andere in mein Leben zu lassen. Selbst meine Faszination für Schlösser erscheint mir aus dieser Perspektive seltsam. Ich sehne mich nach dem Verlust der Kontrolle, wenn sich das Schloss dreht, denn nur wenn ich befreit bin, fühle ich mich wirklich frei.

Wie verkorkst ist das denn?

Evan redet so, als würde meine Ankunft in ihrem Leben sie endlich befreien. Wird es für mich auch so sein? Ich kann mir nicht vorstellen, wie das möglich sein soll, wenn ich an drei Männer gefesselt bin, die ich mir nicht ausgesucht habe. Aber dann erinnere ich mich daran, wie es sich gestern Abend angefühlt hat, in Roberts Armen zu liegen. Die Freiheit, mich seinem Konzept von meinem Schicksal hinzugeben. Die Richtigkeit unserer Verbindung. Ich studiere Evan und entdecke all die kleinen Merkmale, die ihn von seinem Bruder unterscheiden. Die Grübchen in seinen Wangen, die weicheren Locken seines mahagonifarbenen Haares, sein kürzer geschnittener Bart. Auch seine Augen sind anders, als würden sie von innen heraus funkeln.

Die Luft zwischen uns ist aufgeladen, und das liegt nicht

nur daran, dass mein Geist und mein Körper bereits mit einem Mann vertraut sind, der genauso aussieht und spricht wie Evan. Es liegt an diesem Mann. Es liegt daran, wie er mich leichter und glücklicher macht, wie er jede Situation in etwas Positiveres verwandeln kann. Es liegt daran, dass er mir all die Dinge nimmt, die wie scharfe Kanten in mir stecken. Es liegt daran, wie er mich ansieht, als wäre ich die Lösung für alles, was jemals in seiner Welt falsch gelaufen ist.

Als er mich küsst, ist es ein zaghaftes Berühren seiner Lippen, ein Test meiner Reaktion. Mein Herz stockt und bleibt mir im Hals stecken. Es sollte sich falsch anfühlen, den Bruder des Mannes zu küssen, mit dem ich letzte Nacht geschlafen habe, aber das tut es nicht. Es fühlt sich vertraut und warm an, wie die letzten Sonnenstrahlen, die nach einem langen Tag am Strand ihre Wärme und ihren Glanz auf meine Haut werfen. Es gibt auch Unterschiede: das langsamere Gleiten seiner Zunge, die Art, wie er sich zurückzieht und an meiner Unterlippe saugt, sodass ich es in meiner Klitoris spüre. Seine Hand gleitet zu meinem Hals und umschließt meinen Unterkiefer. Seine Finger vergraben sich in meinem Haar, während er mich tiefer küsst. Alle Nerven auf meiner Kopfhaut erwachen, als seine Finger mit meinem Haar spielen.

Es ist zärtlich und süß, bis es das nicht mehr ist.

Es gibt jetzt keine sanfte Einstimmung mehr. Evans Hände greifen nach meinem Hintern und ziehen mich an sich, sein Schwanz ist eine starre Stange zwischen uns. Bevor ich mich darauf einstellen kann, hebt er mich hoch, sodass meine Beine seine Hüfte umklammern und meine Muschi sich an seinen Schwanz schmiegt. Ich klammere mich an seinen Hals, während er mich praktisch auf das Bett wirft, sich über mich kniet und den Reißverschluss meines Overalls aufreißt. Ich trage nichts darunter, und seine Augen leuchten wie Feuer beim Anblick meiner Brüste. Meine Brustwarzen sind hart und dunkel, von den

Klammern wund und empfindlich, und er testet mit Daumen und Zeigefinger vorsichtig ihre Härte.

„Scheiße", murmelt er und schüttelt den Kopf. „Du bist wirklich perfekt. Nur musst du jetzt sofort diese Kleidung ausziehen."

Alle meine Vorbehalte sind verschwunden, und ich schlüpfe aus meinem Overall, während Evan die Kontrolle übernimmt. Er zieht ihn mir über die Hüften und Oberschenkel, bis ich nackt unter ihm liege. Fasziniert streichelt er die blonden Locken zwischen meinen Beinen, wobei sein Daumen gerade so viel meine Klitoris berührt, dass ich mit den Hüften wackle. „Ich habe Hunger", sagt er. „Darf ich essen?" Evan küsst mein Ohr, küsst meinen Hals, bevor er beginnt, meinen Körper hinunterzugleiten.

Oh Scheiße. Das hat noch nie jemand so ausgedrückt. Er lässt es klingen, als wäre ich köstlich.

Oralsex hat etwas, das viel intimer ist als Penetration. Wenn jemand so nah an deiner intimsten Stelle ist, an dir riecht und einen privaten Teil von dir schmeckt, kann das unangenehm sein, aber bei Evan ist das nicht so. Er atmet mich ein, als wäre ich duftend und süß, und als seine Zunge meine Schamlippen teilt und von meiner Klitoris bis zu meiner Öffnung leckt, stöhnt er, um zu bestätigen, dass ich köstlich bin. Oh Gott, er leckt mich, als wäre er am Verhungern, als hätte er sein ganzes Leben lang auf diese Mahlzeit gewartet. Mir geht es genauso. Er erkundet meinen Körper so schnell, dass ich innerhalb einer Minute kurz vor dem Höhepunkt stehe. „Oh … oh … verdammt … hör nicht auf!", keuche ich, ziehe an seinen Haaren und bin mir nicht sicher, ob ich mehr oder weniger brauche, um zum Höhepunkt zu kommen.

Doch bevor ich komme, zieht er sich zurück. In seinen Augen blitzt es verschmitzt, was Selbstvertrauen ausstrahlt. „Glaubst du, ich mache es dir so leicht, Goldie? Sosehr ich es auch lieben würde, wenn du auf meinem Gesicht kommst und ich deine Lust schmecke, werde ich dich warten lassen."

Ich stöhne, verzweifelt nach dem Gleiten seiner heißen Zunge, aber ich werde es nicht bekommen. Er ist immer noch vollständig bekleidet, als er einen Seidenschal vom Ende meines Bettes nimmt und meine Hände fesselt. „Wir haben zu Hause alles, was wir brauchen, um dich glücklich zu machen, aber im Moment muss ich improvisieren."

Er legt seinen Arm unter meinen Körper und bewegt mich so, dass meine Arme gerade so weit über meinem Kopf angehoben sind, dass er die Handschellen am Kopfteil des Bettes an dem Schal zwischen meinen Händen befestigen kann. Selbst diese improvisierte Fesselung macht mich wild. Meine Muschi ist heiß und sehnt sich so sehr nach seiner Berührung. Ich brauche seinen Schwanz, der tief in mich eindringt. Ich brauche ihn, damit er mich fickt, während er mich festhält, damit ich seine Kontrolle und Macht und meine Unterwerfung spüren kann.

Ich brauche ihn, damit er mich befreit.

Oh Gott, was er mir alles antun könnte, wenn wir wieder bei ihm zu Hause wären. Würde er dasselbe tun wie Robert, mit seinen Händen und seinen Spielzeugen? Würde er mich danach küssen und meine Schmerzen lindern? Ich möchte mehr über diesen Mann erfahren. Über die Gemeinsamkeiten und Unterschiede zu seinen Brüdern, seine Hoffnungen und Träume, seine hellen und dunklen Seiten und alles dazwischen.

Evan streichelt meinen Körper, zuerst mit seinen Handflächen, dann mit seinen Fingern, dann nur noch mit der Kante eines Fingernagels, um meine Kurven nachzuzeichnen. Ich winde mich, will mehr, liebe aber das Neckenspiel.

„STILL." Seine Stimme ist befehlend. „Du darfst dich nicht bewegen. Nimm einfach, was ich dir gebe, verstanden?" Ich nicke, meine Kehle schnürt sich vor Vorfreude zu.

„Sag Ja. Ich möchte hören, dass du verstehst."

„Ja." Es klingt erstickt, und ich merke, dass Evan die

Wirkung, die er auf mich hat, genießt.

„Wenn du möchtest, dass ich jederzeit aufhöre, sag einfach …"

„Brei", unterbreche ich ihn.

Er grinst verschmitzt. „Schau dir die Spuren an, die mein Bruder hinterlassen hat." Er streicht über die roten Streifen, die vom Rohrstock und der Peitsche stammen. Es ist nichts Extremes, aber dennoch sichtbar, wenn man danach sucht, und Evan sucht danach.

„Ich habe es verdient", sage ich.

„Das glaube ich dir gern. Robert bestraft nicht einfach irgendjemanden … nicht so. Was hat er noch getan?"

Ich blinzle und atme scharf ein. Ist es in Ordnung, wenn ich Evan die sexuellen Geheimnisse seines Bruders erzähle? Evan bemerkt mein Zögern.

„Hat er dir hier etwas hineingeschoben?" Er fährt mit seiner Hand über meine Hüften und unter meinen Hintern, wo ich vom Plug noch ein wenig wund bin. Ich winde mich, als er rhythmisch drückt, sodass mein ganzer Körper errötet. Ich nicke, und Evan lächelt verschmitzt. „Hat es dir gefallen?"

„Ja."

„Das glaube ich dir gern. Es war nur eine Kleinigkeit, oder? Robert würde dich nicht zu sehr unter Druck setzen, zumindest nicht beim ersten Mal."

Evan wartet nicht auf eine Antwort. Er zieht sich aus und streift sein Shirt mit einer geschickten Bewegung über den Kopf. Seine Brust und seine Arme sind beeindruckend. Er ist genauso stark und breitschultrig wie sein Bruder, aber auch anders. Er ist dort glatter, und die Rundung seiner Brustmuskeln ist deutlicher zu sehen. Meine Hände zappeln in ihren Fesseln, begierig darauf, ihn zu berühren, aber ich kann es nicht. Das Geräusch von Metall auf Metall, als er seinen Gürtel öffnet, ist perfekt. Das Rascheln des Leders, als er es aus seiner Jeans befreit, lässt mich erschauern. Wird er es bei mir benutzen? Ich habe hier nichts anderes, nur eine Menge Fantasien, die tief in meinem Kopf verschlossen sind. Fantasien, die er Schritt für Schritt freisetzt.

Wird er seinem Bruder im Bett ebenso ähnlich sein wie im Aussehen? Er hält seinen Löffel anders und sitzt anders. Sein Lächeln ist anders, ebenso wie seine anderen Gesichtsausdrücke. Auch die Art, wie er sich vorbeugt, wenn er mit mir spricht, ist einzigartig. Wenn er also meinen Körper auf neue Weise besitzt, bin ich nur ein wenig überrascht.

Seine Hände sind rau, als sie mich packen, aber er bestraft mich nicht wie Robert. Stattdessen spielt er mit meinem Verstand. „Du gehörst mir, kleine Goldie", flüstert er. „Du gehörst jetzt mir, von diesem süßen Mund an …" Sein Daumen streicht über meine Unterlippe, dringt ein und drückt auf meine Zunge. „Bis zu diesen …" Er streicht mit seiner Handfläche über meine harten Brustwarzen, was mir eine Gänsehaut über den ganzen Körper beschert. „Zu dieser." Er streichelt meine Klitoris federleicht, was mich nach Luft schnappen lässt. „Du gehörst uns, und wir werden dich niemals gehen lassen."

„Nein", flüstere ich schwach, während die Erregung aus mir herausfließt. „Nein." Ich kann nicht jemandem gehören. Ich bin ein Mensch. Ein sehr unabhängiger Mensch. Ich gehe gerne dahin, wo ich will, wann ich will. Ich genieße meine eigene Gesellschaft und verbringe gerne Zeit mit Freunden. Ich bin keine Frau, die jemandem gehören will, aber mein Verstand genießt die dunkle Drohung, und mein Körper ist Wachs in seinen Händen.

Er lacht düster und genießt meinen Widerstand, obwohl meine Gedanken bei seinen Worten explodieren.

„Wir werden dich in diesem Raum einsperren, damit wir dich immer wieder benutzen können, bis du um mehr bettelst … um weniger … bis du so besinnungslos bist, dass du überhaupt nicht mehr sprechen kannst."

Als er in mich eindringt, dabei meine Schenkel weit

auseinanderdrückt und zusieht, wie jeder Zentimeter verschwindet, fühlt es sich an, als würde er mich für sich beanspruchen. Es fühlt sich an, als würde ich ihm gehören. Es fühlt sich an, als wäre ich sein.

Er fickt mich mit gnadenloser Präzision, all das Lachen und die Unbeschwertheit sind verschwunden und wurden durch Entschlossenheit, Willenskraft und Wildheit ersetzt. Meine Hände sind in den Seidenschal gekrallt, und meine Schultern schmerzen vor Anspannung. Die Kraft seines Körpers lässt mir den Kopf schwirren. Sein fester Griff tut weh, als er meine Hüften festhält und mich hart fickt, aber ich halte ihn nicht auf. Ich kann es nicht. Das Wort Brei liegt mir auf der Zunge, aber ich würde es niemals aussprechen. Ich brauche kein Sicherheitswort. Nicht, wenn alles, was Evan tut, meine Fantasie ist, die wahr geworden ist. Er weiß, wann ich kurz vor dem Höhepunkt stehe, weil ich ihn anflehe. „Bitte ... bitte ... Evan ... hör nicht auf." Er lacht über mein hohes Flehen, legt seine Hand auf meinen Hals und dreht meinen Kopf, bis ich keine andere Wahl habe, als ihm in die Augen zu sehen.

„Dieser Orgasmus gehört mir", zischt er. „Dieser Körper gehört mir, und all die Lust, die ich ihm bereite, gehört auch mir."

„Ja", keuche ich. In meinem von Lust und Vergnügen durchtränkten Geist ist alles möglich.

Ich komme wie ein Fluss, Feuchtigkeit tropft aus mir heraus und macht Evans Stöße laut und feucht. Er hört nicht auf. Seine Hüften sind gnadenlos, er benutzt mich, um seine eigene Befriedigung zu finden, und als er kommt, ist sein Knurren das eines Bären.

Sein Körper wölbt sich wie ein aufbäumender Grizzly, und er füllt mein Blickfeld aus. Ich blinzle zu ihm hoch, während sich sein Gesichtsausdruck verändert, zuerst wild, dann weicher, als ihn Wonne durchströmt.

Wonne, die ich ihm bereitet habe.

Die Momente danach sind so unterschiedlich wie Tag

und Nacht. Genau wie Robert ist Evan nach seiner Grausamkeit zärtlich. Er bindet meine Hände los und küsst meine Handgelenke. Er leckt meine wunden Brustwarzen und streichelt mein Gesäß, das er zu fest gedrückt hat. Er sagt mir, dass ich schön und perfekt bin, und ich glaube ihm, weil ich mich genau so fühle – reif und bereit, zu explodieren.

Mein Körper ist ein Gefäß der Lust, und das ist gut so. Sogar großartig.

Aber unter all dem schwillt mein Herz an.

Ich kann nichts dagegen tun. Ich wünschte, ich könnte meine Gefühle trennen, aber das ist mir noch nie leichtgefallen. Mit Sex geht eine Verbindung einher, die mehr ist als nur verschwitzte Körper und körperliches Verlangen.

Ich mag diesen Mann. Ich sorge mich sogar um ihn. Seine Fingerspitzen strahlen eine Zärtlichkeit aus, die ebenso rätselhaft wie schön ist – so wenig Zeit zusammen und doch so viel Gefühl.

Ist es das, was man unter Schicksal versteht? Ich wurde bei Bärenmond geboren, und das bedeutet, dass ich für diese Männer bestimmt bin, genauso wie sie für mich bestimmt sind? Wie viel einfacher wäre das Leben, wenn das bei allen Menschen so wäre? Es gäbe keine Scheidungen und Trennungen mehr. Das Leben wäre ein Patchwork aus Menschen, die durch mehr als nur vorübergehende Lust und Emotionen miteinander verbunden wären.

Es mag albern klingen, wie die Grübeleien eines Teenagers, aber mir gefällt der Gedanke, dass ich für sie geboren wurde. Das gibt mir das Gefühl, etwas Besonderes zu sein, gibt mir Sicherheit. Es lässt all meine Unentschlossenheit darüber, ob ich das, was mich antreibt, akzeptieren oder für immer begraben soll, albern erscheinen.

Wenn diese Männer hier sind, um mich zu akzeptieren, wie ich bin, weil ich für sie bestimmt bin, wie dumm wäre ich dann, ihnen keine Chance zu geben?

Ich liege mit diesem Mann auf meinem Bett, der mich auf überraschende Weise zum Lachen bringen kann.

„Goldie, Baby", flüstert er mir ins Ohr und lacht dabei überschwänglich, was sich gleichermaßen wie Erleichterung und Glück anfühlt, und ich lache auch.

Mein Leben bricht auseinander, aber in diesem Moment empfinde ich nur Freude, obwohl ich nicht verstehe, was zum Teufel gerade passiert.

21

EVAN

Sie liegt in meinen Armen – die Partnerin, auf die wir gewartet haben. Sie ist alles, was wir uns erhofft haben, und noch mehr: süß, aber stark, intelligent und witzig, hübsch und kurvenreich, unabhängig, aber unterwürfig.

Es ist schwer zu glauben, dass sie echt ist. Zumindest war es das, bis mich ihr angenehmer Duft nach Äpfeln und Vanillecreme umhüllte und ich in ihren Körper versank. Es war wie nach Hause kommen, so richtig und so vertraut, obwohl alles neu ist.

Ich hatte mir geschworen, es nicht zu tun. Robert ist zu weit gegangen, und ich wollte kein Öl ins Feuer gießen. Hunter ist schon aufgebracht, und das würde die Lage nur verschlimmern. Ich könnte es bereuen, aber mit Goldies honigfarbenem Haar an meiner Wange und ihrem warmen Atem an meinem Hals kann ich nur ihren Duft einatmen und der Erdgöttin für das Geschenk einer Gefährtin danken.

Das Warten auf sie hat sich gelohnt.

„Hunter wird dich umbringen", flüstert Goldie mit

einem Lächeln in der Stimme. Ich schnaube, weil ich ihre Belustigung über Hunters Unruhe lustig finde. Das ist gut so, denn sie braucht Rückgrat, um sich gegenüber drei mächtigen Bären behaupten zu können. Sie muss frech genug sein, um Hunters Alpha-Charakter herauszufordern und sich seinen Respekt zu verdienen. Sie benötigt Kraft, um Bärenjungen in diese menschliche Welt zu bringen und sie so zu erziehen, dass sie sich Gefahren stellen können, auch wenn sie die Kraft entwickeln, fast jeden Feind zu überwältigen.

„Hunters Knurren ist schlimmer als sein Biss", sinniere ich. Es stimmt. Er ist aggressiv und fordernd, wenn es sein muss, aber sobald Goldie seiner Macht erlegen ist, wird sein Bär verstummen. Sobald sie so verbunden sind, wie es nur Partner sein können, wird sie seine wahre Natur verstehen.

Ich schließe meine Augen und genieße das Gefühl ihres warmen Körpers, der sich an meinen schmiegt. Ich habe sie noch nicht für mich beansprucht, aber diese Nähe beruhigt mich mehr als jeder andere Kontakt, den ich jemals mit einer Frau hatte. Mein Bäreninstinkt ahnt tief in meinem Inneren, was Goldie für mich werden wird. Ihr Duft und ihre Berührungen reichen aus, um seine Unruhe zu besänftigen, bis wir uns vollständig verbunden fühlen. Dieser Kontakt ist genug, um ihn für eine Weile zu befriedigen.

Ich drehe mich um und ziehe sie an meine Brust, damit ich ihr einen festen Kuss auf den Kopf drücken kann. „Wir müssen bald zurück", sage ich ihr.

„Warum?" Die Frustration in ihrer Stimme entspricht meiner eigenen inneren Verärgerung. Wenn ich könnte, würde ich den ganzen Nachmittag so hierbleiben. Wir könnten wieder ficken, mehr übereinander erfahren, ineinander verschlungen einschlafen, uns küssen, als bräuchten wir die Lippen des anderen, oder wir würden sterben.

„Du willst nicht?"

Ich spüre ihre Zufriedenheit, aber nicht so, wie ich es könnte, wenn wir Gefährten wären. Dann wäre es eine instinktive Gewissheit. Ich würde ihre Gedanken kennen und die Reaktionen ihres Körpers spüren, die guten wie die schlechten. Jetzt, wo sie ihre Arme um mich legt und leise seufzt, bin ich mir ziemlich sicher, dass sie glücklich darüber ist, wo sie gerade ist.

„Nein." Sie dreht sich zu mir um und sieht mich mit ihren schönen, funkelnden Augen an. „Darf ich dir ein paar Fragen stellen?"

„Klar."

„Warum habe ich das Gefühl, als würden wir das schon ewig machen?"

„Du bist unser Auserwählte. Unsere Körper sind aufeinander abgestimmt. Sie rufen einander. Sie sehnen sich nach einander und suchen Trost ineinander. Kannst du das spüren?"

„Ja."

„Du klingst nicht gerade glücklich darüber."

„Alles, was passiert, ist genau das, was ihr erwartet", erklärt sie, „aber es ist das Gegenteil von dem, was ich erwarte."

Ich nicke, verstehe ihre Verwirrung, bin aber auch neugierig. „Hast du uns überhaupt nicht erwartet?"

Sie presst die Lippen zusammen und starrt auf meine Brust. Ich streichle ihr Haar und spüre, dass sie mir etwas erzählen möchte. „Als ich klein war, erzählte mir meine Mutter immer von einem Traum, den sie hatte, bevor ich geboren wurde. Von einem kleinen Mädchen und drei Bären."

„Hat sie dich deshalb Goldie genannt?"

„Ja", lächelt sie. „Diese Geschichte hat mich immer so glücklich gemacht. Ich habe mir immer vorgestellt, wie es wohl wäre, mit Bären zu spielen."

„Ich schätze, du hast es gerade herausgefunden", scherze ich.

Sie schlägt mir auf die Brust und rollt mit den Augen. „Nicht diese Art von Spielen, du Perversling. Ich war ein Kind. Ich meinte wildes Herumtollen. Kindersachen. Mama erzählte mir von dem kleinen Mädchen und den Bären, die Spaß hatten und im Gras eines Gartens lagen, der die Form eines Herzens hatte und von hübschen Blumen umgeben war."

„Und dir hat die Idee gefallen?"

„Natürlich."

„Du wusstest es also doch."

„Es war ein Traum. Ein Traum wie aus einem Märchenbuch."

„Es war eine Prophezeiung", sage ich ihr. „Ein Zeichen, das du einfach nicht verstanden hast."

„Ich glaube nicht an Prophezeiungen", antwortet sie. „Zumindest habe ich das früher nicht getan. Ich war immer so glücklich, wenn ich mir die Bären vorstellte."

„Du wusstest die ganze Zeit, dass wir da draußen waren."

Sie seufzt und streichelt meine Haut. „Die Erinnerung an die Bären hat mir geholfen, mich weniger einsam zu fühlen."

„Wie wäre es, mit den Bären zusammen zu sein?"

Sie kuschelt sich an mich, und ich ziehe sie näher zu mir heran, weil ich es hasse, dass sie sich jemals einsam gefühlt hat. Nicht zum ersten Mal verfluche ich, dass wir so lange warten mussten, um sie zu finden. All die vergangenen Jahre scheinen so vergeudet. „Es sollte sich nicht so richtig anfühlen", sinniert sie, „aber das tut es."

Das tut es wirklich.

Mein Telefon klingelt und unterbricht die Ruhe, die uns umgeben hat. Ich löse mich von Goldie, hasse es, wie meine

Haut sich abkühlt, aber ich kann es nicht ignorieren. Es wird Hunter oder Robert sein, die mir Neuigkeiten mitteilen wollen.

Nackt schlendere ich aus dem Zimmer ins Badezimmer, um Goldie vor einer Nachricht zu schützen, die höchstwahrscheinlich schlecht sein wird.

Hunters Name erscheint auf dem Bildschirm. „Ja", belle ich.

„Evan?"

„Ja, ich bin es."

„Es war Brandstiftung. Der Ort stinkt nach Brandbeschleuniger. Die Tür ist weg. Dort muss es angefangen haben."

„Scheiße. Wölfe."

„Robert denkt das. Ich stimme ihm zu."

„Gibt es Beweise dafür?"

Er knurrt tief und dumpf, eher wie ein Bär als wie ein Mensch. „Keine Beweise, aber wen interessiert das schon? Wir schlagen zurück. Das ist der einzige Weg."

Vergeltung war schon immer der einzige Weg. Wir müssen zuerst zuschlagen, sonst glauben sie, sie hätten die Oberhand, und das können wir nicht riskieren. Mein Bär schnaubt vor Rachegelüsten. Sie haben unsere Gefährtin angegriffen. Selbst ein indirekter Angriff verlangt nach Blut. Aber mein menschlicher Teil möchte die Zeit mit unserer Gefährtin genießen. Er möchte alles, was wir uns schon so lange vorgestellt haben. Er möchte Frieden.

„Mach noch nichts", sage ich zu Hunter. „Lass uns zu Hause darüber reden."

„Okay."

Ich lege auf und schaue auf meinen Schwanz, der trotz des wenig erotischen Telefongesprächs immer noch hart ist.

Hunter wird es merken. Ich werde nicht verbergen können, was zwischen mir und Goldie passiert ist, und egal, was ich über unseren nächsten Schritt mit den Wölfen sage, er wird mir nicht zuhören.

22

GOLDIE

Das Gespräch zwischen Evan und Hunter klingt dringend. Evan geht in mein Badezimmer und schließt die Tür, sodass ich nur noch das leise Murmeln ihrer Stimmen hören kann. Hunter und Robert sind gerade in meinem Laden, und worüber sie auch immer sprechen, es dreht sich um mich. Wenn es um meinen Laden geht, warum reden sie dann unter vier Augen?

Als Evan auftaucht, ist sein Gesicht ernst.

„Es war definitiv Brandstiftung", sagt er. „Man kann dort Brandbeschleuniger riechen. Das Feuer breitete sich von der Tür aus im Laden aus."

„Ihr glaubt, dass jemand das Feuer absichtlich gelegt hat?"

„Es wurde absichtlich in Gang gesetzt."

Mein Herz sinkt, nicht weil ein zufälliger Brand weniger verheerend gewesen wäre, sondern weil jemand da draußen mir Schaden zufügen wollte. Abgesehen von dem Vorfall gestern habe ich keine Feinde. Warum jemand meinen kleinen Laden zerstören, meinen Traum niederbrennen wollte, ist mir unbegreiflich. War der Mann von gestern so wütend auf mich, dass er das getan hat?

Ich denke, das ist möglich. Nicht alle Menschen auf der Welt sind rational. Wenn er das Gefühl hatte, ich hätte ihn durch meine Ablehnung seiner Bitte gekränkt und seine Pläne durchkreuzt, dann hätte das vielleicht gereicht, um ihn böse werden zu lassen. Aber warum sollte Evan sich von mir entfernen, um dieses Gespräch zu führen?

Ist Roberts verrückte Wolfserklärung wahr? Ist es das, was Evan vor mir zu verbergen versucht hat?

„Soll ich also den Sheriff anrufen?"

„Ja. Nicht, dass er viel tun würde. Er kümmert sich mehr um seinen Magen und ein bequemes Leben, als dass er viel gegen Kriminalität unternimmt, vor allem, wenn nicht klar ist, wer der Täter ist."

„Aber wenn er den Täter nicht findet, wie soll ich dann zurückkehren?"

Evan sagt mir mit nur einem Blick: „Du bleibst bei uns."

„Aber ich muss Geld verdienen. Ich muss meine Rechnungen bezahlen."

„Das ist alles kein Problem."

„Ihr bezahlt nicht für mich. Ich kenne euch kaum."

Evan legt seine Hand auf meinen Arm. „Ich kenne dich sehr gut."

„Das fühlt sich an, als würdest du mich für Sex bezahlen", antworte ich und schüttle den Kopf.

„Goldie, warum zum Teufel sagst du so etwas? Das hat nichts mit dem zu tun, was wir getan haben. Wir verfügen über den Reichtum mehrerer Generationen. Ein paar Stromrechnungen machen keinen Unterschied. Ich möchte nicht, dass du jemals wieder so denkst."

Ich ziehe die Decke um mich, während mein Kopf darüber brütet, was ich als Nächstes tun soll. Ich bin hier, um genug von meinen Sachen zusammenzusuchen, damit ich für eine unbestimmte Zeit im Haus der Bjorns überleben kann. Die Lage wird chaotisch und kompliziert, und ich habe weder die Zeit noch den Kopf, um wirklich herauszufinden, ob das, was ich tue, richtig ist.

„Wir sollten gehen", sagt Evan. „Meine Brüder sind auf dem Weg zurück zum Haus. Wir sollten da sein, wenn sie ankommen."

Seine Beharrlichkeit treibt mich an, und ich stehe auf, um mir eine Yogahose und ein Sweatshirt zu holen. Meinen Overall werde ich nicht brauchen. Zumindest für eine Weile nicht.

Evan zieht sich schnell an, greift dann nach dem Griff meines Koffers und wartet, während ich die letzten Dinge, die ich noch brauche, in meine Handtasche werfe.

„Bereit?", fragt er.

Die Wahrheit ist, dass ich mir nicht sicher bin.

Zurück am Haus stehen wir gerade in der Eingangstür, als draußen das Geräusch des Pick-ups zu hören ist. Hunter und Robert stapfen über den Boden und betreten das Haus. Ich spüre, wie sich die Luft verändert, sobald die Drillinge alle an einem Ort sind, als ob ihre Vereinigung eine Veränderung in ihnen selbst und in ihrer Umgebung bewirkt. Als Hunter die Küche betritt und mich sieht, atmet er tief ein. Ich sehe, wie sein Blick sofort zu Evan wandert.

„Du hast sie für dich beansprucht?"

Evan wechselt das Standbein, macht einen Schritt zurück und lehnt sich gegen die Theke. Roberts Blick wandert zwischen seinen Brüdern hin und her. Er ist angespannt, unsicher, was als Nächstes passieren könnte, und die Haare auf meinem Unterarm sträuben sich.

„Nein."

„Du hast sie gefickt?", fragt Hunter. „Ich rieche es an euch beiden."

Ich lege meine Hände auf den Tisch vor mir. „Dieses Gespräch ist mir definitiv unangenehm", sage ich. „Wer mich gefickt hat und wann, geht dich verdammt noch mal nichts an."

Hunters Gesicht wird rot und er ballt die Fäuste. Worüber ist er wütend? Weil er der Letzte ist, der seinen Schwanz in mich stecken darf? Mit seiner schrecklichen Einstellung kommt er meiner Muschi niemals auch nur nahe.

„Wir fangen nicht schon wieder damit an", sagt Robert. „Hunter, du musst dich sofort zurückhalten."

„Von dem zurückhalten, was mir gehört? Während du und Evan euer Schicksal erfüllen dürft? So wird es nicht laufen."

„Das wird es, wenn du diesen Weg weitergehst. Siehst du nicht, welchen Eindruck du auf Goldie machst, wenn du so redest?"

Hunter konzentriert sich auf mich, seine Augen sind wie brodelnde Vulkane voller Wut und Leidenschaft. „Goldie kann denken, was sie will. Sie ist unsere Auserwählte, und daran kann sie nichts ändern."

„Wirklich?", sage ich, stehe auf und schiebe den Stuhl mit meinen Beinen hinter mich. „Was willst du tun, Hunter? Mich über deine Schulter werfen und nach oben tragen, damit du mich zwingen kannst?"

Hunter spottet, als hätte ich das Dümmste gesagt, was er je gehört hat. „Zwingen. Wie kann man seine Auserwählte zwingen? Du gehörst mir. Ich kann nicht zwingen, was mir gehört."

„Wenn ich es nicht will, dann müsstest du Gewalt anwenden. Was sonst könnte es sein?"

Robert macht einen Schritt auf seinen Bruder zu, und ich bereite mich auf das vor, was passieren könnte. Hunter, der auf den Tisch oder die Wand schlägt. Hunter, der so wütend ist, dass er mich packt. Was würden seine Brüder tun, wenn das passiert? Würden sie eingreifen, um mich zu beschützen? „Wäre es Gewalt, dir das zu geben, was dir bestimmt ist?"

„Hunter", sagt Evan in warnendem Tonfall.

„Ich bin nicht dazu bestimmt, von dir gefickt zu werden", zische ich.

„Nein, du bist dazu bestimmt, meine Babys zu gebären", antwortet Hunter und schlägt wie vorhergesagt mit der Faust auf den Tisch.

Evan und Robert scheinen zusammenzuzucken. Robert schüttelt den Kopf. Ist es das, was Hunter mir nicht sagen sollte?

„Babys?"

Robert und Evan haben beide Kondome benutzt. Sie wollten mich nicht schwängern, als wir zusammen waren. Wovon redet Hunter?

„Hunter, das ist nicht der richtige Zeitpunkt." Roberts Hand auf Hunters Schulter bringt ihn auf die Palme. Er schüttelt ihn heftig ab und wendet sich seinem Bruder zu.

„Warum tut ihr das? Warum verweigert ihr uns unser Geburtsrecht? Es geht hier um so viel mehr. Wir sind die Zukunft unserer Linie. Es ist unsere Pflicht, alles zu tun, was nötig ist, um unsere Art für Generationen zu erhalten, deren Existenz wir uns noch gar nicht vorstellen können."

Da haben wir es also. Es geht hier nicht darum, dass wir aus Liebe füreinander bestimmt sind. Es ist keine himmlische Verbindung, meine andere alberne Vorstellung von einem Schicksal der vier Herzen. Es geht nicht um Liebe und Glück, wie in den Träumen meiner Mutter und meinen dummen, kindischen Fantasien. Bei dieser ganzen Sache geht es nur um Fortpflanzung. Ich bin nur ein Gefäß für ihren Nachwuchs – eine Leihmutter, die die nächste Generation von Bärenmenschen zur Welt bringen wird. Mir ist übel; ich fühle mich auf eine Weise benutzt, wie ich es noch nie zuvor erlebt habe.

Es ist eine Sache, mit jemandem, den man liebt und der einen liebt, ein Kind haben zu wollen. Das ist eines der schönsten Dinge, die es gibt. Ich liebe Kinder und habe mir schon immer eine Familie gewünscht. Aber nicht so. Nicht nach dem Gutdünken eines Mannes, der mich wie eine Preiskuh ansieht und nicht wie eine Frau, die ihm am Herzen liegt.

„Also bin ich nur eure Babygebärmaschine?"

„Nein", sagt Evan abrupt und tritt einen Schritt vor. „Hunter, du weißt nie, wann du den Mund halten sollst, oder? Du stürmst immer wie ein Elefant im Porzellanladen herein, aber dieses Mal nicht. Nicht mehr. Du musst deine verdammte Klappe halten, bevor ich sie dir halte. Ich werde nicht zulassen, dass du Goldie in irgendeiner Weise verletzt."

Es schmerzt mich, wie Evan mich verteidigt und mir klar macht, welche Rolle ich in dieser ganzen Geschichte spiele. Robert und Evan bestreiten nichts von dem, was Hunter gesagt hat. Sie versuchen nur, mich behutsam einzuweisen.

Ich weiß nicht, was schlimmer ist. Ihre sanfte Vorgehensweise, bei der sie die Wahrheit verbergen, bis ich zu sehr involviert bin, um mich zurückzuziehen, oder Hunters offene, brutale Ehrlichkeit. Hunter ist ein arroganter Arsch, aber zumindest sagt er mir alles, was ich wissen muss. Er setzt alles aufs Spiel.

Meine Kehle brennt angesichts all der wütenden Gesichter im Raum, und meine Situation bricht um mich herum zusammen.

Ich habe mein Geschäft verloren. Ich fühle mich draußen in der Welt nicht mehr sicher, und das wird auch so bleiben, bis sie den Brandstifter gefasst haben. Ich könnte zu meinen Eltern gehen. Ich könnte versuchen, aus diesem Haus zu fliehen und sie um Hilfe zu bitten, aber ich weiß, was sie sagen werden. Ich hätte mich niemals von dem entfernen dürfen, was sie für mich wollten. Meine Mutter wird mir sagen, dass sie die ganze Zeit recht hatte, und ich weiß nicht, ob ich die Kraft habe, mich erneut mit ihnen anzulegen. Wenn ich nach Hause gehe, werde ich am Ende gezwungen sein, mein Geschäft aufzugeben und in das Familienunternehmen einzusteigen, und ich werde unglücklich sein. Sie werden wieder Aiden und seine Heiratsaussichten zur Sprache bringen.

Ich kann mit ihrem „Ich hab's dir doch gesagt" oder „Nur ein Date mit Aiden" nicht umgehen.

Aber ob ich gehen kann, hängt davon ab, ob die Bjorns bereit sind, mich gehen zu lassen, und so wie Hunter gerade aussieht, müsste ich ihn umbringen, um zu entkommen, und das wird nicht passieren.

Ich fühle mich niedergeschlagen und bis auf die Knochen erschöpft. Es ist noch nicht einmal Nachmittag, und ich möchte mich schon in mein Bett kuscheln und in den Schlaf flüchten. Eine Träne bahnt sich ihren Weg und rinnt mir über die Wange, woraufhin Robert sofort einen Schritt nach vorn macht.

„Goldie." Er streckt die Hand nach mir aus, aber ich hebe meine Hände.

„Fass mich nicht an", antworte ich. „Ich wäre dir dankbar, wenn du mir ein freies Zimmer zeigen und mich dann in Ruhe lassen könntest. Ich kann mich im Moment mit nichts davon beschäftigen."

Robert wirft Evan einen Blick zu, der nickt. „Okay, lass uns deine Tasche nehmen und dich unterbringen."

„Mich als Geisel nehmen, meinst du?"

Ich warte nicht darauf, dass Robert meine Tasche nimmt. Ich hebe sie selbst hoch und stürme aus der Küche zur Treppe.

23

GOLDIE

„Goldie." Robert folgt mir die Treppe hinauf, und ich bin froh darüber, denn ich weiß nicht, wohin ich gehen soll. Es gibt Türen über Türen in Fluren, die endlos zu sein scheinen. Ich möchte nicht an einem Ort landen, an dem ich nicht sein sollte. Ich drehe mich auf der Treppe um. Die Wut, die in mir brodelt, ist in meinem Gesicht und meiner Haltung sichtbar.

„Sag mir einfach, wo ich meine Sachen hinstellen kann."

„Okay." Er hebt seine Hände in der universellen Geste der Kapitulation, und ich fühle mich sofort schuldig. Das ist nicht seine Schuld. Nichts davon ist seine Schuld. Robert hat mich mit Respekt und Fürsorge behandelt, mir alles gegeben, was ich wollte und brauchte, und noch mehr, und jetzt bin ich hier und lasse alles an ihm aus.

„Es tut mir leid", sage ich. „Ich bin nicht böse auf dich. Nicht wirklich. Na ja, vielleicht ein bisschen."

Sein Mund verzieht sich zu einem Lächeln, als er neben mir auf der gewundenen Treppe steht. „Mit ein bisschen kann ich umgehen. Ein bisschen ist leicht zu verkraften."

„Ich bin nur … Das ist alles sehr viel auf einmal … und Hunter ist ein Arsch."

Robert nickt. „Hunter ist ein Mann aus einer anderen Zeit. Er hätte vor hundert Jahren geboren werden sollen. Da hätte er perfekt hingepasst."

Wir gehen Seite an Seite in den zweiten Stock, und ich bin erleichtert, dass ich irgendwo in der Nähe von Roberts Zimmer sein werde.

„Wie kommt es dann, dass du und Evan normal geworden seid, während Hunter sich immer noch so verhält, als würde er einen Lendenschurz tragen und eine Keule mit sich herumschleppen?"

Robert lacht leise. „Weil er der Älteste ist. Unser Vater hat ihn unter Druck gesetzt. Er hat die ganze Familiengeschichte erfahren und hatte die Verantwortung, unsere …"

Er hält inne und überlegt, welches Wort er als Nächstes sagen soll, um mich nicht zu beleidigen.

„Eure Frau zu finden?"

„Ja. Dieser Druck und die Geschichte … Er ist so sehr von den Traditionen überwältigt, dass er nicht erkennen kann, dass dies nicht der richtige Weg ist. Dass es hinderlich ist und dich nur weiter von ihm entfernt."

„Ich glaube nicht, dass er das überhaupt als Option in Betracht zieht. Er glaubt, er könne einfach einen Stein vor seine Höhle rollen und mich gefangen halten."

Robert nickt. „Genau." Er drückt den Griff einer großen, dunklen Holztür runter, die etwa drei Türen von seinem Zimmer entfernt ist. Sie öffnet sich zu einem wunderschönen Gästezimmer mit schweren blauen Vorhängen und einem Himmelbett, das aussieht, als stamme es aus einem schottischen Schloss. „Ist das in Ordnung?"

„Wow." Ich lasse meine Tasche fallen und sehe mich um. Alle Möbel sind massiv, aus dunklem Holz und sehr kunstvoll. Meine Schuhe klappern auf dem Holzboden, bis ich auf dem orientalischen Teppich stehe, der das Bett umgibt. Ich setze mich auf die Bettkante und stelle fest, dass es eine perfekte Mischung aus einer festen Matratze und einer außergewöhnlich weichen Bettdecke und Kissen ist. In diesem Zimmer könnte ich für immer schlafen. Ich könnte Dornröschen werden und Goldlöckchen mit ihrer lächerlichen Faszination für die drei Bären hinter mir lassen.

„Es tut mir alles leid", sagt Robert, während er mich mit in seine Jeans gesteckten Händen und einer Falte auf der Stirn ansieht. „Du musst wissen, dass wir nicht hier sind, um dir wehzutun. Wir sind hier, um das Richtige für dich zu tun. Für Hunter bedeutet das, dir dabei zu helfen, dein Schicksal und unser Schicksal zu erfüllen. Keine Frau, die zur gleichen Zeit wie wir bei Vollmond geboren wurde, kann mit einem menschlichen Mann wirklich glücklich werden. Wir sind genauso für dich geschaffen wie du für uns."

Ich möchte ihn fragen, ob er das wirklich glaubt oder ob es nur eine Geschichte ist, die seinesgleichen erzählt, um sich besser zu fühlen, wenn sie Frauen gegen ihren Willen zur Fortpflanzung zwingen. Wie viele Frauen wie mich gab es in Roberts Familiengeschichte? Haben sich alle seine Vorfahren so wenig um ihre Partnerinnen gekümmert wie Hunter? Wurde die Mutter der Drillinge auf die gleiche Weise genommen, oder wollte sie mit ihrem Vater zusammen sein? Meine wirbelnden Gedanken lösen eine Frage aus.

„Gibt es weibliche Bärenmenschen? Warum paart ihr euch nicht mit eurer eigenen Art?"

Robert schüttelt den Kopf. „Das würde das Leben um einiges vereinfachen, aber so funktioniert es nicht. Bären werden nur in der männlichen Linie geboren, und Bärenpaarungen zeugen nur männliche Kinder."

„Keine Töchter?" Lächerlicherweise sinkt mir das Herz. Ich wollte schon immer ein kleines Mädchen, aber ich erinnere mich daran, dass ich in dieser seltsamen Situation mit diesen Männern keine Bärenbabys zeugen werde. Sex ist eine Sache. Nachkommen zu zeugen, die halb Mensch und halb Bär sind, ist etwas ganz anderes. Mein Gehirn fühlt sich an, als würde es gleich explodieren, wie dieses dumme Emoji.

„Wie auch immer, ich weiß nicht, warum ich dich das frage", sage ich. „In ein paar Tagen, sobald ich mit dem Sheriff und der Versicherung gesprochen habe, fahre ich nach Hause."

Robert antwortet nicht, und ich möchte ihm ein Kissen an den Kopf werfen, um eine Antwort zu bekommen. Aber was soll er schon sagen? Er hat mir gesagt, dass ich nicht gehen kann. Sie glauben, dass ich ihre ganze Zukunft bin.

Ich habe ein beklemmendes Gefühl in der Brust, und vielleicht spürt Robert das, denn er setzt sich neben mich auf das Bett und legt seine Hand auf mein Bein. „Kann ich irgendetwas für dich tun? Irgendetwas, damit es dir besser geht?"

Mein Hals brennt, weil es nichts gibt, was er tun kann. Manchmal drängt dich das Leben einfach in eine Ecke. Letztlich kann nur ich meine Entschlossenheit stärken, mich zu wehren. Das ist es, was ich tun muss. Ich brauche Zeit für mich allein, um genau zu planen, wie ich alles reparieren werde, was kaputt ist.

„Kannst du mich jetzt allein lassen?", frage ich.

Robert mustert mein Gesicht.

„Okay", sagt er. „Aber ich komme wieder."

Ich sehe ihm nach, wie er geht, und vermisse schon jetzt seine ruhige, beständige Präsenz, noch bevor er ganz aus der Tür ist. Und einfach so bin ich allein.

Wie bei der Prinzessin im Turm, ist mein Gefängnis ebenfalls wunderschön, aber dennoch ein Gefängnis.

24

ROBERT

Als ich die Treppe hinunterkomme, sitzt Hunter im Wohnzimmer und nippt an einem großen Whiskey. Es ist noch früh für so etwas Starkes, aber ich vermute, er spürt die Auswirkungen seines Streits mit Goldie und seiner Wut auf seine Brüder. Mit ausgestreckten Beinen und seinem Arm über die Rückenlehne des dunkelbraunen Ledersofas gelegt, sieht er Dad so ähnlich, dass es wehtut.

„Sie ist im blauen Zimmer", sage ich ihm und bemerke Evan, der in der Ecke sitzt, ein Bein über das andere geschlagen und eine Flasche Bier in der Hand.

Da ich nicht außen vor bleiben will, gehe ich durch den Raum, schenke mir ein Getränk ein und lasse mich neben Hunter fallen.

Wir schweigen für eine gefühlte Ewigkeit. Das ist ungewöhnlich, denn selbst wenn Hunter in einer seiner „stark und schweigsam"-Phasen ist, füllt Evan für gewöhnlich die Stille mit humorvollen Gesprächen. Am Ende ist es Hunter, der als Erster das Wort ergreift.

„Ich habe früher von ihr geträumt, wisst ihr." Er

schwenkt das Glas in seiner Hand und lässt den Whiskey kreisen.

Ich nehme einen Schluck von meinem, genieße die sich ausbreitende Wärme und freue mich darauf, wie sie die scharfen Kanten der aktuellen Situation glätten wird.

„Von Goldie?", fragt Evan.

„Von unserer Partnerin. Sie war immer gesichtslos. Das hat mich wahnsinnig frustriert."

„Sah sie aus wie Goldie?", frage ich und wundere mich, ob er eine Art vage Vorahnung gehabt hatte.

„Sie hatte goldenes Haar, aber das ist so ziemlich alles, woran ich mich erinnern kann. Ich wachte immer mit einem Gefühl der Ruhe auf, wie am Morgen nach einem Schneefall, wenn alles klar und still ist."

„Und so ist es nicht", sinniere ich.

„Nein. So ist es nicht." Die Enttäuschung in seiner Stimme übertrumpft meinen Ärger auf ihn. Hunter ist ein komplexer Mensch, aber im Grunde seines Herzens ist er gut. Ich hoffe nur, dass Goldie hinter seine harte Schale blickt und einen Weg findet, ihn so zu lieben, wie er es verdient.

„Es wird passieren", sagt Evan zuversichtlich. „Wenn du ihr näher kommst, wirst du es spüren."

Hunter runzelt die Stirn, sein Gesicht verzieht sich dabei so sehr wie das seines Bären, dass ich lachen muss.

„Und wenn wir sie für uns beanspruchen …" Evan verstummt, weil wir wissen, wie es dann sein wird. Eine mentale, physische und emotionale Verbindung, die so stark ist, dass Menschen nur davon träumen können.

„Die Wölfe werden nicht darauf warten, dass wir unsere Partnerin davon überzeugen, dass wir würdig sind", antwortet Hunter bitter. „Sie kommen näher, und die Drohungen richten sich alle direkt gegen sie."

„Sie wollen sie ausschalten, bevor wir sie für uns

beanspruchen können?"

„Natürlich." Hunter reibt sich mit der Hand über das Gesicht, sein Bart kratzt an seiner Handfläche. Er seufzt tief und lang, und es wird zu einem Knurren. „Wir müssen zuschlagen."

Ich stimme zu, auch wenn ich mir wünschte, ich müsste es nicht tun. Mein Bär ist unruhig. Er nagt an mir, seit ich Goldies Wunden gereinigt und sie in meinem Bett an mich gekuschelt habe. *Beschütze deine Partnerin*, knurrt er. *Räche deine Partnerin.* Meine Finger jucken, als wollten sie sich verwandeln und denjenigen zerfleischen, der Goldie verletzt hat.

„Jetzt", sage ich, überrascht von meinem Eifer.

„Jetzt", stimmt Hunter zu.

Wir kippen den letzten Rest Alkohol aus unseren Gläsern herunter und stapfen zur Haustür, wo wir uns ausziehen und unsere Kleidung in den Korb im Flur werfen. Wir verwandeln uns schnell, der Schmerz der sich verformenden und dehnenden Knochen, die Qual der Haut, die sich in unsere pelzbedeckte Haut aufreißt, ist vertraut und willkommen. Ich schüttle meinen Kopf hin und her, beuge meinen Rücken und knurre mit dem tiefen Grollen, das ich vermisse, wenn ich ein Mensch bin. Die Erde unter meinen Pfoten ist feucht und lebendig, und ich krümme meine Zehen in der Kühle. Ich drehe mich um und sehe, dass sich auch meine Brüder verwandeln. Hunters größerer Kopf erhebt sich, um die Luft zu schnüffeln. Ich nehme den Geruch wahr. Ein Wolf. Gefährlich nah am Haus. Er knurrt und fletscht die Zähne, Speichel tropft von seinem Kiefer. Evan brummt zustimmend.

„*Sie sind zu nah.*" Hunters tiefe Stimme spricht in meinem Kopf. Die Verbindung ist so klar; es ist wie meine Gedanken, nur lauter.

„*Sie werden übermütig*", summt Evans Stimme.

„*Verzweifelt*", stimme ich zu und knurre. Der

Wolfsgeruch kommt näher, als würden sie uns umzingeln, ein Kreis aus struppigem grauem Fell und tollwütigem Knurren. Wir hätten von Goldies Laden aus den größeren Clan rufen sollen. Als sie weiter nach Norden zogen, wollte Hunter ihnen nicht folgen. Unseren angestammten Wohnsitz zu verlassen, wäre wie das Durchtrennen der Verbindung zu unseren Eltern und unserer Vergangenheit gewesen. Jetzt sind wir möglicherweise ungeschützt.

„Haltet euch nicht zurück", befiehlt Hunters Stimme. Als Alpha hat er zwei Modi: normale Kommunikation und Zwang. Das ist ein Befehl, den Evan und ich nicht ignorieren können. Hunter ist der Erste, der zu den Bäumen sprintet, sein Gang ist wütend und entschlossen. Das Knurren und Knirschen seiner Zähne hallt um uns herum wider, während Evan und ich ihm folgen, die Wölfe wittern und mit jedem Schritt näher heranschleichen.

„Beschützt unsere Auserwählte", befiehlt Hunters Stimme. *„Beschützt Goldie."*

Er ist genauso wie ich von dem instinktiven Drang überwältigt, unsere Frau zu beschützen. Nur zwanzig Meter von unserem Grundstück entfernt, wo die Luft vom Gestank der Wölfe erfüllt ist, stehen wir dem ersten knurrenden Männchen gegenüber. Mit gefletschten Zähnen und gesenktem Kopf knurrt es und lässt Speichel durch seine spitzen, gelben Zähne tropfen. Seine sabbernde Zunge hängt heraus, und er leckt sich die Reißzähne, während sich sein Fell sträubt und über seinen geballten Schultern ausbreitet. Hinter ihm kommen zwei weitere Wölfe langsam aus dem Gebüsch hervor und knurren ebenso wie ihr Anführer. Es ist nicht das erste Mal, dass wir dieser räudigen Meute gegenüberstehen. Sie dringen in unser Revier ein, und wir wehren sie ab. Manchmal können Wölfe und Bären nebeneinander leben, aber diese Wölfe sehen uns als Bedrohung, also sind wir gezwungen, sie genauso zu behandeln.

Sie wollen unseren Clan zerstören, indem sie unsere

Partnerin verletzen, also haben wir keine andere Wahl, als sie zu vernichten. Ihre Eifersucht auf den Reichtum unseres Clans ist seit Jahren ein Auslöser. Sie geben sich nie zufrieden und verschwenden mit jedem Schritt, was sie anhäufen, für Alkohol und Drogen, Glücksspiel und Exzesse. Ihr Mangel an Selbstbeherrschung ist seit Generationen ihr Verhängnis.

Ihre unheimlichen gelben Augen blinzeln, ihre schmalen Pupillen starren uns bösartig und verschmitzt an. *Schöpferin, ich hasse Wölfe.* Sie umkreisen uns, kommen aber nie näher, und wir beobachten sie und lassen ein knurrendes Grollen los, das die Blätter um uns herum rascheln lässt. Hunter tritt vor, eine offensive Bewegung, und die Wölfe bewegen sich weiter um uns herum und zwingen uns, uns umzudrehen, bis wir Rücken an Rücken stehen, Bärenhintern an Bärenhintern.

„*Haltet eure Position*", knurrt Hunter in meinem Kopf. „*Schlagt zu, wenn ihr könnt.*"

Ich ziehe meine zehn Zentimeter langen Krallen über den Schlamm, bereit, Fleisch darunter spüren zu können. Wenn sie näher kommen, riskieren sie, schwer verletzt zu werden. Ein gut platzierter Hieb kann Venen und Arterien, sogar Organe herausreißen. Ich schmecke das erwartete Blut, metallisch und warm, auf meiner Zunge. Ich stürze mich nach vorn und erschrecke den nächsten Wolf, der ein paar Meter zurückweicht. Hunter und Evan tun dasselbe, vergrößern den Abstand zwischen uns und zwingen die Wölfe zurück. In einem Einzelkampf haben sie keine Chance. Vielleicht spüren sie, dass wir bereit sind, diese Konfrontation weiterzutreiben als alle unsere bisherigen Zusammenstöße, denn der größte von ihnen heult auf, und die anderen spitzen die Ohren, bevor sie sich mit gesenkten Nasen und defensivem Knurren zurückziehen. Ich knurre und schlage vor mir in die Luft.

„*Töte*", knurrt der Bär in mir laut, und seine Forderung hallt in meinem Schädel wider.

„*Nein*", sagt Hunter. „*Wir drängen sie zurück.*"

Also tun wir es. Wir drängen die Wölfe zurück an den Rand des Waldes, die Linie, die wir als Grenze unseres Territoriums betrachten. Wir schnüffeln an dieser Grenze, suchen nach den Ein- und Ausgängen der Wölfe und wollen wissen, wo wir in den kommenden Tagen patrouillieren müssen. Wir markieren unser Territorium wie die Spitzenprädatoren, die wir sind.

Es dauert noch Stunden, bis wir nach Hause kommen, aber ich bin bereit, Goldie zu sehen. Ich bin bereit, sie zu unserer zu machen, bevor es zu spät ist.

25

GOLDIE

Ich tätige meine Telefonate. Es überrascht mich nicht, dass ich dem Büro des Sheriffs kein Vertrauen entgegenbringe. Ich habe alle erforderlichen Unterlagen für die Versicherungsgesellschaft zusammengestellt, die mir mitteilte, dass sie bis Ende der Woche einen Gutachter schicken werde. Ich kann nicht glauben, dass es so lange dauern wird, bis sie sich den Schaden ansehen. Bei diesem Tempo wird es Wochen dauern, bis ich Geld sehe, und vielleicht Monate, bis ich den Laden reparieren lassen und wieder Geschäfte machen kann. Ich habe zwar Ersparnisse für schlechte Zeiten, aber die reichen nicht lange. Ich erinnere mich daran, was Evan gesagt hat, dass sie meine Rechnungen bezahlen werden, solange ich hier bin. Das war ein netter Vorschlag, aber ich fühle mich nicht wohl dabei, ihr Geld anzunehmen. Wenn ich mich auf sie verlasse, wird das nur ihr Anspruchsdenken in Bezug auf meinen Platz hier noch verstärken. Um meine Unabhängigkeit zu bewahren, muss ich einen anderen Weg finden, um mich über Wasser zu halten.

Ich rufe meine Mutter an, obwohl ich eigentlich gar nicht

mit ihr sprechen möchte. Aber ich weiß, dass sie mich sonst mit Nachrichten bombardieren und sich beschweren wird, wenn wir endlich Kontakt aufnehmen. Das ist anstrengend und nervig, und nicht zum ersten Mal denke ich darüber nach, wie wenig ich aus unserer Beziehung mitnehme und wie viel sie immer von mir verlangt.

„Goldie. Ich dachte schon, du hättest uns vergessen", ist das Erste, was sie sagt.

Ich kann bei ihr einfach nicht gewinnen. „Nein, Mama. Ich hatte nur viel zu tun."

„An Schlössern herumschrauben?" Sie seufzt theatralisch und verstärkt damit meine tiefe Traurigkeit, ohne es zu merken. Wann werde ich wieder an Schlössern herumschrauben können?

„Das nennt man arbeiten", sage ich, ohne meine sarkastische Stimme verbergen zu können, obwohl ich weiß, dass das alles nur noch schlimmer macht.

„Nun, wenn du einen Ehemann fändest, müsstest du nicht arbeiten."

Evan hat mir gesagt, dass sie sich um mich kümmern würden, und ein trotziger Teil von mir wünscht sich, ich könnte ihr einfach sagen, dass ich drei Männer gefunden habe. Ihren Gesichtsausdruck zu sehen, wäre der Höhepunkt meines Lebens.

„Ich arbeite gerne", wiederhole ich zum tausendsten Mal.

„Nun, dein Vater hat ein ziemliches Chaos angerichtet. Er hat ein neues Hobby und überschwemmt meinen Esstisch mit seinen blöden Modellbauten." Sie schwadroniert mindestens zehn Minuten lang darüber, wie schrecklich ihr Leben und wie egoistisch mein Vater ist, weil er ein Hobby haben möchte. Ich halte das Telefon von meinem Kopf weg, weil ich ihre Stimme nervig finde und ihr ständiges Schwelgen in Opferrollen wie Fingernägel auf einer Kreidetafel empfinde. Sie fragt mich nichts über mein

Leben, und ich erzähle ihr auch nichts. Was hätte das für einen Sinn?

Ich schaue mich in dem mir unbekannten Zimmer in einem mir unbekannten Haus um. Mein Leben steht Kopf, und ich habe das Gefühl, dass ich mich nicht der Person anvertrauen kann, die mich am meisten lieben sollte.

Für einen Moment versinke ich wieder in ihrer Bären-Traumwelt und blende ihr Stöhnen aus. Ich erinnere mich an die Sanftheit ihrer Stimme, als sie mir die Geschichte erzählte, und frage mich, warum sie für ein paar Minuten so sein konnte, sich aber für den Rest der Zeit in diese andere kalte, schreckliche Person verwandelte.

Normalerweise würde ich warten, bis sie fertig geredet hat, aber heute habe ich keine Geduld. Ich unterbreche sie. „Ich muss los, Mama. Es ist etwas dazwischengekommen."

„Was? Was ist wichtiger, als mit deiner Mutter zu sprechen?"

„Ich wünsche dir eine schöne Woche", sage ich freundlich und lege auf. Meine Hände zittern, als ich das Telefon auf die Bettdecke lege.

Ich bekomme langsam Hunger, aber niemand ist gekommen, um mir etwas zu essen anzubieten.

Vielleicht hindert Hunter sie daran, mir etwas zu bringen. Gott, ich könnte diesen Mann ohrfeigen. Vielleicht wäre er besser erzogen, wenn seine Mutter ihm seine Arroganz abgewöhnt hätte. Ich schätze, dafür war er zu dominant.

Ich öffne die Tür einen Spalt breit. Das Haus ist still – vollkommen still. Ich schleiche mich auf Zehenspitzen aus der Tür hinaus auf den Flur und spitze die Ohren. Die Dielen knarren unter meinen Füßen, und ich warte angespannt auf Schritte, aber es kommen keine. Neugierig gehe ich die Treppe hinunter. Vielleicht kann ich den Kühlschrank plündern und unbemerkt in mein Zimmer zurückkehren.

Am Ende der Treppe stehe ich vor der Eingangstür. Der Korb daneben quillt über vor Männerkleidung, und auf der Fußmatte stehen drei Paar Schuhe. Ich schaue mich um und stelle fest, dass der Raum leer und still ist. „Hallo", rufe ich und warte auf eine Antwort.

Nichts.

Ich stehe wie erstarrt da und bin mir nicht sicher, was ich als Nächstes tun soll. Haben sie mich allein im Haus zurückgelassen? Ich hatte keine Zeit, mich auf diese Gelegenheit vorzubereiten. Möchte ich weggehen?

Ich mag Robert und Evan, und ich liebe es, wie sie mich behandeln. In diesem Haus gibt es mehr Freundlichkeit und Mitgefühl, als ich jemals von Männern erfahren habe, und genug epischen Sex, um mich für den Rest meines Lebens horizontal zu legen. Wenn die Dinge anders wären, wäre ich tief genug drin, um zu bleiben. Jetzt zu gehen, würde sich wie Verrat anfühlen.

Aber es gibt auch eine ganze Reihe von Herausforderungen. Diese Situation mit den Bären ist mehr als seltsam, und Hunters Verhalten ist widerlich. Ich mache mir ernsthaft Sorgen um seine Absichten, auch wenn seine Brüder überzeugt sind, dass er mir nicht zu nahekommt, es sei denn, ich möchte es.

Und das wird niemals passieren. Hunters Arroganz ist so abschreckend, dass es mich wütend machen würde, ihn in meiner Nähe zu haben.

Nichts davon hat auch nur die geringste Chance, mehr als ein vorübergehender Trost für mein ansonsten einsames Dasein zu sein, der zwar meine sexuellen Fantasien erfüllt, aber nicht meine Lebensziele.

Sie sind sich so sicher, dass ich ihr Schicksal bin, aber daran glaube ich nicht. Das Schicksal ist etwas Abstraktes, das nur in den Köpfen der Menschen existiert, damit sie sich mit ihren Entscheidungen und dem eingeschlagenen Weg besser fühlen. Unser Leben ist nur eine zufällige Abfolge von Ereignissen, die uns in das Leben anderer Menschen hinein- und wieder herausführen. Diese Männer müssen ihr Schicksal nicht erfüllen; je früher sie das erkennen, desto besser. Sie sind schon viel zu lange an einen Traum gefesselt, der nicht real ist.

Ich werde gehen, weil es für uns alle besser ist. Sie müssen eine Frau finden, die mit ihren Bärenjungen schwanger werden und mit ihnen allen zusammenleben möchte. Sie müssen eine Frau finden, die mit Hunters primitiver Einstellung zurechtkommt. Diese Frau bin ich einfach nicht.

Und ich muss wieder auf Kurs kommen und zu meinem ruhigen und vorhersehbaren Leben zurückkehren.

Ich brauche ein paar Minuten, um meine Schuhe anzuziehen und meine Sachen zusammenzusuchen, bevor ich den Flur entlang jogge. Meine Augen huschen umher, aber die Atmosphäre im Haus fühlt sich immer noch leer und hohl an. Als ich an der Haustür angekommen bin, drehe ich mich noch einmal um, um mich umzusehen. Ein Bild fällt mir ins Auge. Es zeigt einen Mann und eine Frau, gekleidet im Stil der Zwanzigerjahre. Die Frau strahlt und hat ihre Hand auf ihrem offensichtlich schwangeren Bauch ruhen. Der Mann schaut nicht zum Betrachter, sondern ist seiner Frau zugewandt und blickt sie mit einem zufriedenen Lächeln an.

Das sieht nicht wie das Foto einer unglücklichen Frau aus, die in einem Leben gefangen ist, das sie sich nicht ausgesucht hat. Es sieht aus wie ein Bild von zwei Menschen, die sich lieben. Vielleicht gab es schon früher Liebe zwischen Bären und ihren Partnerinnen.

Die Eingangstür ist groß und schwer, sodass ich Mühe habe, sie zu öffnen, und meinen Koffer und meine Handtasche auf die Stufe vor der Tür fallen lasse. Es ist schwierig, sie wieder zu schließen, und ich habe keinen Schlüssel, um sie abzuschließen. Ich hoffe, dass während ihrer Abwesenheit nichts mit ihrem Haus passiert, aber das ist nicht mein Problem.

Mein Auto steht noch dort, wo ich es geparkt habe, aber erst als ich an der Tür stehe, merke ich, dass ich Robert zuvor die Schlüssel gegeben habe und er sie mir bis jetzt nicht zurückgegeben hat.

Scheiße.

Ich bin aus dem Haus und meinem Auto ausgesperrt. Ich kann nur zu Fuß fliehen. Ich kann meinen Koffer nicht kilometerweit tragen, also lasse ich ihn hinter meinem Auto zurück und mache mich zu Fuß auf den Weg. Besitztümer sind mir nicht wichtig. Meine Freiheit schon.

Es ist ein kühler Tag, und ein Spaziergang durch den Wald rund um die Bjorn-Villa dürfte angenehm sein. Die Bäume über mir stehen dicht beieinander, sodass nur vereinzelte Lichtstrahlen den mit Laub bedeckten Boden erhellen. Meine Schritte rascheln, als ich auf die Straße zugehe und mich auf einen Punkt in der Ferne konzentriere. Aber obwohl ich versuche, ruhig zu bleiben, beginnen sich die Haare in meinem Nacken zu sträuben. Es ist normal, in einer Situation wie dieser Angst zu empfinden. Ich wäre dumm, wenn ich keine Angst hätte. Aber es ist mehr als das. Mein sechster Sinn warnt mich, dass ich beobachtet werde. Die Augen, die auf mich gerichtet sind, drücken sich wie Finger in meine Haut.

Ich schaue mich um und beschleunige meine Schritte. Die Straße ist uneben, aber ich trage Turnschuhe, die meine Füße abfedern.

Ein Vogel ruft aus dem Blätterdach – ein unheimlicher Laut, der weiter zu hallen scheint, als er sollte. Ich habe mich draußen noch nie unwohl gefühlt. Mein Vater hat mich früher zum Wandern mitgenommen, und auf diesen Ausflügen habe ich auch das Angeln gelernt. Ich habe immer festgestellt, dass mir die Nähe zur Natur ein Gefühl von Frieden und Ruhe vermittelt, aber diese Erfahrung hat nichts mit den glücklichen Wochenenden meiner Kindheit im Freien zu tun. Mein Hinterkopf kribbelt wie eine Warnung, und ich drehe mich um, schwenke meinen Kopf hin und her und scanne die Büsche in meiner Nähe.

Ist da draußen ein Tier?

Die Anwesenheit von Bären hat mich paranoid gemacht.

Ich schüttle den Kopf und gehe weiter. Sobald ich auf der Hauptstraße bin, kann ich per Anhalter fahren. Lkw-Fahrer nehmen diese Route durch unsere kleine Stadt und weiter in die Stadt dahinter. Ich bin mir sicher, dass einer von ihnen so freundlich sein wird, mich näher an mein Zuhause zu bringen.

Ich muss so weit kommen, damit ich nicht den Bjorns auf ihrem Rückweg begegne.

Was hat sie dazu getrieben, so überstürzt das Haus zu verlassen? Sie haben nicht einmal daran gedacht, dass ich vielleicht nicht hierbleiben würde. Oder vielleicht haben sie das doch getan, und es war ihnen egal? Vielleicht sind sie so zuversichtlich, dass sie mich überall finden können, dass sie mich als Test zurückgelassen haben? Vielleicht wollen sie damit herausfinden, ob ich loyal bin und sie mir als Partnerin vertrauen können?

Ich werde diesen Test mit Sicherheit nicht bestehen – nicht, dass ich nicht vertrauenswürdig wäre. Ich würde niemals jemandem ihr Geheimnis verraten. Es würde mir ohnehin niemand glauben. Wir haben alle zu viele Kinderbücher gelesen, um zu glauben, dass so etwas wirklich wahr sein könnte. Vielleicht gibt es diese Geschichten deshalb – um die Wahrheit mit einem Schleier des Unwirklichen zu verbergen.

Sich in aller Öffentlichkeit verstecken. Diese Taktik scheint für sie zu funktionieren.

So seltsam diese Situation auch sein mag, ich möchte auf keinen Fall, dass ihnen etwas zustößt. Wenn jemand davon erfahren würde, würden sie eingesperrt und wie Laborratten getestet werden. Die Bjorn-Drillinge sind gute Menschen und verdienen es nicht, dass ihnen etwas Schlimmes zustößt.

Das Dröhnen des Verkehrs vor mir wird lauter. Ich bin fast am Ziel und sollte mich glücklich und erleichtert fühlen. Ich renne, um so weit wie möglich von diesem Wahnsinn wegzukommen, aber in meiner Brust schmerzt mein Herz. Ich spüre ein Ziehen in mir, das nicht da sein sollte – ein Ziehen, zurückzugehen.

Ich drehe mich um, aber die Villa ist längst von den Bäumen verdeckt. Ich habe noch Zeit, meine Meinung zu ändern. Roberts und Evans Arme um mich herum fühlten sich so gut an. Als ich mit ihnen zusammen war, fühlte sich die Leere in mir voller an. Ich könnte dieses Gefühl wieder erleben, wenn ich einfach umkehren würde, aber während ich voller Reue und Verwirrung dastehe, lässt mich ein Rascheln in meiner Nähe zusammenzucken.

Eine Hand umfasst mein Gesicht.

Der Geruch des Tuchs, das mir über Mund und Nase gehalten wird, ist süß, und ich werde schlaff, noch bevor ich begreife, was geschieht.

Wie beim Gleiten in ein warmes Bad versinkt mein Bewusstsein in Dunkelheit.

26

HUNTER

Die Rückverwandlung von einem Tier ist weniger angenehm als die Verwandlung in einen Bären. Das Zurückziehen der Knochen und das Zusammenziehen von Haut und Sehnen zu einer kleineren Form verursachen mehr Schmerzen. Die Umstellung vom Bärenhirn auf das menschliche Gehirn ist verwirrend. Als Bären kommunizieren wir über unsere Gedanken. Ich muss daran denken, laut zu sprechen, wenn ich wieder Mensch bin. Als Bär bin ich direkt mit meinen Brüdern verbunden. Als Mensch wird diese Verbindung schwächer, und ich fühle mich isoliert, was mir unter die Haut geht.

Die Luft ist kühl auf meiner nackten Haut, als ich mich aus der Hocke erhebe. Dampf steigt auf, während sich unsere Körpertemperatur anpasst. Ich werfe einen Blick auf Robert, der den Code in den versteckten externen Schlüsselsafe eingibt. Das ist die einzige sichere Möglichkeit, das Haus zu betreten und zu verlassen, wenn wir uns verwandelt haben.

Drinnen ziehen wir uns an, und Robert rennt die Treppe

hinauf, um nach Goldie zu sehen. Ich warte unten, bis er klopft, weil ich ihre Unterhaltung hören möchte. Als aus dem Zimmer keine Antwort kommt, reißt er die Tür auf und flucht. „Sie ist weg", sagt er.

„Was meinst du damit, sie ist weg?"

„Ihre Tasche und ihr Koffer sind weg", antwortet er.

„Scheiße."

Evan stürmt in die Küche, als würde er erwarten, dass sie dort das Abendessen zubereitet, aber noch bevor er flucht, weiß ich, dass sie nicht da ist. Wir haben ihr gesagt, dass sie in Gefahr ist, aber sie hat sich dennoch für die Gefahr außerhalb dieser Mauern entschieden, anstatt sich dem Gefühl der Gefahr innerhalb dieser Mauern zu stellen. Sie hat sich dafür entschieden, ihr Leben mit Fremden zu riskieren, anstatt zu versuchen, mit ihren Auserwählten zusammenzuleben. Mein Vater würde sich im Grab umdrehen, wenn er wüsste, wie schlecht wir mit ihrer Ankunft umgegangen sind.

„Ihr Auto steht noch hier", bemerkt Evan. Er rennt nach draußen und kommt mit ihrem Koffer zurück. „Sie ist zu Fuß gegangen."

„Wir müssen uns wieder verwandeln", sage ich zu meinen Brüdern. „Wir müssen sie finden, bevor die Wölfe es tun."

Roberts Blick ist mörderisch, Frustration und Wut durchbrechen seine sonst so stoische Zurückhaltung. Evan rauft sich die Haare, während der Verlust unserer Gefährtin ihm das Herz zerreißt. Bilder von ihr, umgeben von knurrenden Wölfen, füllen meinen Kopf, und ich falle fast auf die Knie. Wenn ihr etwas zustößt, werde ich mir das nie verzeihen. Ich hätte ihre Ankunft anders handhaben sollen. Ich hätte sie sofort für mich beanspruchen sollen, dann wäre alles anders gekommen. Sie hätte bleiben wollen. Sie wäre jetzt schwanger mit unserem Kind und würde sich ganz unserer Familie widmen. Oder ich hätte sie sanfter ansprechen können, so wie meine Brüder. Hätte sie sich mir ebenso verbunden gefühlt, wären wir vielleicht sanfter zum Punkt gekommen, sie für mich zu beanspruchen.

Der Drang, gegen die Wand zu schlagen, ist überwältigend. Mein Bär bäumt sich in mir auf, knurrt und tobt über mein Versagen, unsere Gefährtin zu beschützen. Ich ziehe mich wieder aus, aber ich mache mir nicht die Mühe, meine Kleidung in den Korb zu werfen. Stattdessen stapelt sie sich um meine Füße. Robert legt den Schlüssel schnell zurück in den Safe. Wie er es schafft, einen kühlen Kopf zu bewahren und sich zu beherrschen, werde ich nie verstehen. Ich bin der Erste, der sich verwandelt, und dieses Mal ist das Brennen stärker als beim ersten Mal. Es gibt eine Grenze, wie oft wir das machen können, ohne dass unsere Formen durcheinandergeraten. Goldies Duft ist um ihr Auto herum am stärksten, und ich atme ihn ein, wobei der süße Duft von Zimt und Apfel Schalter in meinem Kopf umlegt.

„Finde sie", knurrt mein Bär. *„Finde sie."*

Ich warte nicht darauf, dass meine Brüder mir folgen. Der Waldboden ruft mich, und der Weg, den Goldie genommen hat, ist zwar kaum noch zu erkennen, aber immer noch vorhanden. Hinter mir zerknirschen schwere Bärentatzen das Laub.

„Sie ging auf die Straße zu", knurrt Roberts Bär.

Vielleicht hat sie es geschafft, per Anhalter in die Stadt zu kommen, oder vielleicht haben wir die Wölfe lange genug abgelenkt, damit sie sich in Sicherheit bringen konnte.

„Wenn sie in ein Auto gestiegen wäre, hätten wir ihre Spur verloren", gibt Evan zu bedenken.

Auch wenn mein Bär bei diesem Gedanken finster dreinblickt, bete ich, dass es so ist. Seine Raserei, ihrem Geruch zu folgen, lässt unsere Mäuler tropfen und die Zähne aufeinanderklappern.

Es dauert zehn Minuten, bis das Geräusch der vorbeifahrenden Autos auf der Straße laut wird. Goldies

Geruch wird unter einem großen Baum stärker, und ich richte mich auf und nehme den starken Geruch von Wölfen in der Umgebungsluft wahr – Wölfe und Menschen.

„*Wolf*", knurrt mein Bär. Ich stehe aufrecht da, wütend und voller Angst. Sie haben sie. Sie haben unsere Gefährtin. Wir kommen zu spät.

Robert stößt ein schmerzvolles Knurren aus, und Evan folgt ihm. Unser Verbindungsfaden vibriert vor dem Elend unserer Situation und der Verzweiflung, die wir alle empfinden, um Goldie sicher und wohlbehalten zurück in unsere Höhle zu bringen.

Wenn sie noch lebt.

Der Gedanke ist wie ein Messer, das mir in den Bauch sticht und meine Eingeweide durcheinanderwirbelt.

Solange sie in Wolfsgestalt sind, ist sie für sie nutzlos, aber wenn sie sich wieder in Menschen zurückverwandeln …

„*Wo?*", frage ich.

Robert springt vorwärts, folgt der Fährte bis zum Straßenrand und schnüffelt an den Reifenspuren, die die weiche Erde am Straßenrand aufgewühlt haben. „*Sie haben hier geparkt*", sagt er. „*Sie sind in diese Richtung gegangen.*"

Der Geruch des Wolfes hängt noch immer über den Reifenspuren und Spuren am Straßenrand. Sie haben sich nicht alle verwandelt, als sie sie zum Auto gebracht haben, was zu unserem Vorteil sein wird. Der Geruch des Autos ist schwach, und wir können ihm nur folgen, indem wir uns selbst bloßstellen und riskieren, dass mehr Menschen kommen, um Bären aufzuspüren.

Ich führe uns zurück an den Waldrand, und wir stürmen vorwärts, um den Spuren der Wölfe zu folgen. Wir können nur hoffen, dass sie sich alle an derselben Stelle versammelt haben und Goldie unversehrt ist, wenn wir dort ankommen. Es gibt zu viele Ungewissheiten in dieser Situation. Es gibt zu viele Möglichkeiten, dass das Schlimmste passiert.

Was würde mit uns geschehen, wenn die Wölfe unsere Auserwählte töten würden? Die Angst packt meinen Bären fest an der Kehle. Der Schmerz über den Verlust von Goldie würde uns alle zerstören. Tiere mit gebrochenem Herzen überleben nicht. Sie schmachten und werden schwächer, verzichten auf Nahrung und Wasser, vergessen ihr menschliches Selbst und verlieren jegliche Hoffnung und ihren Lebenswillen.

„*Halt*", knurrt Evan in meinem Kopf.

Sind meine wirbelnden Gedanken laut genug, dass er sie hören kann?

„*Wir werden sie finden*", knurrt Roberts Bär. Seine Zuversicht stärkt meine Entschlossenheit. Wenn er daran glaubt, kann ich das auch.

Ich verliere mich in der roten Nebelwand unserer verzweifelten Jagd. Der Geruch der Wölfe brennt in meiner Nase und lässt meine Augen tränen. Ich achte nicht darauf, wohin ich renne, und spüre auch nicht den Schmerz, als meine Pfoten an Ästen und Steinen unter meinen Füßen aufgerissen werden. Ich habe nur ein einziges Ziel vor Augen.

„*Hier?*", fragt Robert, als wir aus dem Unterholz auf ein vertrautes Stück Land treten. Hier haben wir den Wolf zerfleischt, der Goldie angreifen wollte. Das heruntergekommene Haus am Rande der Stadt. Ein dunkler Lastwagen steht neben dem Gebäude, aber es ist unmöglich zu sagen, ob es derselbe ist, der die Straße entlanggerast ist und unsere Gefährtin von uns weggebracht hat. Der Geruch des Wolfes ist beißend, säuerlich und extrem stark.

Als ob die Wölfe unsere Annäherung spüren würden, taucht einer an der Seite des Gebäudes auf und knurrt. Männer erscheinen in der Tür und verwandeln sich in einem verschwommenen Übergang von weißer Haut zu grauem Fell, eine Flut wütender rivalisierender Gestaltwandler.

Robert und Evan flankieren mich, knurren und fauchen, während wir uns vorwärts bewegen, unsere Augen auf unseren Feind und die offene Tür gerichtet, die unser Weg zu Goldie sein könnte. Der Kampf gegen unsere Feinde sollte nicht Vorrang haben vor der Suche nach unserer Auserwählten, aber es muss sein. Sie müssen vernichtet werden.

Es sind sechs, mehr als ich erwartet hatte. Wir haben ihre Zahl in den vergangenen Jahren reduziert. Einige sind gegangen, weil sie nicht mehr an den ständigen Kämpfen teilnehmen wollten, andere wurden verstümmelt oder getötet. Die sechs Übriggebliebenen zeigen Spuren des Kampfes, zerrissene Ohren und Narben an den Flanken. Einem fehlt der Schwanz. Den habe ich als Trophäe zu Hause aufgehängt.

Ein Kampf zwischen Wolf und Bär ist ein Kampf zwischen Taktik und Kraft. Wir sind größer und stärker, aber sie sind schneller und zahlenmäßig überlegen. Dennoch fürchte ich die Wunden, die sie uns zufügen können, nicht. Unser Vater war ein Furcht einflößender Lehrer, und wir sind ihm über die Jahre hinweg in viele Konfrontationen gefolgt.

Ich bin der Erste, der angreift, und schlage mit meiner Pranke nach einem Wolf, der es gewagt hat, mir zu nahe zu kommen. Jaulend zieht er sich zurück und schleppt ein Bein hinter sich her, aus dem eine Blutspur rinnt. Ihr Jaulen wird lauter, und Robert greift an, packt mit seinen furchterregenden Kiefern das Hinterteil eines anderen Wolfs. Drei Wölfe versuchen, ihren Freund zu verteidigen, doch Robert schlägt zurück, während Evan und ich mit einsteigen. Weiches Fleisch gibt unter meinen Krallen nach, heißes Blut sickert zwischen meine Zehen, während ich fauchend und schlagend alles daran setze, diese Wölfe in Stücke zu reißen. Von hinten werde ich gebissen und gekratzt, während die Wölfe versuchen, mich zu überwältigen. Doch ich schüttle sie ab, richte mich auf wie eine Mauer der Brutalität.

Ich lande hart auf dem Rücken eines räudigen Wolfs,

und er schreit vor Schmerz auf.

Wie lange werden sie kämpfen? Wie viele werden wir töten, bevor sie sich zurückziehen?

Evan schafft es, seinen Kiefer um den Hals eines Wolfes zu schließen, der sich verzweifelt zu befreien versucht, zuerst knurrend, dann heulend, bis er schließlich verstummt. Die anderen Wölfe scheinen ihren Kampfeswillen verloren zu haben und starren auf den zuckenden Kadaver ihres Freundes, während dessen Lebenskraft in einem scharlachroten Kreis über den Boden fließt. Ich nutze die Gelegenheit und schlage dem nächsten Wolf ins Gesicht, wobei ich ihm ein Auge auskratze. Ein anderer Wolf packt mich am Rücken und reißt mit seinen scharfen Krallen durch mein Fell, meine Haut und mein Fleisch. Evan stößt ihn weg, woraufhin er aufschreit und schmerzhaft auf seinem Rücken landet. Das ist der letzte Strohhalm für sie, und sie ziehen sich zurück, knurrend und brüllend, entfernen sich weiter vom Haus und nähern sich der Sicherheit des Waldrandes. Wir folgen ihnen, schleichen vorwärts, während sie sich zurückziehen, und lassen die Bedrohung nicht aus den Augen. Erst als sie sich schnell umdrehen und in den Wald rennen, senken wir unsere Schnauzen, keuchen und schwitzen und halten unsere Position, was uns wie eine Ewigkeit vorkommt, bis wir sicher sind, dass sie nicht zurückkommen werden.

„*Geh*", knurre ich Evan an. „*Sieh nach Goldie.*"

Er dreht sich um und rennt so schnell davon, wie es seine Bärenbeine zulassen.

Ich spüre, wie er sich verwandelt, und ein Drittel meines Bärenverstandes wird dunkel. Ich werde nicht wissen, ob er sie gefunden hat, bis ich beide selbst sehe. Ich kann nicht atmen, während ich warte, bis ich sicher bin, dass die Wölfe weg sind und nicht zurückkommen werden.

27

GOLDIE

Wie lange treibe ich schon zwischen Realität und Traumwelt?

Männerstimmen.

Das Knirschen von Kies.

Das Surren eines Motors.

Es riecht auch. Es ist muffig hier. Abgestanden und unsauber.

Dunkelheit. Sie umgibt mich wie eine Blase, und ich fühle mich hier sicher. Sicher davor, zu wissen, was mit mir geschieht und was passieren wird, wenn ich aufwache.

Es gibt kein Zeitgefühl, nur ein flatterndes Gefühl der Unwirklichkeit.

Ich bin, und doch auch nicht – eine Person, die existiert, und zugleich im Nichtsein verharrt.

Bären.

Ich sehe sie vor meinem inneren Auge. Warme, pelzige Felle und rohe Kraft. Wütende Gesichter und wilde Kiefer. Pfoten, die zerkratzen und zermalmen können. Wesen voller Stärke und Furcht. Voller Stabilität und Schutz.

Das sind nicht die süßen Bären aus den Träumen meiner Mutter und meiner Fantasie.

In diesem Traumzustand bin ich mir über alles unsicher.

Knurren.

Knurren und Fauchen.

Ich werde geschubst und gedrängt. Gliedmaßen, die sich nicht greifbar anfühlen, schmerzen mit echtem Schmerz, der durch diesen süßen, betörenden Geruch abgestumpft wird.

Ein lautes Knurren stört meine Ruhe – weitere laute Knurrgeräusche. Ich versuche, meine Augen zu öffnen, aber es gelingt mir nicht. Mein Körper ist ein Phantom. Ich habe keine Kontrolle.

Starke Hände unter mir.

Arme um mich herum.

Ich treibe dahin.

Wie lange existiere ich schon in diesem Raum zwischen Realität und Traumwelt?

28

GOLDIE

„Ihre Augenlider flatterten gerade."

Die Stimme ist leise, aber eindringlich. Sie ist auch ganz nah. Das Erste, was ich bewusst wahrnehme, ist ein warmer Atemzug auf meiner Wange. Eine raue Hand streichelt mein Haar und fasst mein Gesicht an.

„Goldie."

Ich blinzle und schaffe es, meine Augen für einen kurzen Moment zu öffnen. Ein hübsches Gesicht. Das ist alles, was ich sehe. Wunderschöne schokoladenbraune Augen, die schmerzerfüllt wirken, hohe Wangenknochen und eine gerade Nase. Vollmundige Lippen, die nah genug sind, um mich zu küssen.

Ich blinzle erneut und sehe dieses Mal mehr. Zotteliges Haar. Gerunzelte Stirn. Es ist Hunter. Er ist derjenige, der mich berührt, als wäre ich eine schlafende Prinzessin, die er unbedingt wecken möchte.

„Ihr geht es gut", sagt eine andere Stimme. „Sie kommt schon klar. Gib ihr einfach etwas Freiraum."

„Das weißt du nicht", brüllt Hunter. „Was zum Teufel

203

haben sie ihr gegeben, dass sie so betäubt ist?"

„Nur Chloroform. Die Wirkung lässt nach. Gib ihr eine Minute Zeit." Es könnte Evan oder Robert sein. In meinem verwirrten Zustand kann ich das nicht sagen.

„Das ist unsere Schuld", sagt Hunter. „Wir hätten sie niemals allein lassen dürfen."

„Sie war sicher im Haus. Wir mussten uns um die Wölfe kümmern."

„Das war alles nur ein Trick, damit wir sie allein zurücklassen. Sie wollen unsere Zukunft zerstören, die Zukunft unseres Clans." Seine Stimme bricht. „Sie wollten unsere Herzen zerstören."

„Wir wissen es." Ist das Evans beruhigende Stimme? „Aber jetzt ist es vorbei."

„Für wie lange? Wenn wir noch später gekommen wären …" Hunters Stimme ist vor Verzweiflung angespannt. Seine Hand streicht wieder über mein Haar, fest und hektisch. „Wach auf, Goldie. Es ist okay. Du bist jetzt in Sicherheit. Wir sind bei dir."

Meine Hand wird angehoben und auf warme Lippen gedrückt. Hunter presst einen harten, dringlichen Kuss auf meine Fingerknöchel. „Wir lassen nicht zu, dass dir jemand wehtut", flüstert er an meiner Haut. Das ist Hunter. Der wütende und fordernde Neandertaler-Bruder, der mich für sich beanspruchen wollte. Er klingt gebrochen.

„Es wird Vergeltungsmaßnahmen geben", sagt Robert. „Wir haben einen von ihnen getötet. Und mehrere verwundet."

„Ich hätte ihn an jenem Tag beim Haus töten sollen. Er hat einmal versucht, Goldie zu entführen. Ich wusste, dass er es wieder versuchen würde."

„Wir haben ihm eine Warnung gegeben, auf die er hätte hören sollen."

„Das zeigt nur, dass sie nicht klar denken. Das Feuer. Die Entführung. Etwas hat sich verändert."

„Sie warten auch auf ihre Partnerin", antwortet Evan. „Für unsere Generation läuft es nur schleppend, was nicht gut ist. Das kann einen Mann in den Wahnsinn treiben."

„Hunter weiß das", sagt Robert, und Hunter schnaubt verächtlich.

Ich bin schon seit einer Weile bei Bewusstsein, habe aber versucht, mich so ruhig wie möglich zu verhalten, sie reden zu lassen und alles in mich aufzunehmen. Wölfe haben mich mitgenommen. Wolfsmänner. Andere Kreaturen wie die Bjorns sind da draußen, und sie befinden sich im Krieg.

Die Tatsache setzt sich seltsam in mir fest.

Bis jetzt habe ich gedacht, dass die Vorstellung, ich sei dazu bestimmt, mit diesen Bären zusammen zu sein, verrückt ist – eine bequeme Fiktion, an die sich Robert, Evan und vor allem Hunter geklammert haben. Aber es gibt noch andere Wesen da draußen, die es auch wissen – genug, um mich zu entführen, damit ich nicht mit den Drillingen zusammen sein kann, um mich zu entführen und ihre Hoffnung auf die nächste Generation zu zerstören.

Das ist alles echt.

Ich öffne meine Augen wieder, und dieses Mal halte ich sie offen und nehme Hunters gerunzelte Stirn und den Schmerz in seinem Gesichtsausdruck wahr. Er war verzweifelt um meine Sicherheit besorgt. Seine Berührung ist zärtlich und besorgt, nicht grob und egoistisch.

Es ist klarer, warum Hunter so ein wütender und arroganter Mann ist. Er sehnt sich nach der nächsten Phase in seinem Leben und macht sich Sorgen darüber, was ihn daran hindern könnte, all das zu erreichen, was ihm versprochen wurde. Ich verstehe, wie es ist, einen Traum zu haben und festzustellen, dass es Hindernisse gibt, die einen davon abhalten, ihn zu verwirklichen.

„Goldie", sagt er und drückt seine raue, bärtige Wange an meine.

„Was ist passiert?", krächze ich. Ist das wirklich meine

Stimme? Sie klingt nicht wie meine.

„Du wurdest entführt", erklärt Hunter. „Aber wir haben dich zurückgeholt. Sie haben dir nichts getan, oder? Sie haben dir nicht wehgetan?"

Er ist offensichtlich besorgt. Besorgt, dass es Wunden geben könnte, die er nicht sehen kann.

Ich wackle mit den Fingern und strecke meine Beine aus. Ich habe Schmerzen, die sich wie Blutergüsse anfühlen. Haben sie etwas mit mir gemacht, während ich zu benommen war, um mich daran zu erinnern?

„Wir mussten dich tragen", sagt Evan, als er meine Bewegungen bemerkt. „Es könnte ein wenig wehtun."

Hunter führt meine Hand erneut an seine Lippen und küsst sie. „Warum bist du gegangen, Goldie? Warum hast du dich in Gefahr begeben? Wenn dir etwas zugestoßen wäre, weiß ich nicht, was ich getan hätte."

„Jemanden umgebracht", murmelt Robert leise vor sich hin.

„Das versteht sich von selbst." Hunters Blick brennt sich mit einer Intensität in meine Augen, wie ich sie noch nie zuvor bei einem anderen Menschen gesehen habe. „Ich kümmere mich um das, was mir gehört. Ich beschütze das, was mir gehört. Und ich räche das, was mir gehört."

„Und ich habe nichts zu sagen", flüstere ich.

„Du hast ein Mitspracherecht … natürlich hast du das."

„Du besitzt mich nicht, Hunter", flüstere ich.

„Wir gehören zueinander." Seine Augen verwandeln sich von dunklen Teichen in warmes Schokoladenbraun, und er schließt sie, als würde er gegen die Intensität seiner eigenen Gefühle ankämpfen. Zwischen uns entstehen Verbindungsfäden, die meine Haut kitzeln und sich bis in mein weiches Innerstes vorarbeiten, als würde Magie wirken.

Die Magie *ist* am Werk. Das Schicksal hat seine Finger

überall im Spiel, zumindest fühlt es sich so an.

„Hunter", murmele ich, und ein Schauer durchfährt ihn, als er seinen Namen aus meinem Mund hört.

„Ich …" Er hält inne und unterdrückt etwas, das sich wie der Beginn eines Geständnisses anfühlt. Tiefe, unerklärliche Gefühle der Zärtlichkeit und des Vertrauens steigen in mir auf. Er atmet zitternd aus, senkt den Kopf, und trotz seiner Stärke und Standhaftigkeit drückt das Gewicht der Welt auf ihn nieder.

„Du kannst dich dem nicht widersetzen, Goldie." Seine Stimme klingt angespannt und rau. „Du kannst dich genauso wenig gegen das wehren, was du bist, wie wir. In der Nacht deiner Geburt kamen auch wir auf die Welt. Keiner von uns wusste, dass dies unser Schicksal sein würde. Wir hatten nur länger Zeit, das zu begreifen, als du. Wirst du uns die Zeit geben, dir zu zeigen, wie gut das sein kann? Wirst du hierbleiben, ohne wegzulaufen, ohne dich in Gefahr zu begeben? Wir kämpfen einen Krieg ums Überleben und können das nicht ohne dich tun. Wir können es nicht schaffen, wenn du dich in Gefahr begibst, um uns zu entkommen. Die Wölfe spielen keine Rolle, wenn du uns von innen zerstörst … wenn du unsere Herzen brichst."

Ich schaue in sein Gesicht und hebe meine Hand, um seine Wange zu umfassen.

Dieser Mann mag arrogant sein, aber er ist auch leidenschaftlich, wild, anspruchsvoll und intensiv. Er hat eine feste Vorstellung davon, wie die Dinge sein sollten, und will, dass sie so sind, komme, was wolle. Er empfindet mit einer unfassbaren Intensität, die meine Knochen schmerzen und meinen Körper sich nach ihm sehnen lässt. Er ist wie Stahl, und ich bin wie magnetisiert von ihm und seinen Brüdern.

Ich habe ihn einfach nicht verstanden, das ist alles. Ich habe hinter seiner rauen Fassade sein Herz nicht gesehen, aber jetzt tue ich es.

Hunter steht unter dem größten Druck. Er ist der

Älteste und der Träger der Traditionen, die von Generation zu Generation weitergegeben werden. Er trägt die Last der Fehde mit den Wölfen auf seinen Schultern und die Zukunft seiner Familie.

Ich habe gegen ihn gekämpft, aber es war falsch von mir, mir eine Meinung über ihn zu bilden, ohne wirklich mit ihm in Kontakt zu treten.

Man sagt, man solle ein Buch nicht nach seinem Einband beurteilen, aber genau das habe ich getan. Was zwischen Hunters Seiten steht, ist viel komplexer, als ich es mir jemals vorgestellt habe.

„Ich werde nicht weglaufen", sage ich. „Ich werde bleiben."

Hunters Schultern entspannen sich, und als ich von Robert zu Evan schaue, sehe ich, dass sie die Erleichterung teilen.

„Ich brauche aber Zeit. Zeit, um euch kennenzulernen, Zeit, um mich an all das zu gewöhnen. Könnt ihr Geduld mit mir haben?"

Hunter nickt. „Wenn es das ist, was du brauchst."

„Das ist es."

Er berührt meine Schulter. „Kannst du dich aufsetzen? Möchtest du etwas Wasser?"

Ich nicke, und er hilft mir aufzustehen, sein kräftiger Arm unter meinen Schultern. Evan reicht mir das Wasser, und ich nippe zunächst daran, trinke dann aber in großen Schlucken, als mir bewusst wird, wie trocken mein Hals ist.

Da bemerke ich Hunters Hände.

Seine Handflächen sind aufgeschlitzt, und das Blut ist über den Wunden verkrustet.

Robert hat eine Schnittwunde an der Wange und entsprechende Verletzungen an den Knöcheln. Evan ist ebenfalls schmutzig und verletzt.

Diese Männer haben wirklich für mich gekämpft. Sie

haben Verletzungen riskiert und wer weiß was noch alles, um meine Sicherheit zu gewährleisten. Ich greife nach Hunters Hand und halte sie zärtlich. Das sind die Hände eines Mörders. Eines Mörders, der ein Beschützer ist. „Wir müssen euch säubern.“

Er schüttelt den Kopf, als wäre er zu groß und zu stark, um medizinische Hilfe zu benötigen. „Das heilt von allein.“

„Mit Schmutz darin“, sage ich. „Bringt mir eine Schüssel mit warmem Wasser, ein weiches Handtuch und etwas Salbe. Ich möchte sichergehen, dass ihr keine Infektion bekommt.“

„Wir sind Bären!“, lacht er, aber ich kann an seinem Gesichtsausdruck sehen, dass er sich über meine Besorgnis freut.

„Bären bekommen doch Infektionen, oder? Dornen in ihren Pfoten?“

„Ich gehe“, sagt Evan.

Es dauert ein paar Minuten, bis er zurückkommt, dann versorge ich all ihre sichtbaren Wunden. Sie bestehen darauf, dass kein Verband notwendig ist, da sie schneller heilen als Menschen. „Sind das die einzigen?“, frage ich, als mir auffällt, dass sie während des Kampfes in ihrer Bärenform keine Kleidung trugen. Vielleicht verbergen ihre Shirts und Jeans weitere Verletzungen.

Hunter schüttelt etwas zu heftig den Kopf.

„Zeig es mir“, befehle ich.

Er schließt die Augen und beißt die Zähne zusammen, greift aber hinter seinen Kopf und zieht sein Shirt mit einer schwungvollen Bewegung aus. Er dreht sich auf dem Bett um, bis sein breiter, nackter Rücken zu mir zeigt, und ich schnappe nach Luft. Zackige Linien durchziehen seinen Rücken in tiefen Striemen. Das Blut ist getrocknet, und die Ränder ziehen sich bereits zusammen, da sein schneller Heilungsprozess einsetzt. Ich strecke meine Hand aus, schmerze wegen seiner Verletzungen und zucke zusammen, als mein Finger über seine erhitzte Haut zwischen den Wunden tanzt. Er zittert. „Das musst du nicht tun", murmelt er und krümmt seinen Rücken. Die Muskeln unter seiner Haut bewegen sich, sodass mein Mund trocken wird.

„Lass mich helfen." Ich tupfe vorsichtig, um sichtbares Blut und Schmutz zu entfernen. Er zuckt nicht vor Schmerz zusammen. Er ist stark und widerstandsfähig, ein Fels in der Brandung, der sich jeder Art von Fürsorge widersetzt. Evan und Robert tauschen Blicke aus. Ich kann fast ihre Gedanken hören, wie sie sich fragen, ob dies der Moment ist, in dem sich alles ändert. Als ich fertig bin, sind Hunters Wunden sichtbar kleiner und heilen sauberer, und ich kann dem Drang nicht widerstehen, über die dicken, sehnigen Muskeln zu streichen, die seine Schulter mit seinem Rücken verbinden. Er zittert erneut, senkt den Kopf und ein zufriedenes Grollen, ähnlich dem Schnurren einer Katze, vibriert auf seiner Haut.

Ich ziehe mich zurück, während Sehnsucht mein Herz umklammert und daran zerrt.

Die Energie im Raum verändert sich. Ich habe diese Männer berührt, ihre Hände, ihre Gesichter und mehr. Es ist etwas ganz Alltägliches, aber es ist aufgeladen mit allem, was zwischen uns schwebt.

Schicksal.

Hoffnung.

Eine Zukunft für uns und kommende Generationen.

Sicherheit.

Ich schaue zwischen diesen Männern hin und her und spüre einen Schmerz in meinem Herzen. Ich habe sie verlassen, aber sie geben mir keine Schuld. Sie sind nicht wütend, nur verängstigt. Ich habe mich selbst in Gefahr gebracht. Sie kamen, als ich sie brauchte, und sorgten dafür, dass es mir gut ging, obwohl sie dafür körperliche Opfer bringen mussten und sich damit selbst große Nachteile für die Zukunft einhandelten.

Wer weiß, was als Nächstes passieren wird? Die Wölfe sind ein Feind, dessen ich mir gar nicht bewusst war. Wie könnten sie unser Leben beeinflussen?

Aber die Zweifel, die mich geplagt haben, sind verschwunden. Diese Männer haben bewiesen, dass sie gut und ehrenhaft sind. Sie haben bewiesen, dass ihnen mein Wohlergehen am Herzen liegt. Trotz ihrer Natur fühle ich mich auf unerklärliche Weise zu ihnen hingezogen. Das Mindeste, was ich tun kann, ist, es zu versuchen.

Sie sind überzeugt, dass wir füreinander bestimmt sind, dass unsere Verbindung in den Sternen geschrieben steht. Wenn das der Fall ist, dann werde ich es spüren. Wo Zweifel herrschen, wird Gewissheit sein, und wo Angst herrscht, wird Hoffnung sein.

Ich muss dem eine Chance geben, sonst werde ich es bereuen. Ein Teil von mir wird immer Zweifel haben, und ein noch größerer Teil von mir wird sich schuldig fühlen. Sie sind sich so sicher, dass ich ihre Auserwählte bin, ihre einzige wahre Partnerin. Werden sie jemals jemand anderen finden können, wenn ich nicht zustimme? Ich kann den Gedanken nicht ertragen, dass sie ohne mich allein sein oder ihre Träume von einem Haus voller Kinder für immer verloren gehen könnten.

Hunter dreht sich um und bleibt in meiner Nähe. Ich strecke meine Hand aus und nehme seine.

„Danke, dass ihr mich gerettet habt", sage ich. „Danke, dass ihr mich geholt habt, obwohl ich vor euch weggelaufen bin."

„Wir werden immer für dich da sein, Goldie. Wir werden bis zum letzten Atemzug kämpfen, um dich zu beschützen." Seine Stimme ist leise und tief, sein Kinn entschlossen. Ich glaube ihm, und das Glück breitet sich wie eine flauschige Decke warm in mir aus.

„Ich werde nicht mehr weglaufen", antworte ich. „Ich werde hierbleiben. Ich möchte versuchen, das zu sein, was ihr euch wünscht ... was ihr braucht. Ihr seid euch sicher, dass wir füreinander bestimmt sind, aber ich benötige Zeit. Könnt ihr Geduld haben?"

Hunter nickt, und ich schaue zu seinen Brüdern, die ebenfalls zustimmen. Ich habe nicht daran gezweifelt, dass Robert und Evan auf mich warten würden, aber Hunter war schon immer anders.

Ich habe einen Kloß im Hals, weil noch nie jemand so geduldig und hingebungsvoll zu mir war, nicht einmal meine eigenen Eltern. Ich weiß nicht, ob ich jemals annähernd so viel wissen werde wie sie oder bereit sein werde, den nächsten Schritt zu gehen, aber Robert, Evan und Hunter sind bereit, für mich zu kämpfen *und* auf mich zu warten.

Angesichts dieser Hingabe muss ich meine Zweifel beiseite schieben und es versuchen. Das haben sie verdient.

29

EVAN

Goldie ist eine furchtbare Köchin. Das merken wir, nachdem sie eine Woche bei uns gewohnt hat, und Hunter vorschlägt, dass sie mal das Abendessen kochen soll. Die Nudeln sind hart und die Soße wässrig. Sie verzieht das Gesicht, als sie probiert, entschuldigt sich, und wir alle lachen.

„Was für eine Enttäuschung ich wohl sein muss", sagt sie und nimmt unsere vollen Teller entgegen. „Ihr habt euer ganzes Leben lang auf eine Partnerin gewartet, und sie kann euch nicht einmal ernähren."

„Wir wollen dich nicht wegen deiner Kochkünste", antwortet Hunter, zieht eine dunkle Augenbraue hoch und starrt sie eindringlich an. Sein heißer Blick gleitet über ihren Körper, und Röte steigt ihr in die Wangen.

„Ruhig, Junge", warnt Robert. Ist es für Goldie noch zu früh? Wir haben versucht, das Flirten auf ein Minimum zu beschränken, aber wir alle sehnen uns verzweifelt nach Fortschritten.

„Ich kann gute Sandwiches machen", bietet Goldie an.

„Wie wäre es, wenn ich uns ein paar gegrillte Käsesandwiches zubereite?"

„Mach ein gegrilltes Käse-Schinken-Sandwich daraus, und wir sind im Geschäft", sage ich.

Nachdem wir gegessen haben, bringen wir Goldie in den Aufenthaltsraum. Früher war das unser Spielzimmer, der einzige ungezwungene Raum im ganzen Haus. Als Dad starb, haben wir es zu einer Art Männerhöhle oder Bärenhöhle umgebaut. Bequeme Sofas und ein riesiger Flachbildfernseher dominieren den Raum. Mit seiner dunkelblauen Wandfarbe, dem hellen Holzparkett und dem cremefarbenen Shaggy-Teppich strahlt er eine Wärme und Gemütlichkeit aus, die den anderen, traditionell eingerichteten Räumen des Hauses fehlt. Wir lassen uns auf die große Eckcouch fallen. Ich werfe Goldie ihre Decke zu, hole den Korb mit Süßigkeiten unter dem Beistelltisch hervor, biete ihn ihr an und schnappe ihn ihr dann wieder weg, bevor sie sich etwas aussuchen kann.

Sie rollt mit den Augen über meine Mätzchen, dann stürzt sie sich plötzlich auf mich und greift nach dem Korb. Wir landen in einem Gewirr aus Gliedmaßen und lachen so sehr, dass wir kaum noch atmen können. Es gibt einen Moment zwischen uns, in dem wir schwer atmen und lächeln, unsere Blicke sich treffen und ich das Gefühl habe, dass sie möchte, dass ich sie küsse.

Hunter lässt sich neben Goldie fallen, legt seinen Arm auf die Rückenlehne des Sofas und spreizt die Beine. Sie lehnt sich zurück, wohlfühlend in Hunters Nähe, während Robert nach einem Film sucht.

„Nichts Gewalttätiges", sagt Goldie.

„*The Revenant* dann also nicht?"

Sie schaut mich finster an. „Bärenangriffe stehen momentan nicht ganz oben auf meiner Liste der unterhaltsamen Themen."

„Schade", sagt Hunter trocken. „Der ist bestimmt

lustig."

Sie schlägt ihm auf den Oberschenkel, aber es ist gutmütig gemeint.

„Wie wäre es mit *Gladiator*?", fragt Robert.

„Kommt da nicht ein Löwenangriff drin vor?", frage ich.

„Oh Scheiße, ja", lacht er.

„Nur um das klarzustellen: Wir suchen etwas, bei dem es nicht zu Handgreiflichkeiten kommt." Goldie seufzt mit übertriebener Verzweiflung.

„Mist, ich wollte eigentlich *Der weiße Hai*, *Open Water*, *The Grey* oder *Snakes on a Plane* vorschlagen …", zählt Robert die Filme an seinen Fingern ab.

„Seid ihr auf Filme fixiert, in denen Menschen Beute von Tieren sind?", fragt Goldie. „Denn dann muss ich vielleicht einen Psychologen rufen und mich schnell aus dem Staub machen."

„Deinetwegen macht sie sich Sorgen, dass wir irgendeinen seltsamen Fetisch haben", lacht Hunter.

Ich lege meinen Arm um Goldie und ziehe sie an meine Brust. „Du hast ihr Angst gemacht."

Robert hebt die Hände. „Ich bin nur ein Filmfan, Goldie. Kein Perverser."

„Obwohl ich mir ziemlich sicher bin, dass er dich gerade am liebsten verschlingen würde." Hunter lässt diesen hungrigen Ausdruck, den er so gut beherrscht, träge über Goldie gleiten. Sie zittert in meinen Armen.

„Lasst uns einfach einen Film aussuchen", unterbricht Robert. „Goldie. Die Damen haben die Wahl?"

„Was ist mit *Bridget Jones*? Ich bin noch nie dazu gekommen, ihn anzuschauen."

Hunter stöhnt und Goldie lacht. „Das soll lustig sein, Alter. Du weißt schon, was du machst, wenn sich dein Zwerchfell zusammenzieht, deine Mundwinkel sich nach oben ziehen und du mit einem knurrenden, fröhlichen

Geräusch ausatmest ... das, was du wahrscheinlich als Kind gemacht hast, aber vergessen hast, als du ganz ernst und ein Alpha geworden bist?" Den letzten Teil sagt sie mit einer übertriebenen Männerstimme, die sehr nach Hunter klingt.

Er packt sie um die Taille und kitzelt sie an der Seite, bis sie quietscht. „Meinst du das? Ist das Lachen?"

„Halt!", quietscht sie. „Halt."

„*Bridget Jones* soll es sein."

Robert startet den Film, und Hunter lässt die außer Atem geratene Goldie los, damit er uns allen einen Drink mixen kann. Goldie entscheidet sich für Gin Tonic und stöhnt vor Vergnügen, als sie den ersten Schluck nimmt. Es ist ein Stöhnen, das dem so ähnlich ist, das sie von sich gab, als ich zwischen ihren Beinen leckte, dass ich sofort eine Erektion bekomme.

Ihre Anwesenheit lenkt mich zu sehr ab, und Hunter unterbricht den Film ständig, um Kommentare über den britischen Akzent und die unterdurchschnittliche Figur der Liebespaare abzugeben. Wir reden so viel, dass Robert gezwungen ist, den Film anzuhalten, und wir alle versammeln uns schließlich auf dem Teppich, um den Film zu besprechen. Goldie sitzt in der Mitte und hat ihren Kopf auf ein Kissen gelegt. Wir flankieren sie und bilden mit unseren großen Körpern ein Dreieck um sie herum.

„Dieses Haus ist so still", flüstert sie.

„Das war nicht immer so", erinnert sich Hunter. „Als wir Kinder waren, war es voller Lachen."

„In meinem Haus war es ruhig." Goldie spielt mit dem Saum ihres Shirts. „Ich war ganz allein, und meine Mutter wollte mich nie spielen hören."

„Warum?", frage ich.

Sie zuckt mit den Schultern. „Früher hat es sie genervt. Sie sagte, es bereite ihr Kopfschmerzen. Ich habe mich immer im Schrank unter der Treppe eingeschlossen."

„Scheiße, Goldie."

Überraschenderweise streckt Hunter seine Hand aus, ergreift ihre und drückt seine Lippen auf ihre Fingerknöchel. „Es tut mir leid, dass du das durchmachen musstest."

„Mir auch. Ihr habt Glück. Ihr hattet immer einander. Ich wette, ihr wart nie einsam."

„Nicht einsam", sinniere ich. „Aber es hat sich immer so angefühlt, als würde ein Teil von uns fehlen. Ein Teil von uns hat gewartet."

„Fühlt ihr euch jetzt so?", fragt sie.

„Nein", sagen wir alle einstimmig. Das stimmt. Seit wir sie zum ersten Mal gesehen haben, ist es, als wäre eine Lücke gefüllt worden. Sie hat sich in den leeren Raum eingefügt, aber nicht vollständig. Es gibt immer noch eine unangenehme Lücke, die durch die Inanspruchnahme geschlossen werden könnte.

„Gibt es noch andere Bären? Hattet ihr Freunde, als ihr aufgewachsen seid?"

„Es gibt noch andere Bären", erklärt Robert ihr. „Unser Clan ist groß, aber sie sind weggezogen, und wir sind geblieben. Wir wollten das Haus nicht zurücklassen."

„Wir können unseren eigenen Clan gründen", antwortet Hunter und vergisst dabei, dass wir vereinbart hatten, Goldie nichts zu sagen, was sie erschrecken und zum Rückzug bewegen könnte. Die Vergrößerung des Clans durch Fortpflanzung würde in diese Kategorie fallen.

„Ich möchte eine große Familie", sagt sie leise. „Ich möchte nicht, dass eines meiner Kinder alleine aufwächst."

„Sie würden mit dir niemals alleine sein." Ich drehe mich zu ihr und lächle, als ihre Augen meine finden.

„Du wirst eine großartige Mutter sein", sagt Robert.

„Eine großartige Mutter, die ihre Kinder mit ihrer furchtbaren Kochkunst vergiften wird", schnaubt sie.

„Das ist nichts, was man nicht lernen könnte, und

außerdem können wir nicht alle in allem gut sein."

„Ich werde immer da sein, um Frühstück zu machen", antwortet Robert.

„Und ich kann Fleisch grillen wie ein Profi", prahlt Hunter.

„Fleisch, das du zerfleischt hast?" Das bringt Goldie eine weitere Runde Kitzeln von Hunter ein.

„Was ist mit dir, Evan?", fragt sie. „Welche kulinarischen Köstlichkeiten bringst du mit?"

Ich rümpfe die Nase. „Wie wäre es mit Ramen? Zählt das auch?"

Sie rollt mit den Augen. „Als das Universum dieser Familie ihre Gaben zuteilwerden ließ, hat es die Bedeutung der Ernährung übersehen."

Ich bin nicht der Einzige, der bei ihren Worten wie erstarrt ist. Hat sie uns gerade als Familie bezeichnet? Vielleicht meinte sie meine Brüder und mich, oder wollte sie sich selbst dazuzählen? Mit jedem Tag, der vergeht, scheint sie mehr Selbstvertrauen zu gewinnen und sich in unserer Gesellschaft zu entspannen. Sie schläft zwar immer noch im Gästezimmer, aber wenn wir uns abends alle zum Schlafengehen zurückziehen, ruht ihr Blick noch einen Moment auf uns, während wir in unsere Zimmer verschwinden.

Wir tun das Richtige. Das wird schon klappen, wie es soll. Geduld ist schließlich eine Tugend. Zumindest hat unsere Mutter uns das immer eingetrichtert. Vielleicht wusste sie etwas, das wir nicht wussten.

„Also, wie würde dein ideales Date aussehen, Goldie?", fragt Hunter aus heiterem Himmel.

„Escape Room", schätze ich, und bekomme dafür einen Schlag auf meine Brust von einer finster blickenden Goldie.

„Etwas, wofür sie verhaftet wird", sagt Robert, „wegen der Handschellen."

„Wir dachten, du meinst für das Gefängnisessen", scherzt Hunter.

„Ein Picknick am See oder am Strand", antwortet Goldie und ignoriert unsere Witze. „Etwa eine Stunde vor Sonnenuntergang. Ich liebe das Licht zu dieser Zeit einfach ... wie es alles zu glätten scheint und gleichzeitig schärfer macht. Ich liebe die Stille, die mit dem Aufgang des Mondes einhergeht, und die nachklingende Wärme des Tages."

„Das klingt himmlisch." Hunter rollt sich auf die Seite und stützt seinen Kopf auf seinen Ellbogen. „Welches Essen?"

„Haferbrei, gegrilltes Fleisch und natürlich Ramen", lacht sie. Dann kitzeln wir sie alle, und sie zappelt und lacht, bis ihr Freudentränen über das Gesicht laufen, und wir sind alle verschwitzt und außer Atem.

Der Rest des Abends verläuft ähnlich, mit Geschichten und Gelächter, und in den folgenden Tagen nähern wir uns vorsichtig unserer Schicksalsgefährtin, in der Hoffnung, dass sie sich bald dazu entschließen wird, sich von uns beanspruchen zu lassen.

30

HUNTER

„Ich habe nachgedacht", sage ich und reibe mir mit der Hand über mein unrasiertes Kinn. Goldie schaut von ihrem Buch auf und legt es langsam auf ihren Schoß.

„Tu dir nicht weh." Sie grinst, und ich unterdrücke ein Lächeln. Ihr Humor ist ein Bonus, von dem ich nicht wusste, dass ich ihn an einer Partnerin schätzen würde. *Noch nicht deine Partnerin,* korrigiere ich mich. Sie wehrt sich immer noch dagegen, von mir beansprucht zu werden, sehr zu meiner Frustration.

Es ist Vormittag, und Evan und Robert sind im Laden, sodass Goldie und ich allein sind. Sie riecht gut, und mein Bär ist gierig darauf, sie zu kosten, aber das ist nichts Ungewöhnliches. Seit ihrer Ankunft sind wir in einem Zustand der Hungersnot nach ihr.

„Im Ernst. Ich habe über dein Geschäft nachgedacht."

Sie blickt auf. „Was ist mit meinem Geschäft?" Sie faltet die Ecke der Seite, die sie gerade gelesen hat, um und legt das Buch dann auf die Armlehne des Sofas.

„Du langweilst dich. Das merke ich."

„Ja, das tue ich", gibt sie zu und zieht die Augenbrauen hoch.

„Hast du dir schon überlegt, was du machen wirst?"

Sie schüttelt den Kopf. „Ich fühle mich, als wäre ich in der Schwebe gefangen. Ich weiß nicht, wie ich wieder zu meinem früheren Leben zurückkehren soll."

„Das habe ich auch gedacht."

Als ich das bestätige, sinken ihre Schultern herab. Ich halte meine Hand hoch und hoffe, dass mein nächster Vorschlag ihre Enttäuschung mildern wird. „Wie wäre es, ein Online-Geschäft zu gründen?"

„Was für ein Geschäft?"

Ich rutsche auf den Kissen hin und her, drehe mich so, dass mein Knie gegen die Rückenlehne des Sofas gedrückt wird und mein Bein vor mir angewinkelt liegt. Ich schiebe die Ärmel meines Pullovers hoch. „Die Art von Accessoires, die wir oben im Zimmer haben, verkaufen."

Sie runzelt die Stirn und presst die Lippen zusammen. Sie zupft am Saum ihres Shirts herum, das eigentlich mein altes Shirt ist – sie in etwas zu sehen, das ich getragen habe, weckt in mir alle meine territorialen Urinstinkte, fast so sehr, als hätte ich sie in meinen Armen. „Ich weiß nicht viel über Websites", antwortet sie.

„Evan kann das", sage ich. „Er kann dir helfen, einen Online-Shop einzurichten. Robert ist gut mit Zahlen. Er kann dir bei den finanziellen Aspekten helfen."

Sie nickt, immer noch zögernd, immer noch unsicher.

„Und ich kann dir beim Einkauf helfen."

„Ich habe kein Geld, um etwas zu kaufen", antwortet sie.

„Wir haben Geld, damit du anfangen kannst."

„Nein." Sie hinterfragt meine Idee sofort, obwohl ich merke, dass sie interessiert ist. Ihr Bedürfnis nach Unabhängigkeit macht mich sowohl stolz als auch frustriert.

„Geld ist kein Problem, aber wenn du das Gefühl hast,

dass es eines ist, können wir dir den Start ermöglichen, und du kannst alles, was du dir leihst, aus der Versicherungssumme zurückzahlen."

Ihre Augen leuchten auf. „Das würdet ihr tun? Mir das Startkapital leihen?"

„Natürlich." Sie versteht immer noch nicht, welche Verbindung zwischen uns besteht und welche Verpflichtungen damit einhergehen. Sie ist ein Mensch, und es gibt nichts Vergleichbares. Selbst eine Ehe kommt nicht an das heran, was wir haben werden, wenn sie endlich zur Vernunft kommt.

„Glaubst du, das würde funktionieren?", fragt sie.

„Nun, ich denke, die Tatsache, dass du das Geschäft *genau* verstehst, ist ein guter Anfang."

Sie errötet, und ich lächle, zufrieden, dass ich ihr zumindest ein wenig unter die Haut gegangen bin.

„Und wenn du die Ware testen musst …"

„Hilfst du gerne", beendet sie.

Ich zucke lässig mit den Schultern. „Ich würde es als einen Dienst für die Öffentlichkeit betrachten."

„Nicht zu öffentlich", murmelt sie. „Das ist nicht mein Ding."

Ich lächle und lehne mich zurück, entspannt, jetzt, da ich weiß, dass sie für meine Idee empfänglich ist. Ihre Zufriedenheit in allen Dingen liegt in unserer Verantwortung. Wenn es notwendig ist, ihr zu helfen, unabhängig zu werden, damit sie sich mit uns verbinden möchte, dann soll es so sein.

„Möchtest du anfangen?"

„Jetzt?" Sie richtet sich auf und ihr Gesichtsausdruck hellt sich auf.

„Wenn du willst."

Sie grinst. „Ich will."

Ihr Glück überkommt mich wie die warme

Sommersonne, dringt durch meine Haut, mein Fleisch und meine Knochen bis in mein Herz. Ich stehe auf, strecke meine Hand nach ihr aus, und sie nimmt sie und lässt sich von mir aufhelfen. Ich führe sie zum Büro, und sie lässt mich ununterbrochen ihre Hand halten. Wir sitzen nebeneinander am Schreibtisch, recherchieren andere ähnliche Websites und suchen nach Lieferanten. Ich mache mir Notizen, während sie wie wild klickt und vor Aufregung über all die möglichen Optionen in die Hände klatscht. „Wir sollten Muster bestellen", sage ich, als sie zwei Sexspielzeuge betrachtet, die wie Rosen aussehen.

„Das hier saugt, und das hier hat eine kleine Zunge." Goldie windet sich auf ihrem Sitz, und mein Schwanz wird hart. Es gibt so viele Dinge, die ich mit meiner eigenen Zunge mit ihr machen möchte.

„Das Testen der Waren wird wichtig sein. Du kannst persönliche Bewertungen auf den Produktseiten einfügen."

„Und du bist gerne bereit, dabei Notizen zu machen?"

„Hmm …" Der Gedanke, ihr dabei zuzusehen, wie sie sich mit einem dieser Spielzeuge vergnügt, lässt mich mit den Lippen schmatzen. „Zusehen wäre mir ein Vergnügen."

Unsere Blicke treffen sich, und ihre Augen sind wie ein Mitternachtshimmel, verdunkelt durch geweitete Pupillen. Ich strecke die Hand aus, um ihr eine lose Locke hinter das Ohr zu streichen, und sie zittert.

„Goldie", murmele ich, während der Bär in mir brüllt, sie endlich zu küssen.

„Hunter."

„Ich möchte dich küssen." Die Worte sind aus meinem Mund, bevor ich sie zu Ende gedacht habe, aber es stellt sich heraus, dass sie in Ordnung sind. Sie drückt ihre Handfläche gegen meine bärtige Wange und lächelt.

„Okay."

Mein Herz springt in meiner Brust herum und landet mit einem dumpfen Schlag wieder an seinem Platz. Mein

Schwanz ist dick und schwer. Ich war noch nie so aufgeregt wegen eines Kusses; ich habe noch nie eine Frau so sehr begehrt. Ich nehme ihr Gesicht zwischen meine rauen Handflächen und drücke meine Stirn an ihre. „Goldie." Meine Stimme klingt vor Sehnsucht rau, dann presse ich meine Lippen auf ihre.

Unsere erste Berührung ist elektrisierend, als würde all die Zeit, die wir getrennt verbracht haben, durch uns hindurchströmen. Mein Verstand setzt aus, und ich vergesse mich zu bewegen. Ein Schauer durchläuft mich von den Haarwurzeln bis zu den Zehenspitzen, und ich atme sie ein, meine Partnerin, überwältigt von der tiefen Zufriedenheit, die mich umgibt.

Dann stöhnt sie, und ich bewege mich – wir sind flüssig, geschmolzen, flackernd, glühend. Goldie schmilzt in mir, öffnet ihre süßen Lippen und begrüßt das Streichen meiner Zunge über ihre. Sie schmeckt nach Apfel und Zimt, nach der Süße, die ich all die Jahre vermisst habe, und das Verlangen, sie zu beanspruchen, wird größer, als ich es zurückhalten kann. Mein Bär drängt nach vorn, die scharfen Eckzähne, die ich für die Eroberung benötigen werde, schmerzen, als wollten sie mein Zahnfleisch spalten. Es ist nicht der richtige Zeitpunkt, und ich kämpfe gegen den verzweifelten Drang an, sie hier und jetzt zu nehmen.

„Hunter." Ihre Hand liegt auf meiner Brust, und sie zittert. Mit geschlossenen Augen schnappe ich nach Luft, um wieder zu Sinnen zu kommen. Nicht jetzt, sage ich mir. Nicht jetzt.

„Ja."

„Geht es dir gut?"

Ich öffne meine Augen und sehe, dass sie mich mit gerunzelter Stirn anstarrt. Ihre Finger krallen sich in den Stoff meines Shirts. „Mir geht es gut, Goldie. Mir geht es immer gut, wenn ich bei dir bin."

Ein Lächeln huscht über ihre Lippen, aber sie spürt, wie verzweifelt ich darum kämpfe, mich unter Kontrolle zu halten. Ich bin nicht Robert, dessen stoische Fassade seine inneren Turbulenzen geschickt verbirgt. Meine Haut ist nicht stark genug, um meine Begierden zu unterdrücken. Wenn Goldie in der Nähe ist, habe ich das Gefühl, meine Haut könnte aufplatzen, um all mein Verlangen freizugeben.

Gerade als sie den Mund aufmacht, um etwas zu sagen, öffnet sich die Haustür und Robert ruft, dass er und Evan nach Hause gekommen sind. Mit einem kleinen Lächeln lehnt sie sich in ihrem Stuhl zurück, aber ihr Atem ist immer noch flach und ihre Wangen sind rosig.

„Ich schätze, es ist Zeit für das Mittagessen." Ich stehe auf und nehme ihre Hand.

Während Robert ein paar Pastrami-Sandwiches zubereitet, sucht Evan Teller und Besteck heraus und ich schenke Getränke ein. Goldie erzählt ihnen alles über unsere Ideen. Robert und Evan sehen mich mit einem Lächeln auf den Lippen an. Ich habe keinem meiner Brüder erzählt, was ich vorhabe, aber sie sind nicht böse darüber. Sie sind erleichtert, dass ich die notwendigen Anpassungen vornehme, damit Goldie sich in unser Leben einfügen kann. Ich war schon immer ein harter Brocken, unnachgiebig, mit scharfen Kanten und einem dichten, undurchdringlichen Kern, aber Goldie bringt mich dazu, anders sein zu wollen. Sie bringt mich dazu, mich ihr anzupassen, so wie sie sich mir anpasst. Ich möchte, dass alle unsere Ecken und Kanten perfekt zusammenpassen, sodass zwischen uns kein Raum bleibt, sondern nur sanfte Harmonie und unbeschwerte Zufriedenheit.

Ich bin nicht der einfachste Mann, aber für Goldie werde ich versuchen, mich zu bessern.

„Wir müssen das Nebengebäude ausräumen und sicherstellen, dass es wasserdicht ist. Wir könnten Regale und einen langen Tisch zum Verpacken von Bestellungen hinzufügen", sage ich.

„Wir können einen neuen Bodenbelag verlegen." Evan

nimmt einen großen Bissen von seinem Sandwich und stöhnt laut vor Genuss.

„Wir sollten die Elektrik überprüfen und eine Heizung für den Winter einbauen lassen." Ich möchte nicht, dass Goldie während der Arbeit friert.

„Und ein Radio", sagt Goldie. „Ich höre gerne Musik, während ich arbeite."

„Was für Musik?" Evan hat unzählige Playlists und bestimmt immer die Musik, wenn wir mit dem Auto unterwegs sind.

„Dolly Parton", gibt Goldie mit einem Grinsen zu. „*The Civil Wars*, *Johnyswim* und diese Band namens *Paper Aeroplanes*, die ich online entdeckt habe."

„Interessant." Evan wischt sich mit einer Serviette den Mund ab. „Willst du eine Playlist teilen?"

„Klar." Goldie scheint erfreut zu sein, dass niemand ihren Musikgeschmack kritisiert hat.

„Das Dach muss vielleicht abgestützt werden", sage ich. „Wir sollten uns das mal ansehen."

Robert nickt. „Das klingt alles machbar."

„Gibt es irgendetwas aus meinem Laden, das noch zu retten ist?", fragt Goldie hoffnungsvoll.

„Nein." Evan legt seine Hand auf ihren Arm. „Aber das macht nichts. Mach das zu einem Neuanfang, einem neuen Start. Du hast es schon einmal geschafft und etwas Erfolgreiches aufgebaut. Du kannst es wieder schaffen."

Wir nicken alle, und Goldies Wangen färben sich in einem entzückenden Rosa.

Dies ist ein Neuanfang. Es ist ein neuer Start für uns alle. Vielleicht ist es an der Zeit, mehr als nur ein altes Geschäft hinter uns zu lassen. Vielleicht ist es an der Zeit, einen Schlussstrich unter alles zu ziehen.

31

EVAN

Die Erde ist kühl unter meinen Füßen, und die Luft duftet nach der Feuchtigkeit des Morgentaus und dem muffigen Geruch des mit Laub bedeckten Bodens. Hunter schleicht vor uns her, die Nase tief gesenkt, um nach dem Geruch von Wölfen zu suchen. Seit wir um Goldie gekämpft haben, warten wir auf die Rückkehr des Rudels und seinen Rachefeldzug, aber bisher gibt es keine Anzeichen dafür.

„Das ergibt keinen Sinn." Roberts Gedanken spiegeln meine wider. Es ergibt keinen Sinn. Wir hatten schon früher Auseinandersetzungen mit den Wölfen. So viele, dass ich sie nicht zählen könnte, selbst wenn mein Leben davon abhinge. Was ist also jetzt anders?

„Vielleicht sind sie für immer abgehauen", sinniert Hunter. Er spricht aus, was wir alle hoffen, aber nicht für möglich halten. Wölfe geben ihr Revier genauso wenig auf wie Bären. Es sei denn, sie werden dazu gezwungen, es wird völlig unwirtlich oder sie finden einen besseren Ort. Unser eigener Clan entschied sich, in ein neues Revier zu ziehen, wo sie eine neue Art des Zusammenlebens aufbauen

wollten. Sie kauften Land, auf dem sie eine kleine Siedlung errichten konnten, mit Unterkünften in der Nähe, wie eine Kommune für Bärengestaltwandler. Bevor wir Goldie fanden, wünschte ich mir, Hunter wäre offener für diese Idee gewesen. Von unserem Unterstützungsnetzwerk zurückgelassen zu werden, war nicht leicht. Seit drei Jahren leben wir nun allein in diesem Haus, und in dieser Zeit begannen wir, die Hoffnung zu verlieren. Jetzt, wo Goldie Teil unseres Lebens ist, ist diese Hoffnung zurückgekehrt, aber wir stehen immer noch unter mehr Druck seitens der Wölfe, als wir es wären, wenn die anderen Mitglieder unseres Clans in der Nähe wären.

„*Wir sollten Connor besuchen. Mal sehen, ob er etwas gehört hat*", schlage ich vor, in der Erwartung, dass Hunter widersprechen wird.

„*Morgen*", sagt er und überrascht mich damit.

„*Morgen*", wiederhole ich.

Als Morgen ist, können wir Goldie nicht allein lassen. Die Gefahr ist ungewiss. Wir machen uns keine Sorgen, dass sie wieder weglaufen könnte; sie hat gelernt, dass die Gefahren außerhalb unseres Hauses wesentlich größer sind als innerhalb. Wir lassen Robert bei ihr, damit er ihr Gesellschaft leistet.

Ich fahre mit Hunter und wähle Goldies Playlist aus. Normalerweise plaudere ich, um Hunters grüblerische Stille zu füllen, aber heute habe ich keine Lust dazu. Vor dem Fenster rauscht die Welt in einem Strom aus Grün, Braun und Blau vorbei. Da wir unsere Partnerin bislang nicht beansprucht haben, herrscht in uns allen ein Gefühl der Unruhe. Robert wird dadurch ernster, Hunter nachdenklicher und ich stiller. Mein Bär möchte sie in jeder Hinsicht kennenlernen. Er möchte ihre Wahrheit entdecken und ihr seine eigene mitteilen, aber sie hält uns immer noch auf Distanz.

Hunter knurrt, während im Hintergrund ein Lied namens *Steal His Heart* spielt. „Wie lange, glaubst du, wird sie uns noch warten lassen?"

„Ich weiß es nicht", gebe ich zu. „Manchmal habe ich das Gefühl, dass wir uns näherkommen, und manchmal ist es, als hätten wir zehn Schritte zurück gemacht."

„Ich versuche es." Hunter klingt defensiv, aber das muss er nicht sein. Ich habe nicht angedeutet, dass er das Problem ist. Wenn überhaupt, hat seine deutliche Veränderung einige von Goldies Blütenblättern geöffnet.

„Du bist in Ordnung. Sie braucht nur Zeit."

„Glaubst du wirklich, dass das alles ist?"

Ich zucke mit den Schultern und drehe die Musik leiser. „Vielleicht hilft das heute. Wenn Connor etwas weiß?"

„Du denkst, wenn die Wölfe weg sind, wird Goldie sich entspannen."

„Die Bedrohung ist nicht hilfreich. Sie ist es nicht gewohnt, sich um ihre Sicherheit zu sorgen. Hast du dich entschieden, was du Connor über Goldie erzählen wirst?"

„Nichts, wenn ich es verhindern kann."

„Du denkst, er wird es nicht erfahren. Er hält immer seine Ohren offen."

Hunter blinkt, um in das Clan-Gelände abzubiegen. „Mal sehen, was er sagt."

Wir parken im Schatten eines majestätischen Baumes, und ich öffne die Autotür, um endlich die kühle Brise auf meiner Haut zu spüren. Meine Muskeln schmerzen vom langen Sitzen, und mein Bär will unbedingt frei sein.

Connor kommt aus einem kleinen Gebäude, das an den Parkplatz grenzt, flankiert von Howden und einem großen, bärtigen Kerl mit einem fehlenden Auge und einem Schnitt über der Wange, der den Spitznamen „Grizzly" trägt. Bärengestaltwandler sind nicht besonders einfallsreich, wenn es um Spitznamen geht. Connors Haare sind länger, als ich sie je gesehen habe, und reichen ihm bis zum Kragen. Er ist auch größer geworden, hat breitere Schultern und kräftigere Oberschenkel. Er hat seinen Alpha-Status erreicht.

„Hunter. Evan." Als er nah genug ist, streckt er seine Hand aus, schüttelt zuerst Hunters und dann meine, mit einem Griff, der fest genug ist, um normale menschliche Knochen zu brechen.

„Connor." Hunter nickt, tritt einen Schritt zurück, stellt sich breitbeinig hin und schaut sich um. „Der Ort sieht gut aus."

„Wir haben Platz für euch, falls ihr eure Meinung ändern solltet."

„Werden wir nicht, aber danke."

Ich überlasse meinem älteren Bruder das Wort und schweige, obwohl mir Fragen auf der Zunge brennen.

„Setzen wir uns." Connor deutet mit einer ausladenden Armbewegung auf einen Sitzbereich vor dem Haus. Die Stühle und Tische sind aus Holz und mit einem unnatürlichen Orangeton gebeizt.

Als wir uns gesetzt haben – Connor mit Grizzly und Howden an seiner Seite und Hunter mit mir an seiner – beugt sich Hunter vor und stützt seine Unterarme auf den Tisch. „Wir haben Probleme mit Wölfen."

Connor nickt, fasst sich ans Kinn und streicht sich über seinen dunklen Bart. „Ich habe gehört, dass jemand gestorben ist."

„Ja." Hunter zuckt bei der Erwähnung des Kampfes um Goldie nicht mit der Wimper, aber ich weiß, dass er Connors Wissen in seinem Kopf hin und her wälzen wird.

„Ihr habt eure Schicksalsgefährtin gefunden?" Connor neigt den Kopf zur Seite und mustert uns beide.

„Sie ist mit Robert zu Hause."

„Herzlichen Glückwunsch."

„Danke."

„Deshalb seid ihr besorgt wegen der Wölfe."

Das Wort „besorgt" scheint bewusst gewählt worden zu sein, um Hunter als Anführer eines kleineren Clans zu untergraben. Wenn Connor etwas zustoßen würde, hätte Hunter das Recht, um seine Position im größeren Clan zu kämpfen, auch wenn wir jetzt Außenstehende sind.

„Die Wölfe sind ein Ärgernis. Wir wollen uns darauf konzentrieren, unsere Familie zu vergrößern."

„Ja." Connor kratzt sich erneut am Bart und nickt.

„Hast du etwas gehört? Wir können ihre Anwesenheit nicht feststellen. Wenn sie verschwunden sind, möchten wir das wissen. Dann können wir unsere Beobachtungen zurückfahren."

Connor schaut zu Howden, dann zu Grizzly. Er weiß mehr, als er preisgibt, aber er ist nicht offen. Zumindest noch nicht. Mir gefällt nicht, wie viel er überlegt, bevor er etwas mitteilt. Wir sind keine Rivalen. Wir existieren nebeneinander. Wir helfen uns gegenseitig, wenn es nötig ist. Wenn Connors Clan ernsthaft bedroht wäre, würden wir ihm ohne zu zögern helfen und erwarten, dass er sich revanchiert. Wir sind Bären, und diese Verbindung sollte über allem anderen stehen.

„Sie wurden umgesiedelt", sagt Connor schließlich.

„Umgesiedelt?" Das Wort entfährt mir, bevor ich es zurückhalten kann. Hunter zuckt nicht mit der Wimper, aber es gibt ein festgelegtes Protokoll, und ich habe es verletzt.

„Ihr habt neue Nachbarn."

„Wen?"

„Sie haben den Holzplatz westlich von Braysville gekauft."

Ich beiße die Zähne zusammen angesichts der Nähe unseres neuen Feindes.

„Warum haben wir sie nicht gerochen?", fragt Hunter.

„Soweit ich das beurteilen kann, sind sie nicht wie ihre

Vorgänger. Sie sind Geschäftsleute." In Connors Stimme schwingt ein spöttischer Unterton mit, über den Howden und Grizzly lachen. Die Vorstellung, dass Wölfe fleißig Geschäfte machen, erscheint uns fremd, aber nur, weil unsere nächsten Nachbarn schon immer auf der falschen Seite des Gesetzes standen.

Hunter dreht sich zu mir um, als wolle er mir etwas mitteilen, und ich verstehe sofort. Wenn wir mit Goldie verbunden wären, könnten wir sowohl in unserer menschlichen Gestalt als auch in unserer Bärenform telepathisch kommunizieren. Hunter möchte Connor glauben machen, dass dies der Fall ist, damit wir vor dem Clan nicht schwach wirken.

„Ja." Hunter nickt ins Leere. Vielleicht hat mein Gesichtsausdruck bestätigt, dass ich diesen Punkt verstanden habe, und er will mir damit sagen, dass ich recht habe.

„Der Krieg hat zu lange gewütet und zu viele Opfer gefordert."

„Weniger auf unserer Seite", sagt Connor stolz.

Hunter konzentriert sich auf Grizzlys Gesicht und neigt dann den Kopf zur Seite. „Alle Verluste sind bedauerlich."

Grizzly zuckt zusammen; die angedeutete Anspielung auf die Wolfsverletzung, die er im Gesicht trägt, trifft ihn wie ein Stich in den Bauch. Connor nimmt es gelassen, Hunter weniger.

„Kampfnarben sind etwas, worauf man stolz sein kann. Sie zeugen von Tapferkeit."

Hunter wird dem nicht widersprechen. „Wir wollen unser Leben vereinfachen, und wenn sich die Gelegenheit bietet, Frieden mit einem neuen Rudel zu schließen, wollen wir sie nutzen."

„Du bist der Anführer", antwortet Connor ruhig und zuckt dabei fast unmerklich mit den Schultern. „Was du tust, geht nur deinen Clan etwas an."

„Wir sind alle Bären", erinnert Hunter ihn. „Bären zuerst, Rang zweitrangig."

„Ich habe kein Problem damit, dass ihr versucht, Frieden zu stiften, aber denkt daran, dass ein Olivenzweig als Schwäche wahrgenommen werden kann, und euer Olivenzweig gehört allein euch."

Ich schaue Connor misstrauisch an und verachte seine Versuche, unsere Familie vom Rest des Clans zu trennen. Hunter ist gekommen, um Einheit zu zeigen, und Connor versucht, die Trennung aufrechtzuerhalten. Er war unglücklich, als wir das Haus nicht verkauft haben und umgezogen sind, aber das ist kleinlich.

Hunter dreht sich wieder zu mir um, und ich ziehe eine Augenbraue hoch. Er nickt und steht auf. „Zeit zu gehen, Evan", sagt er.

Er streckt Connor seine Hand entgegen. „Danke für deine Gastfreundschaft."

Ich unterdrücke mein Lächeln angesichts des kaum verhüllten Sarkasmus meines Bruders. Es wurde weder Essen noch Trinken angeboten. Sie saßen vor uns wie eine Interviewkommission. Nach dieser Erfahrung habe ich keinen Zweifel daran, dass Connors Verhalten maßgeblich zu Hunters Entscheidung beigetragen hat, unser Familienanwesen zu behalten und sich von der Gruppe zu trennen. Er hat uns nie seine Gründe genannt, aber das ist typisch für Hunter. Er hält sich bedeckt, besonders wenn er schlechte Gefühle mildern will.

Wir schütteln Grizzly und Howden die Hand und kehren zu unserem Fahrzeug zurück. Im Inneren zieht Hunter seinen Gurt über den Körper und schaltet das Radio ein, sodass Goldies Playlist die Stille füllt. *If I Be Wrong* von Wolf Larson begleitet uns, während wir das Bärenlager verlassen, um zu unserem Zuhause und unserer zurückhaltenden Gefährtin zurückzukehren.

„Du bist ein besserer Anführer, als Connor es jemals sein wird", sage ich zu meinem Bruder.

Er nickt, ohne den Blick von der Straße zu nehmen, aber er lehnt sich etwas entspannter in seinem Sitz zurück.

„Ich möchte, dass wir Frieden schließen", sagt er. „Es ist mir egal, was Connor sagt. Die Wölfe werden denken, was sie denken wollen. Wenn sie Nein sagen, kämpfen wir wie immer. Wenn die alten Wölfe zurückkehren, werden wir damit umgehen, wie wir es immer getan haben."

„Ich möchte auch, dass wir Frieden schließen." Ich trommle mit den Fingern im Rhythmus der sanften Musik auf meinen Oberschenkel. Die Lieder, die unsere Partnerin liebt, erfüllen das Auto mit ihrer Präsenz. Der Pick-up fährt schnell, aber nicht schnell genug. Ich vermisse sie.

„Es ist wichtig für Goldie." Hunter dreht sich zu mir um und wartet auf meine Antwort.

„Ja, das ist es. Sie macht sich Sorgen um sich selbst, aber sie sorgt sich auch um uns, und ich kann mir vorstellen, dass sie auch über die Zukunft nachdenkt."

„Unsere Jungen?", fragt er überrascht.

„Keine Frau möchte Kinder in eine gefährliche Welt bringen."

„Vielleicht hilft Frieden bei ihrer Entscheidung", sagt mein Bruder leise.

„Vielleicht", stimme ich zu. Wir können nur hoffen.

32

ROBERT

„Was glaubst du, würde Papa dazu sagen?", frage ich Hunter, als wir an der alten Holzlagerstätte an der westlichen Ecke von Braysville anhalten. Sie war heruntergekommen und rustikal, aber seit die neuen Wölfe übernommen haben, hat sie eine Welle der Modernisierung erlebt. Die meinen es ernst.

„Ich glaube, er wäre dagegen." Hunter umklammert das Lenkrad, als wolle er es abreißen und aus dem Fenster werfen.

„Aber Mom hätte es gewollt. Sie hätte ihn dazu ermutigt. Sie hätte ihn glauben lassen, dass es seine großartige Idee war."

Wir alle lächeln bei der Erinnerung an die Beziehung unserer Eltern. Dad war ein typischer Griesgram, aber er verwandelte sich in einen Teddybären, wenn Mom ihren weiblichen Charme spielen ließ. Ich sehe etwas von ihr in Goldie. Selbst wenn Hunter gestresst und müde ist, reicht eine sanfte Berührung ihres Arms oder ein leises Wort von Goldie, und alle Anspannung fällt von ihm ab. Nur die

Schöpferin weiß, wie er sein wird, wenn er sie für sich beansprucht hat. Ich habe das Gefühl, dass er sich über Nacht metaphorisch von einem Grizzly in ein Kätzchen verwandeln wird.

„Erwarten sie uns?", fragt Evan, obwohl wir das schon besprochen haben. Keiner von uns will seine Kleidung zerfetzen, indem er gezwungen ist, sich in seine Bärenform zu verwandeln.

„Ja. Lasst es uns durchziehen." Hunter stößt die Tür auf und tritt hinaus auf den mit Holzspänen bedeckten Boden. Als hätten die Wölfe uns gewittert, tauchen plötzlich drei riesige Männer aus den großen Holztüren auf. Sie sind wie Holzfäller in Jeans und karierten Hemden gekleidet, stehen mit breitem Stand und den Händen in den Taschen da und beobachten uns.

„Brüder?", flüstert Evan. Es sieht ganz danach aus. Mit ihrem dunklen Haar und denselben hellblauen Augen hinterlassen sie einen eindrucksvollen und intensiven Eindruck. Hunter geht voran, und wir folgen ihm mit einem Schritt Abstand. Als uns nur noch zwei Meter trennen, bleibt er abrupt stehen – das Maß an Distanz wahrend, das für eine Verhandlung ohne Druck nötig ist.

„Ich bin Hunter Bjorn", sagt mein älterer Bruder. „Das sind meine Brüder Robert und Evan."

Der Wolfsmann in der Mitte nickt. „Ich bin Nixon Fenrir und das sind meine Brüder Reed und Finn."

Wir nicken alle und nehmen uns Zeit, einander zu mustern. In menschlicher Gestalt sind sie etwa so groß wie wir. Muskulös und imposant, mit starken, entschlossenen Gesichtszügen und einer beeindruckenden Ausstrahlung. Ganz anders als ihre Wolfsvorgänger.

„Wie gefällt euch Braysville?", fragt Hunter.

„Es gefällt uns", antwortet Nixon. „Es war Zeit für einen Wechsel. Wir verstehen, dass ihr einige Probleme mit dem vorherigen …" Er zögert.

Hunter wartet nicht darauf, dass er ein menschliches Wort für „Rudel" findet. „Das hatten wir. Es war für keine Seite gut."

Nixon nickt. Reed und Finn behalten uns beide im Auge, stets wachsam. „Wir konzentrieren uns auf unser Geschäft."

„Der Ort sieht gut aus." Hunter deutet hinter sich auf den verschönerten Garten.

„Es war eine Herausforderung, aber wir haben Spaß an der Arbeit."

Hunter nickt und schiebt seine Hände in seine Jeans, ganz wie Nixon. Ich mache es ihm nach, ebenso wie Evan, der den Wert der Körpersprache versteht. Spiegeln ist eine Möglichkeit, unbewusst eine gemeinsame Basis zu schaffen.

„Nun …", Hunters Stimme verstummt.

„Wenn ihr Holz sucht, bieten wir euch wettbewerbsfähige Preise." Nixon streckt seine Hand aus.

Wenn Hunter überrascht ist, lässt er sich nichts anmerken. „Wir haben ein altes Haus, das ständig repariert werden muss. Wir werden früher oder später vor eurer Haustür stehen."

„Finn stellt wunderschöne Möbel her. Er ist ein hervorragender Tischler."

Finn nickt und schaut zu Boden, als ob ihn die Worte seines Bruders in Verlegenheit gebracht hätten.

„Wir werden das im Hinterkopf behalten." Hunter tritt einen Schritt zurück, sodass er nun neben mir und Evan steht.

„Es war schön, euch kennenzulernen."

Ich starre Nixon an und frage mich, warum das so einfach war. Könnte es wirklich sein, dass er Frieden für sein Rudel sucht, oder versucht er nur, uns in falscher Sicherheit zu wiegen?

Gerade als Hunter sich umdrehen will, tritt Nixon vor.

„Ich habe gehört, was mit eurer Gefährtin passiert ist."

Das Knurren, das aus Hunters Kehle kommt, ist unmittelbar.

Nixon hebt die Hände. „Ich wollte sagen, dass ich hoffe, dass sie sich vollständig erholt hat. Es ist eine schlimme Sache, Frauen und Kinder in einen Krieg hineinzuziehen. Wenn Männer Ärger verursachen, sollten Männer den Preis dafür zahlen."

„Ja", sage ich schnell, obwohl ich laut Protokoll schweigen sollte. „Ihr geht es gut."

„Wir suchen", sagt Reed, „nach unserer eigenen Partnerin."

„Möge die Schöpferin euch segnen", antwortet Evan.

Finn lächelt. „Sie lässt sich Zeit."

Wir alle lachen in kurzen, gekünstelten Stößen.

Mit einer kurzen Handbewegung verabschiedet sich Hunter und steigt in den Pick-up. Als wir losfahren, atmet er tief durch. „Dad wäre glücklich", sagt er und trommelt mit den Fingern im Takt der Musik auf das Lenkrad. „Und Mom wäre stolz."

Das wären sie wirklich.

Aber was wird Goldie davon halten? Ist es wirklich das, was sie zurückhält? Ich schätze, es gibt nur einen Weg, das herauszufinden.

33

GOLDIE

Die Tage vergehen. Ein Blutmond erhellt den Himmel und macht Evan, Robert und Hunter unruhig. Historisch gesehen sind Wölfe bei Vollmond aktiver und werden bei Blutmond von Rachegefühlen getrieben.

Der Frieden, den sie ausgehandelt haben, ist noch unerprobt, und trotz ihrer anfänglichen Erleichterung und ihrer Versuche, ihre Wachsamkeit zu verbergen, habe ich ihre Signale erkannt.

Der Krieg zwischen Wölfen und Bären dauert schon länger an, als die Aufzeichnungen in der Familienbibliothek zurückreichen. Ich hoffe, dass der Frieden genauso lange hält, aber was weiß ich schon?

Und während sie widerwillig mit Gefahren rechnen, verfallen wir in eine bequeme und zufriedenstellende Routine: Frühstück im Schein der Herbstsonne und Nachmittage mit einem Buch auf den antiken Sofas in einer Bibliothek, die aussieht, als würde sie geheime Türen und Durchgänge zu einer anderen Dimension beherbergen.

Wir unterhalten uns und lachen, und allmählich

schmelzen meine Bedenken dahin. Stetig schwillt mein Herz vor Zuneigung zu diesen Männern, die sich so ähnlich und doch so wahnsinnig unterschiedlich sind.

Hunter nimmt sich Zeit, mir Geschichten aus ihrer Vergangenheit zu erzählen. Ich kuschele mich an ihn auf dem Sofa, lege meinen Kopf an seine Brust, wo ich seinen Herzschlag hören kann, und frage ihn nach seiner Kindheit, um sie besser zu verstehen.

„Seid ihr zur Schule gegangen?"

Er wickelt eine meiner Locken um seinen Finger und starrt sie intensiv an. „Clan-Schule."

„Ihr habt also keinen Kontakt zu Menschen gehabt?"

„Nein, und das war ein Fehler."

„Meinst du?"

„Ich glaube, es macht das Leben schwieriger, wenn man alles tut, um am Rande der Gesellschaft zu existieren. Ich verstehe, dass unsere Eltern uns beschützen wollten, aber es ist gefährlich, wenn man seine Kinder zu sehr abschirmt. Es ist problematisch, Kindern Angst vor anderen Menschen einzuflößen."

„Das ist es", sage ich. „Abgesehen von der Bärenfrage gibt es in dieser Welt zu viele Spaltungen, zu viele Kategorien, in die sich die Menschen einordnen, anstatt nach dem zu suchen, was uns verbindet."

„Ich möchte, dass meine Kinder das lieben, was sie von anderen unterscheidet, aber keine Angst vor denen haben, die nicht so sind wie sie."

„Sogar Wölfe?"

Er nickt ernst. „Sogar Wölfe."

Ich drehe mich um und starre den komplexen, weisen Mann an, der die Grenzen seiner Geduld austestet, indem er mir so nahekommt.

„Du bist ein weiser Mann, Hunter."

„Und du bist eine weise Frau." Sein Kompliment ist

willkommen und vertreibt meine nagenden Zweifel, dass er vom Schicksal geblendet ist und mein wahres Ich nicht sieht. Er küsst mich, und es ist wunderschön. Seine Lippen formen sich sanft um meine, unser Atem beschleunigt sich, eine Welle der Empfindung durchströmt mich und sammelt sich zwischen meinen Beinen. Ich presse meine Schenkel zusammen, als Hunter sich zurückzieht. Er atmet tief durch die Nase ein, und ich erinnere mich daran, was Robert über ihren Geruchssinn gesagt hat.

Riecht er meine Erregung? Weiß er, wie er mich fühlen lässt?

Ich werde rot, und er berührt meine Wange, während ein Lächeln um seine Mundwinkel tanzt. „Du kannst dich nicht vor mir verstecken", flüstert er. „Ich kenne dich, Goldlöckchen. Ich weiß, was du willst, was du brauchst, und ich möchte dir alles geben, wenn du mich lässt."

„Ich weiß", sage ich ihm, näher daran aufzugeben als je zuvor. „Ich weiß."

--

Evan bringt mir bei, wie man leckeres Gulasch kocht – er hat gelogen, als er behauptete, Ramen sei seine einzige kulinarische Fähigkeit!

„Wer hat dir dieses Rezept beigebracht?", frage ich, während er die Rinderbrühe über das gewürzte Fleisch und Gemüse gießt und umrührt. „Meine Mutter, und sie hat es von ihrer Mutter gelernt."

„Es ist also eine Familientradition."

„Auf jeden Fall. Es sind die Gewürze und das langsame Garen, die den Unterschied ausmachen."

Ich stehe über der Pfanne und atme den köstlichen Duft ein. Mein Magen knurrt vor Hunger, und Evan legt seine Arme von hinten um meine Taille und küsst mich auf den Nacken.

„Das wird zwei Stunden dauern. Ich glaube nicht, dass du so lange warten kannst!"

„Vielleicht könnte ich etwas Brot und Butter essen", antworte ich und schaue auf den frisch gebackenen Laib, der auf der Theke liegt. Evan kann nicht nur köstliche Eintöpfe kochen, sondern ist auch ein begabter Bäcker. Er erfüllt so viele Kriterien.

„Du kannst alles haben, was du willst." Seine Hand streicht über meinen Bauch und etwas höher, bis sie unter meinen Brüsten ruht. Es kommt mir vor wie eine Ewigkeit, seit er in mir war, und in Momenten wie diesen vergesse ich, warum ich ihn nicht in eines der unzähligen Schlafzimmer im Obergeschoss zerre.

„Evan", warne ich und presse meine Schenkel um meine schmerzende Muschi.

„Du riechst besser als Gulasch", sagt er, während er an meinem Hals schnüffelt und mit seinem Daumen über meine Brustwarze streicht.

Er ist mutiger als seine beiden Brüder, aber er geht nie über ein neckisches Spiel hinaus und bietet mir kleine Häppchen der Versuchung, die mich noch stundenlang innerlich verbrennen lassen.

Robert ist ruhig, aber aufmerksam, immer der aufmerksamere und nachdenklichere der beiden Brüder. Er begleitet mich abends in mein Schlafzimmer und bleibt noch ein wenig, um sich zu unterhalten, bevor er mir eine gute Nacht wünscht. Ich kann nicht anders, als ihm nachzuschauen, wenn er weggeht, und mich an die Nacht zu erinnern, die wir zusammen verbracht haben, und daran, wie es sich angefühlt hat, in seinen Armen zu liegen.

Sie fragen mich nicht, wie es mir geht, und sie setzen mich nicht unter Druck, mehr daraus zu machen, als es ist, und ich werde unruhig.

Nachts liege ich unter meiner Daunendecke und denke an das Zimmer unten. Ich erinnere mich an die Fantasien, die ich früher hatte, und daran, wie sich der Sex mit Robert und Evan genau angefühlt hat. Ich kann gerade noch so meine Hände aus meinem Höschen fernhalten. Das wäre wie eine billige Imitation dessen, was ich fühlen könnte, und das will ich nicht. Nicht mehr.

Die Tage vergehen, und die Wölfe tauchen nicht auf. Die Männer, die zu meiner Sonne und meinem Mond geworden sind, entspannen sich mit jedem wolfsfreien Tag ein wenig mehr.

Robert und Hunter beschließen sogar, Holz von den Fenrir-Brüdern zu kaufen und das Nebengebäude zu renovieren, bis es für die Ankunft meines ausgefallenen Vorlieben-Bestands bereit ist. Als es fertig ist, stehe ich, umgeben von dem Geschäft, das sie mir geholfen haben aufzubauen, und fühle mich gesegneter als je zuvor, und mit jedem Sonnenaufgang und Sonnenuntergang verliebe ich mich ein wenig mehr.

Meine Gedanken verwirren sich mit Hunters Lächeln, Evans Grübchen und Roberts gerunzelter Stirn. Ihre Hände, Arme und Schultern verschwimmen. In meinen Gedanken verschmelzen sie zu einem einzigen Mann – einem schönen und komplexen Mann mit drei Köpfen und drei Herzen.

Und ich bin voller Fragen. Wollen sie mich alle auf einmal für sich beanspruchen? Oder werden wir getrennt miteinander schlafen? Wenn es soweit ist, wie werden sie entscheiden, wer mich schwängern wird?

Nichts davon spielt eine Rolle bei meiner Entscheidung, ob ich bleiben werde.

Das weiß ich bereits.

Ich weiß nur nicht, wie ich es ihnen sagen soll.

34

GOLDIE

Heute ist der Tag, an dem ich es ihnen sagen muss. Zumindest rede ich mir das unter der Dusche ein. Es ist ein wunderschöner, wolkenloser Tag, und der Blick aus meinem Fenster ist atemberaubend. Die Bäume haben schon fast alle ihre Blätter verloren, und die Farben sind so leuchtend. Der Wind berührt sie sanft, und es erinnert mich daran, wie sanft auch mein Herz berührt worden ist.

Ich muss ihnen sagen, wie ich mich fühle, denn sie warten auf mich. Sie haben meine Bitte um Zeit respektiert, und jetzt habe ich zu viel davon.

Während ich mich schminke, frage ich mich für einen Moment, ob es ihre Absicht war, mich so hungrig nach ihnen zu machen, dass sie den Spieß umdrehen.

Die Beute wird zum Jäger.

Ich bin allerdings kein Jäger. Nicht wirklich.

Ich bin bereit, mich diesem Leben nach meinen eigenen Vorstellungen zu unterwerfen.

Es gibt Teile meines Lebens, die ich nicht hinter mir lassen werde: meine Familie und mein Geschäft. Sie sind alle in den Hintergrund getreten, während ich bei den Bjorns gelebt habe, aber das kann so nicht bleiben. Was zwischen uns ist, darf mich nicht überwältigen.

Es gibt auch Teile ihres Lebens, von denen ich möchte, dass sie sie hinter sich lassen. Ich kann nicht mein Leben lang in Sorge leben, dass meine Männer, die Väter meiner Kinder, wegen einer alten, hoffentlich längst begrabenen Fehde sterben könnten. Ich weiß nicht, wie lange es dauern wird, bis wir alle sicher sein können, dass der Frieden hält, aber das muss er. Ich weigere mich, weitere Bärenjungen in einen Kreislauf der Gewalt zu bringen, über den ich keine Kontrolle habe. Sicherlich wollen sie das auch nicht für ihre Kinder, oder?

Ich schaue wieder aus dem Fenster und bemerke, dass sich die Bäume auf diese vertraute Weise bewegen. Meine Männer sind draußen in ihrer Bärenform.

Bis jetzt war ich nie selbstbewusst genug, um rauszugehen, wenn sie sich verwandelt haben, aber das ist etwas, was ich tun muss.

Als ich zum ersten Mal ihr Sexzimmer sah, war ich so erleichtert, dass es da draußen jemanden gab, der so war wie ich. Jemanden, der mich so akzeptierte, wie ich bin, und mich für all meine seltsamen und wunderbaren Wünsche schätzte. Und das haben sie auch getan.

Wenn ich Robert, Evan und Hunter zeige, dass ich mich mit ihrer Bärenform wohlfühle, wird das sicherlich dasselbe vermitteln.

Eine Welle der Unruhe durchläuft mich vom Magen bis zum Hals, als ich die Treppe hinuntersteige und mich zur Haustür begebe.

Die Bjorns sind riesig als Menschen, aber als Bären sind sie kolossal. Ihr weich aussehendes Fell mindert ihre Wildheit nicht im Geringsten. Sie haben Zähne und Krallen, die mich in Stücke reißen könnten.

Aber ich vertraue ihnen. Sie haben alles getan, um mich

zu beschützen. Jetzt muss ich ihnen dasselbe Vertrauen entgegenbringen.

Die imposante Holztür knarrt, als ich sie öffne, und die Büsche hören für einen Moment auf, sich zu bewegen. Dann taucht eine Schnauze zwischen den Blättern auf. Der riesige Bär senkt kurz den Kopf und kommt dann langsam auf mich zu, seine Pfoten versinken im Unterholz.

Gott, er ist wunderschön, wer auch immer er ist.

Ehrfurchtgebietend.

Ein Wunder der Natur. Kraftvoll und majestätisch. Ein Geheimnis, für dessen Verständnis die Menschen Mythen geschaffen haben.

Ich stehe so still wie möglich da und warte.

Dann steht er neben mir. Seine dunklen Augen treffen meine, und ich bin wie gebannt. Sie haben dieselbe Farbe wie Whiskey und Schokolade, genau wie die der Bjorns. Der Bär kommt langsam näher, senkt den Kopf und nähert sich meiner Hand mit seiner Nase. Ich verspanne mich. Es ist unvermeidlich. Das ist das Fremdartigste, was ich je getan habe. Mein Instinkt sagt mir, ich soll weglaufen, mich von diesem Tier entfernen, aber ich kann nicht. Ich will auch nicht. Als seine Nase meine Handfläche berührt, mich sein heißer Atem wärmt und überrascht, lächle ich.

Es ist Evan. Sein Mund hat einen Ausdruck – ein leichtes Zucken, das ihn fast amüsiert wirken lässt. Das passt so gut zu ihm. Der Bär stupst meine Hand erneut an, und ich lache und strecke meine Hand aus, um vorsichtig sein Fell zu streicheln. Oh mein Gott. Es ist so weich und dicht, und ich glaube, er mag es, denn er lehnt sich in meine Streicheleinheit hinein. Weiteres Rascheln an der Baumgrenze zieht meinen Blick auf sich, und zwei weitere Bären kommen in Sicht. Sie halten einen Moment inne und starren mich an, während ich ihren Bruder streichle.

Ich schätze, wir sind ein beeindruckender Anblick: eine zierliche blonde Frau und ein riesiger Braunbär.

Und mir ist klar, dass es wahrscheinlich schon lange her ist, dass jemand Menschliches sie berührt hat, nachdem sie sich verwandelt haben. Ihre Mutter ist seit über zehn Jahren tot. Das ist eine lange Zeit, um eine liebevolle Liebkosung zu spüren, um sich für das akzeptiert zu fühlen, was einen zu einem Außenseiter macht.

Die beiden anderen Bären nähern sich langsam, mit dem gleichen schwerfälligen Gang wie ihr Bruder. Bären können rennen, aber sie machen vorsichtige Schritte, um mich nicht zu erschrecken. Ich möchte sie alle für ihre Rücksichtnahme umarmen, aber ich könnte nicht einmal einen von ihnen mit meinen Armen umfassen. Als sie nah genug sind, streichle ich sie wie ihren Bruder, lasse sie langsam an mir schnüffeln, bevor ich ihr raues Fell am Nacken streichle. Ich kichere, als sie dankbar ihre Köpfe senken, genau wie Hunde.

Ich kann mich nicht daran erinnern, mich jemals zufriedener, geborgener oder mächtiger gefühlt zu haben.

Ich bin nur eine kleine Frau, aber ich halte die Zukunft dieser wilden Tiere – dieser Männer – in meinen Händen.

Goldie und ihre drei Bären. Mom gab mir meinen Namen, ohne zu wissen, dass mein Schicksal schon vor meiner Geburt in ihren Träumen geschrieben stand. Das spüre ich jetzt tief in meinem Innersten.

Wir stehen länger so da, als mir bewusst ist, und mein knurrender Magen erinnert mich daran, dass ich frühstücken muss.

Ich sage ihnen das in der Hoffnung, dass sie mich verstehen können, wenn sie sich in ihre Tiergestalt verwandeln. Das ist eine weitere Frage, die ich ihnen stellen muss. Ich habe jetzt so viele, da ich ihnen auf diese Weise nahegekommen bin. Der Bär auf der rechten Seite macht ein knurrendes Geräusch in seiner Kehle, und alle spitzen ihre Ohren. Ist das die Art und Weise, wie sie kommunizieren? Sie beginnen sich zurückzuziehen und wenden sich wieder den Bäumen zu.

Ich möchte sehen, wie sie aussehen, wenn sie sich

verwandeln. Ist das etwas, das schnell und schmerzlos geschieht, oder ist es ein langsamer und schwieriger Prozess? Sie scheinen jedoch nicht zu wollen, dass ich das jetzt mitbekomme, also warte ich geduldig an der Tür, bis sie wieder auftauchen.

Es gibt einen Moment der Intensität zwischen uns, als wir uns in menschlicher Gestalt gegenüberstehen. Sie erkennen, was das bedeuten könnte, und es macht sie hoffnungsvoll und hungrig.

„Ich mache Frühstück", sage ich mit einem Grinsen. Wir müssen alle gut gestärkt sein für das, was ich mir für heute erhoffe.

Roberts Anleitung zum Zubereiten von Haferbrei ist leicht zu befolgen. Ich habe eine cremige Portion zubereitet, die so lecker und sättigend ist, dass sie mich schläfrig macht.

Ich stelle ihnen einige meiner Fragen, und sie antworten offen. Sie lassen mich ihre Verwandlung nicht sehen, weil sie befürchten, dass dadurch die Grenze zwischen ihren Gestalten in meinem Kopf verschwimmen könnte. Als Bären kommunizieren sie über ihre Gedanken, aber als Menschen können sie das nicht, zumindest nicht, bis sie ihre Partnerin für sich beansprucht haben. Das Aufregendste daran ist, dass ich erfahren habe, dass ich Teil dieser inneren Kommunikationsschleife sein werde, wenn sie mich für sich beansprucht haben.

Die Drillinge lachen über meinen erstaunten Gesichtsausdruck, als sie mich alle als Bären umringen.

„Wart ihr überrascht, dass ich überwältigt war?", frage ich.

„Nein … Ich war überrascht, wie aufgeregt du warst", gibt Evan zu.

„Ihr seid Bären", antworte ich genervt.

„Wir sind immer noch wir", sagt Robert.

„Nur größer und pelziger", lacht Evan.

„Im Ernst, wie hast du dich gefühlt?" Hunter will es

wissen, und ich glaube, ich weiß auch warum. Ich bin heute mitten im Zyklus und ziemlich sicher, dass ich meinen Eisprung habe. Der vertraute stechende Schmerz, den ich jedes Mal um diese Zeit habe, ist heute Morgen wieder aufgetreten. Vielleicht spürt er das mit seinen Bären-Supersinnen. Vielleicht hat er meinen Schritt bemerkt, sie in Bärenform zu erleben, wie ich es mir gewünscht habe.

„Es war großartig." Mein Lächeln breitet sich im Raum aus, und jeder der Björn-Drillinge grinst zurück.

„Es ist großartig", sagt Hunter. „Das beste Gefühl der Welt."

„Nun, nicht das beste Gefühl." Evan zieht die Augenbrauen hoch, und seine Augen funkeln entschlossen.

„Das freut mich zu hören", antworte ich.

Dies ist nicht der ideale Moment, um meine Liste mit Forderungen vorzulegen, aber ich beiße in den sauren Apfel und erzähle ihnen alles.

„Du musst unser Geheimnis für dich behalten", sagt Hunter, als ich ihm erzähle, dass ich mit meiner Familie und meinen Freunden in Kontakt bleiben möchte. „Das ist für unser aller Sicherheit unverzichtbar."

„Das ist okay. Wirklich."

„Und du musst damit einverstanden sein, unseren Kindern die Notwendigkeit der Geheimhaltung zu vermitteln. Das kann schwierig sein, weil du möchtest, dass sie stolz auf sich sind, aber unsere Fähigkeiten zu verbergen, ist entscheidend für unseren Schutz. Außenstehende würden das nicht verstehen. Sie würden uns wie in der Vergangenheit in Käfige sperren."

„Ich verstehe", sage ich.

„Du musst verstehen, dass dein Schutz für uns oberste Priorität hat", sagt Robert. „Dein Geschäft zu haben ist in Ordnung, aber wenn es dich in Gefahr bringt, ist es nicht in Ordnung. Wir haben ausreichend Geld, um nie wieder ein weiteres Einkommen zu benötigen, aber es ist deine

Leidenschaft. Das verstehen wir."

„Die Versicherung hat den endgültigen Schadensbetrag mitgeteilt. Ich möchte euch das Geld zurückzahlen."

„Du musst das nicht tun, aber wir verstehen, wenn du es tun möchtest", sagt Hunter seufzend.

Dies ist der Moment zwischen Gegenwart und Zukunft. Momentan sind wir getrennt, aber das wird sich bald ändern.

Die Stille hängt zwischen uns, voller Absicht, aber auch voller Beklommenheit. Sie wollen nicht zu weit gehen, aus Angst, mich in die Flucht zu schlagen. Ich möchte ihnen nicht sagen müssen, dass es okay ist, wenn wir in ihr Sexzimmer gehen und uns alle ausziehen. Sie müssen die Kontrolle behalten, also befinden wir uns in einer Sackgasse.

Robert sitzt neben mir, sein Oberschenkel drückt gegen meinen, obwohl er genug Platz hätte, um weiter weg zu sitzen. Ich lege meine Hand auf sein Knie und gleite langsam nach oben, bis sie sich ganz oben auf seinem Oberschenkel befindet, nur einen Bruchteil entfernt von der Beule seines Schwanzes. Er schaut auf meine Hand, dann wieder zu mir. Seine Hand, die auf meinem Stuhl ruht, greift nach meinem Nacken. „Goldie." Mein Name ist ein Grollen in seiner Kehle, so nah an einem Bärenknurren, dass ich erschauere.

Sie sehen die Welt vielleicht nicht ganz so wie ich, aber sie kümmern sich um mich und darum, wie ich mich fühle. Wir sind auf eine Weise miteinander verbunden, die ich nie für möglich gehalten hätte. Das ist mehr als genug. Das ist alles.

„Lasst uns nach oben gehen", sage ich.

Mehr ist nicht nötig.

35

GOLDIE

Nicht nur Robert begibt sich auf den Weg hinauf in das Zimmer im ersten Stock, in dem alle Requisiten meiner Fantasien aufbewahrt werden. Auch seine Brüder kommen mit. Meine Beine sind vor Vorfreude so schwach, dass ich mich kaum aufrecht halten kann und mich an Robert lehne, während wir die imposante Treppe hinaufsteigen. Sein muskulöser Arm um mich herum gibt mir Sicherheit, seine männliche Kraft verspricht Dominanz in nur wenigen Schritten.

Es ist über einen Monat her, seit ich in diesem Zimmer war, ein Monat, seit ich mit Robert und Evan Sex hatte. Seitdem hat sich so viel verändert. Meine Gefühle für sie und ihre Gefühle für mich, unser Verständnis füreinander und unsere gemeinsamen Hoffnungen für unsere Zukunft.

Ich bin voller Vorfreude, weil ich nicht weiß, was als Nächstes passieren wird.

Werden sie mich in das Zimmer unserer Fantasien mitnehmen oder haben sie etwas anderes im Sinn?

Vielleicht haben sie darüber gesprochen, wie dieser Tag

verlaufen würde, wenn er endlich gekommen ist. Vielleicht gibt es eine Tradition, von der ich nichts weiß, aber anstatt in das Zimmer zu gehen, in dem ich Zeit mit Robert verbracht habe, öffnet Hunter eine andere Tür.

Ich merke, dass sie stolz auf dieses Zimmer sind. Das sieht man daran, wie sie sich voller Ehrfurcht umsehen, obwohl sie sicher schon oft hier gewesen sind. An den Wänden hängen weitere Familiengemälde, was seltsam erscheinen mag, aber die Bedeutung dieses Moments nur noch verstärkt.

Hier geht es nicht nur um Sex. Hier geht es um Schicksal. Es geht um die Zukunft dieses Bärenwandler-Clans und um unser aller Zufriedenheit und Glück. In der Mitte des Raumes steht ein riesiges hölzernes Himmelbett, das groß genug für vier Personen ist.

Am Fußende des Bettes und auf dem Boden liegen Tierfelle. Einige sind von Schafen und Rindern, andere sind grau und zottelig, wie die Felle von Wölfen. Es ist luxuriös, dekadent und voller Versprechen auf ein Leben voller Freude und Liebe, eine Zukunft reich an Familiengeschichte und Tradition und mehr Vergnügen, als ich ertragen kann.

„Es ist Zeit", sagt Hunter. Er nimmt meine Hand und hebt sie an seine Lippen. „Bist du sicher, dass du das willst? Es gibt kein Zurück mehr."

Kein Zurück mehr?

Das klingt so endgültig.

Was wird mit mir geschehen … mit uns? Plötzlich bin ich voller neugieriger Beklommenheit, aber ich bin bereit, mich meinen Bären und diesem Leben zu unterwerfen. So lange habe ich mich gefühlt, als würde ich nicht dazugehören. Egal, wie sehr ich mich auch bemühte, ich fand nie einen Mann, der zu mir passte. So lange schämte ich mich für meine Wünsche und verbarg sie vor der Welt, vertraute niemandem meine Geheimnisse an.

Jetzt habe ich einen Ort gefunden, an dem ich mich mit

Herz und Seele niederlassen kann. Jetzt bin ich frei, alle Aspekte meiner Persönlichkeit ohne Scham oder Vorurteile zu erkunden. Ich bin bereit, ich selbst zu sein. Ich möchte keine Minute länger warten.

„Ich bin bereit", sage ich.

Hunters Finger öffnen die Knöpfe meines Shirts, bis es offen hängt und die hübsche Unterwäsche enthüllt, die ich für heute ausgewählt habe. Ich wollte unschuldig aussehen, wie das süße Goldlöckchen, das darauf wartet, dass die Bären es verschlingen. Sie ist gelb mit schwarzen Punkten und das Höschen wird an den Seiten mit einem hübschen Band gebunden. Als Hunter meine Brüste mustert, die nur von dem knappen, seidigen Stoff meines BHs bedeckt sind, blitzen seine Augen golden auf. Als sie in meine Augen blicken, so hell wie die Mittagssonne, schwillt mein Herz an und ein Gefühl strömt aus meinen Fingerspitzen und Zehen heraus.

Oh Gott. Die Art, wie er mich ansieht, gibt mir das Gefühl, dass er mich verschlingen wird. Ich stelle mir vor, wie seine Zähne an meinen Brustwarzen knabbern und seine Zunge mich zwischen meinen Beinen mit einem gnadenlosen, animalischen Rhythmus peitscht, den ich nicht aushalten kann. Ich werde schreien. Ich werde ihn anflehen, aufzuhören, und gleichzeitig um mehr betteln.

Diese Männer werden mich vollkommen ruinieren und wieder zusammenfügen, und ich kann nichts dagegen tun.

Ich will auch nichts dagegen tun.

Sie ziehen mein Shirt hastig aus, meine Jeans ebenfalls. Als Hunter sie mir über die Füße streift und vor mir kniet, fühle ich mich wie eine Königin.

„Leg dich aufs Bett", knurrt er und erinnert mich an meinen Platz. Ich stehe zu ihrer Verfügung, unterliege ihren Befehlen und Forderungen.

Ich werfe einen Blick auf Robert und Evan, während ich mich auf die weiche Bettdecke lege. Sie starren mich mit gleicher Intensität an.

Drei Paar Augen sind auf meinen Körper gerichtet, drei Männer, die mein Schicksal sind.

Sie ziehen sich alle aus, und ich stütze mich auf meine Ellbogen, um jeden neu enthüllten Teil von ihnen in mich aufzunehmen. Hunter scheint der kräftigste der drei zu sein, mit größeren Muskeln an Schultern und Armen. Evans Bauchmuskeln sind am ausgeprägtesten und zeichnen sich unter seiner gebräunten Haut ab, die fast zu dünn erscheint, um sie zu umhüllen. Roberts Oberschenkel sind am kräftigsten, als würde er in seiner Bärenform schneller und härter laufen.

Ein attraktiver Mann ist eine Augenweide, aber ich habe drei. Es fällt mir schwer, mich zu konzentrieren, aber als ich ihre Gemeinsamkeiten und Unterschiede betrachte, dreht sich mir der Kopf. Selbst aus der Ferne beeindrucken mich diese Männer sehr.

Wie werde ich mit ihnen umgehen, wenn ich ihnen näher bin?

Wer wird mich zuerst küssen, berühren, lecken, ficken? Oder werden sie es gemeinsam tun? Ich kann mir nicht einmal vorstellen, wie das aussehen würde, aber ich möchte, dass es passiert.

Sich einem Mann zu unterwerfen, ist berauschend, aber mit drei Männern wird es noch besser sein.

Ich möchte, dass sie mich fesseln und sich nehmen, was sie von mir brauchen. Ich möchte, dass sie mir auch geben, was sie wollen, und ihren Samen in mir hinterlassen.

Hunter kniet sich auf das Bett, streichelt meine Waden bis zu meinen Oberschenkeln und drückt sie dabei besitzergreifend. Seine Augen lassen meine nie los, und das ist Teil seiner Machtdemonstration. Ich bin mit seinem rauchbraunen Blick auf das Bett gefesselt, unfähig, mich zu bewegen, so intensiv ist sein Blick. Traue ich mich, wegzuschauen? Nein. Auf keinen Fall werde ich den Bann zwischen uns brechen.

Er zieht an den Bändern, und mein Höschen fällt herunter und enthüllt die weichen blonden Locken an der Spitze meiner Oberschenkel. Er atmet scharf ein, als er mich zum ersten Mal sieht. „Wir werden später mit dir spielen", sagt er und küsst sanft mein Handgelenk. „Aber jetzt werden wir dich so beanspruchen, wie es sein sollte."

Ich bin ganz aufgeregt, als Hunter meinen BH öffnet und sich zwischen meine Beine kniet, während seine Augen meine Nacktheit genießen.

„Der Mond lächelt uns zu", sagt er leise und streicht mit seinem Finger zwischen meinen Brüsten und über die weichen Rundungen meines Bauches. Sein Blick bleibt zwischen meinen Beinen haften, aber er berührt mich dort nicht. Stattdessen beugt er sich über mich und küsst mich sanft auf die Lippen. „Du bist die Partnerin, von der wir immer geträumt haben. Das Licht in unserer Dunkelheit. Alles an dir ist perfekt."

Der Teil von mir, der immer sofort jedes Kompliment zurückweist, flüstert mir zu, dass er nicht alle meine Fehler gesehen hat, aber ich verdränge das Negative und konzentriere mich auf die Liebe, die ich in seinen Augen sehe, denn sind wir nicht alle auf irgendeine Weise fehlerhaft? Sind es nicht gerade diese Dinge, die uns liebenswert machen? Roberts stille Wachsamkeit, Hunters aufbrausendes Temperament und Evans Unfähigkeit, selbst die schwerwiegendsten Ereignisse ernst zu nehmen. Das sind Dinge, die sie zu dem machen, was sie sind. Ich würde nichts an ihnen ändern wollen.

„Nicht perfekt", sage ich. „Aber vielleicht perfekt für euch."

Hunter lächelt, ebenso wie die anderen. Es ist ein Moment der Erkenntnis für uns alle.

Als Hunter mich küsst, seine weichen Lippen meine neckisch berühren, fühle ich mich, als würde ich im Bett zerfließen. Meine Glieder werden schlaff, aber ich bin bereit für das, was als Nächstes kommt. Er wird mich zwischen meinen Beinen berühren, wo ich schon so lange sehnsüchtig darauf gewartet habe. Er wird mich mit seinem riesigen Schwanz füllen, den er an meinen Oberschenkel gedrückt hat. Er wird sich nehmen, was ihm zusteht, und ich werde mich darüber freuen.

Seine Küsse wandern meinen Hals hinunter und über meine Brüste, er saugt an einer Brustwarze und dann an der anderen. Ich wölbe mich vom Bett, ich will mehr. „Bitte", sage ich, und er lächelt auf meiner Haut. Er mag es, wenn ich bettle, genauso wie ich es genieße, zu betteln. „Bitte."

„Langsam. So werden wir es angehen. Wir werden dich verrückt machen."

Ist ihm nicht klar, dass sie das bereits geschafft haben?

Als er die Innenseiten meiner Oberschenkel küsst, möchte ich instinktiv meine Hände auf seinen Kopf legen und ihn lenken, aber das würde ihm nicht gefallen. Seine Kontrolle ist für uns beide wichtig. Es ist gleichzeitig zum Wahnsinnigwerden und wunderbar, und als er eine heiße Spur zwischen meinen Beinen leckt, zittere ich.

Oh … Er ist geschickt mit seiner Zunge; kleine Striche über meine Klitoris, kombiniert mit heißen, hungrigen Zügen über meine Scham. Er kostet mich wie eine köstliche reife Frucht, und innerhalb weniger Augenblicke pulsiert mein Verlangen. Es wird nicht lange dauern, bis ich so komme, aber ich will ihm nicht sagen, dass ich kurz davor bin. Das Verweigern von Lust war schon immer eine Vorliebe von mir. Es ist nur so, dass ich so lange auf diesen Orgasmus gewartet habe, dass ich den Gedanken nicht ertragen kann, dass er mir genommen wird.

Robert und Evan steigen zu beiden Seiten von mir aufs Bett. Evan küsst meine Lippen und drückt sanft meine Brust. Robert saugt an meiner Brustwarze und knabbert im gleichen Rhythmus wie seine Brüder daran. Es ist, als wären sie ein Mann mit vielen Münden und Händen, so aufeinander abgestimmt wie ein Klavier, das von einem

Maestro gespielt wird.

„Oh –", keuche ich, unfähig, es zurückzuhalten. „Oh. Hör nicht auf. Hör nicht auf."

Evan grinst mich an und drückt meine Brust mit seiner großen Hand.

„Das gefällt dir, nicht wahr? Du liebst die Zunge meines Bruders an deiner Muschi. Du liebst es, sein Gesicht zu reiten."

Das tue ich. Das tue ich wirklich. Meine Beine zittern und meine Hände krallen sich so fest in die Bettdecke, dass meine Knöchel schmerzen.

„Tu es", drängt Evan. „Tu es. Komm auf sein Gesicht."

Ein weiterer Schlag mit Hunters Zunge reicht aus. Die heiße, pulsierende Welle packt mich, zieht mich unter Wasser, während ich mich auf dem Bett winde und mit einer Stimme stöhne, die nicht wie meine eigene klingt. „Mmmmh ... oh fuck ... hör nicht auf ... hör nicht auf ... oh." Alles wird dunkel.

Ich bin so benommen, dass ich gar nicht mitbekomme, was passiert, als Robert mich auf den Bauch dreht und Hunter über mich klettert. Sein großer, warmer Körper bedeckt mich vollständig, dann versenkt er seine Zähne an der Stelle, wo mein Hals und meine Schulter aufeinandertreffen, und ich stöhne laut auf. Es müsste wehtun. Er beißt mich, atmet schwer, sein schwerer Schwanz schiebt sich zwischen meine Arschbacken, gleitet, gleitet, gleitet. Wärme strömt durch meine Adern wie starker Alkohol oder ein anderes köstliches Rauschmittel. Bilder aus meiner Kindheit blitzen in meinem Kopf auf, wie ich spiele, renne, auf die Bären warte, und dann sind Robert, Evan und Hunter auch da und rennen mit mir Seite an Seite in den Wald.

Ich bin benommen, und Hunter ist wie ein Inferno gegen mich. Ein Knurren grollt in seiner Kehle, so nah an meinem Ohr, dass es meine Gedanken erfüllt.

„*Meine*", höre ich, als würde er direkt in mein Gehirn sprechen, ohne seinen Mund oder meine Ohren zu benutzen. „*Meine.*"

„Ja", keuche ich. „Ja. Ich gehöre dir."

„Genau so", stöhnt Evan. „Beanspruche sie. Mach sie zu unserer."

Hunter drückt meine Beine mit seinen Knien auseinander und stößt seinen Schwanz mit solcher Kraft in mich hinein, dass meine Zähne aufeinanderklappern. Jetzt, wo er in mir ist, hat sein Schwanz etwas anderes an sich. Er ist härter als jeder andere Schwanz, den ich je gespürt habe, und während er in mich eindringt, scheint er sich in eine magische Stelle in mir zu krümmen, die mich Sterne sehen lässt. „*Nimm ihn.*" Seine Stimme ist wie ein Knurren in meinem Kopf, so wild und ursprünglich, dass mich Angst durchströmt. Mein Körper zittert, meine Glieder sind außer Kontrolle, und mein Verstand dreht sich, während er immer wieder wiederholt: „*Nimm ihn, nimm ihn, nimm ihn.*" Er ist so groß, und ich bin so gedehnt, dass ich mich unmöglich bewegen kann. Ich bin auf seinem granitharten Schwanz aufgespießt und drehe mich durch das dunkle Universum ins Nichts.

Hunters Mund verlässt meine Schulter, und ich spüre keinen Schmerz, als sein Körper sich an meinen drückt. Meine Handgelenke sind in seinen rauen Handflächen gefangen und werden festgehalten. Er leckt meine Schulter, um die Wunde zu beruhigen, während er mich so fest umschlingt, dass ich befürchte, unter ihm zu zerbrechen. Evan beugt sich über mein Bein und krallt sich in mein Wadenfleisch. Der schnelle, scharfe Schmerz wird sofort durch seine Zunge gelindert. Als er mein Bein loslässt, findet Robert eine Stelle an meinem Arm, und ich sehe, wie seine Zähne wie die eines Bären werden und sich in mein Fleisch bohren. Es ist nicht ganz schmerzfrei, und die Hitzewelle, die sich in meinem Körper und zwischen meinen Schenkeln ausbreitet, ist eine Flutwelle von

Intensität. Sein Blick findet meinen, und Tränen brennen in meinen Augen und meiner Kehle und drohen zu fließen. Meine Kehle schnürt sich zu, als die Emotionen in mir hochsteigen. Er starrt mich an, Hitze lodert in seinen großen braunen Augen. Dann lässt er meinen Arm los und leckt über die Wunde, nimmt das Blut in seinen Mund und versiegelt meine Haut.

Dann passiert es. Ein Schock der Lust, der mich blind macht und mich abstürzen lässt, während sich mein Körper zusammenzieht und dann entspannt. Ich bin so feucht zwischen meinen Beinen, dass ich befürchte, mich vor lauter Kraft seines Schwanzes nass gemacht zu haben, aber Hunter küsst meinen Nacken und flüstert an meiner Haut. „Genau so, Goldie. Genau so. Nimm ihn. Nimm meinen Schwanz. Du gehörst jetzt uns. Für immer."

Seine Entladung ist wie nichts, was ich je zuvor gefühlt habe. Er schwillt an, bis er sich nicht mehr bewegen kann, und sein Sperma ist warm in mir.

„Wunderschön", sagt er. „So wunderschön."

Ich versuche mich zu bewegen, aber er hat mich fest im Griff. „Wir sind miteinander verbunden", sagt er und küsst mich an der Stelle, an der er mich gebissen hat. „Wir können uns noch nicht trennen."

„Was?", keuche ich und zapple unter ihm herum. Er hat recht. Sein Schwanz steckt in mir fest, fast wie eingehakt. Ich spüre den Druck von etwas, das sich wie Knorpel anfühlt, gegen mein Schambein.

„Vielleicht hätten wir ihr davon erzählen sollen", sagt Evan und streichelt meinen Arm. „Es ist okay, Goldie. Hunter ist nur für eine Weile in dir eingehakt."

„Eingehakt?" Der Schrecken in meiner Stimme bringt sie alle zum Lachen.

„Das ist so eine Bären-Sache."

„Wie lange?"

„Zehn Minuten, es sei denn, du wackelst weiter mit

deinem knackigen Hintern und machst mich wieder scharf, dann könnten wir noch lange hierbleiben."

Robert streichelt mein Haar. „*Geht es dir gut?*", fragt er, aber seine Worte flüstern in meinem Kopf wie eine Feder, die durch mein Gehirn streicht. Ich zittere.

„*Ja*", sage ich laut, und in meinem Kopf ertönt Gelächter.

„*Sie hat es getan*", teilt Evan mit.

„Sie lernt schnell." Hunters innere Stimme klingt stolz.

„*Also, bin ich jetzt beansprucht?*"

„*Ja*", flüstern sie alle unisono in meinem Kopf.

Nicht nur mein Geist fühlt sich anders an, seit ich beansprucht bin. Auch mein Körper hat sich verändert. Mein Herz schlägt in einem Rhythmus, der sich anders anfühlt als mein eigener: langsamere, tiefere Schläge, die mit denen von Hunter übereinstimmen.

Hunters Zunge leckt erneut über die Wunde, die sich vermutlich an meinem Hals befindet, aber ich spüre keinerlei Schmerz, nur das beruhigende Gefühl, das mit der körperlichen Berührung eines Liebhabers einhergeht.

Das Bett unter meinen Oberschenkeln ist vollkommen durchnässt, und ich bin voller Scham.

„*Keine Sorge*", sagt Hunter entschlossen in meinem Kopf. „*Jetzt, wo du beansprucht bist, wird es immer so sein.*"

„*Wie was?*"

„*Ejakulation.*"

Ich erröte so heiß wie die Sonne. „Du sagst, ich habe ejakuliert", sage ich laut. „Wie ein Mann."

„Wie eine Frau, die an den Rand der Lust und darüber hinaus gebracht wurde", antwortet er selbstgefällig.

Und mit einer weiteren Bewegung seiner Hüften löst er sich aus mir und zieht sich zurück.

Ich bin gesättigt von der Unterwerfung, aufgerissen von

der Machtlosigkeit und Macht, die damit einhergeht, mich so vollständig hinzugeben.

Ich gehöre ihnen, und sie gehören mir, und es überkommt mich wie warmes Meerwasser, das an die Küste schwappt.

36

HUNTER

Es ist erledigt.

Mein Körper ist angespannt, meine Hände zittern. Meine Beine fühlen sich wie Pudding an, aber jeder Muskel in meinem Körper ist hart wie Granit. Mein Herz schlägt einen tiefen, langsamen Rhythmus voller Zufriedenheit.

Das fehlende Teil wurde beansprucht, und sie ist perfekt.

Meine Brüder starren mich an, als ich mich von Goldie zurückziehe, um mich ans Bettende zu setzen. Der Drang, mich zu verwandeln und durch die Bäume zu rennen, ist groß, aber ich widerstehe ihm. Es ist an der Zeit, Goldie das zu geben, was sie braucht, und den anderen Raum für Lust und Schmerz zu nutzen.

Jetzt, da sie körperlich und geistig mit uns verbunden ist, wird das Erlebnis noch intensiver sein. Ich möchte ihr alles geben, damit sie sich daran erinnert, bis wir alle alt und grau sind, wenn wir das Glück haben, so lange zu überleben.

Ich schaue Robert an, und er nickt, weil er versteht, was wir als Nächstes tun müssen. Er nimmt Goldie in seine

Arme und lacht leise, als sie protestiert. Ihr Körper ist noch schlaff und erschöpft, aber ich kann sie wiederbeleben.

Ich kann ihr geben, was sie braucht.

Unterwerfung. Sich machtlos fühlen, aber zuversichtlich sein, dass wir nur die Grenzen austesten, die sie gerne von uns überschritten sieht. Unsere Dominanz spüren, damit sie sich sicher fühlt.

Ich folge Robert und Evan, als sie den Flur entlang zu dem Zimmer gehen, das Goldie vor all den Wochen in unser Leben gelockt hat. Sie starrt uns über Roberts Schulter hinweg an, ihre saphirblauen Augen funkeln vor Vorfreude. Ihre Hand auf seiner Schulter umklammert ihn fest, um Halt zu finden und vielleicht auch aus ein wenig Angst. Er ist der Einzige, der sie an ihre Grenzen gebracht hat, daher ist es verständlich, dass sie ihm mehr vertraut.

Der Beweis, dass sie uns allen vertrauen kann, wird kommen, wenn wir heute mit ihr fertig sind. Dann wird sie es verstehen.

Als Robert sie auf das Bett legt, rutscht Goldie zurück, bis sie mit dem Rücken an dem dicken, dunklen Holzkopfteil sitzt. Ihre Augen sind weit aufgerissen, als wir unsere Plätze am Fußende des Bettes einnehmen. Drei Männer, die mit ihren Schwänzen in der Hand darauf warten, ihre Bestien für ihr Vergnügen und ihre Befriedigung zu zügeln.

Obwohl ich gerade gekommen bin, sind meine Eier angespannt beim Anblick unserer Partnerin, die eingeschüchtert und doch mutig ist.

„Was werdet ihr tun?", fragt sie, und das Zittern in ihrer Stimme ist wie eine Zunge an der Spitze meines Schwanzes.

„Alles, was wir wollen", sage ich ihr. „Fesselt ihre Hände mit dem Gesicht nach unten ans Bett."

Robert bewegt sich nach links und Evan nach rechts. Zu ihrer Ehre leistet Goldie keinen Widerstand. Sie geht auf alle Viere und entblößt ihre hübsche rosa Muschi, die nach dem

Sex, den wir gerade hatten, noch immer weit geöffnet ist. Sie liegt auf dem Bauch, den Kopf zur Seite geneigt, um Evan zu beobachten, wie er ihre Hand mit der Handschelle fesselt. Robert macht dasselbe auf der anderen Seite.

Ich fahre mit meinem Finger von ihrem Knöchel bis zur Kniekehle und bringe sie damit zum Zittern. Sie zieht sich nicht zurück, obwohl sie ihre Beine noch frei bewegen kann. „Wie viel kann sie aushalten, Robert?"

„Eine Menge." Robert fährt mit seiner großen Hand über Goldies Rücken und zwickt sie so fest in den Po, dass seine Finger einen rosa Abdruck hinterlassen. Er klingt stolz über ihre Fähigkeit, in seinem Zimmer zu leiden, und das sollte er auch sein. Das ist nicht jedermanns Sache.

Als er einen Finger zwischen ihre Beine taucht und ihre Feuchtigkeit über ihren Arsch streicht, wimmert sie. Er erzählte mir, dass er letztes Mal einen Starter-Plug bei ihr benutzt hat, aber das ist schon eine Weile her. Vielleicht sind wir noch auf dem Niveau der Stützräder, aber das ist okay. Ich nehme ihren Knöchel und befestige ihn mit der Fessel, während Evan sich um das andere Bein kümmert. Jetzt gibt es kein Entkommen mehr.

Ich gehe zur Kommode, in der die Spielzeuge und das Gleitgel liegen. Robert studiert bereits die Gerten und Peitschen und überlegt, welche er nehmen soll. Evan beugt sich über Goldie, flüstert ihr ins Ohr und küsst sie auf die Wange. Sie wimmert, als er mit seinen Fingern über ihren Rücken streicht und dann hin und her über ihren unteren Rücken fährt, sie mit einer sanften Berührung neckt, die einen Kontrast zu dem bildet, was als Nächstes kommt. Ich schmiere den Plug mit Gleitmittel ein und nehme etwas davon auf meinen Daumen.

Während Evan sie sanft neckt, überrasche ich sie mit Druck gegen ihren Hintern.

Sie atmet aus und verkrampft sich gegen meinen Daumen, aber ich drücke fest und tief und dringe in sie ein. Scheiße, ist die eng. „Wie fühlt sich das an, Goldie? Gefällt dir mein Daumen in deinem Arsch?"

„Nein", wimmert sie, aber die Art, wie sie ihre Hüften eher an mich drückt als von mir weg, verrät mir, dass sie lügt. Und dann flüstert ihre Stimme in meinem Kopf: *„Ja … ja."* Ihr Körper spannt sich an, als ich meinen Daumen durch das Ende des Plugs ersetze.

„Entspann dich", sage ich ihr. „Entspann dich und lass mich dich öffnen."

„Oh …", keucht sie, als der Plug an ihrem engen Muskelring vorbeigleitet und tiefer eindringt. Zu sehen, wie er in sie eindringt, macht mich härter als Diamant. Ich drehe den Plug langsam, und Goldie stöhnt.

Robert nähert sich mit einem schmalen Rohrstock und streicht damit über ihre Hand. „Du warst so ein böses Mädchen", sagt er zu ihr. „Du hast uns so lange warten lassen. Du uns nach dir verlangen lassen. Du hast diese süße Muschi ganz für dich allein behalten, aber jetzt werden wir sie uns nehmen, Goldie, ob du willst oder nicht. Du wirst uns alle nehmen, bis du weinst und uns anflehen wirst, aufzuhören, weil du es nicht mehr aushältst."

Sie wimmert, aber Evan bringt sie mit einem Kuss zum Schweigen. Er streicht mit seiner Hand über den fleischigsten Teil ihres Hinterns, um sie zu beruhigen. Dann, als er sich zurückzieht, schlägt Robert mit einem Knall mit dem Rohrstock zu.

Goldie schreit auf und zuckt unter den Fesseln zusammen. Eine perfekte rosa Linie entsteht, und Evan folgt dieser Linie mit seinen Fingern. Dann beugt er sich vor, um sie zu küssen. Sie wimmert wegen des Kontrasts in der Berührung. Ich drücke auf den Plug, und sie versucht, ihre Beine zusammenzubringen, aber sie kann es nicht. Die Fesseln halten sie fest.

„Mehr", sage ich zu Robert.

Die Peitsche schlägt etwas höher auf, lässt Goldies Hintern wogen und hinterlässt einen weiteren rosa Streifen.

Dieses Mal schreit sie nicht, sondern stöhnt, und ich gleite mit meinem Finger über ihre Muschi, finde ihre Klitoris und streichle sie. Das Stöhnen wird zu einem Ächzen, und sie bewegt sich gegen meinen Finger, also ziehe ich ihn weg.

„Wenn ich dich berühre, musst du stillhalten", ermahne ich sie.

Evan streicht Goldie das Haar über die Schulter und küsst ihren Hals. Er flüstert ihr Dinge ins Ohr, die ich nicht hören kann, aber Goldie gefällt es. Ihre Muschi zieht sich um meinen Finger zusammen, den ich gerade in ihre Öffnung eingeführt habe. Sie muss sich dort so leer fühlen, aber ich werde sie nicht füllen. Noch nicht. Nicht in den nächsten Stunden.

37

GOLDIE

In den nächsten Stunden bringen mich meine Bären an Orte, die ich mir nie hätte vorstellen können. Dunkle und köstliche Orte, die meine Seele zerstören und meinen Verstand zersplittern.

Sie bringen mich zum Weinen und zum Betteln um mehr, um weniger, um alles, was den Schmerz zwischen meinen Beinen lindert. Sie zögern meine Lust hinaus und steigern mein Verlangen, bis ich am Rande des Abgrunds stehe. Dann lassen sie mich schwitzend und bettelnd zurück, während sie auf eine Weise lachen, die wie ekstatische Freude klingt. In meinem Kopf flüstern tiefere, dunklere Stimmen: *verzehren, besitzen, dominieren, beanspruchen, schwängern.* Ihre Bären bestimmen so sehr ihr Handeln, was mir Angst machen sollte, aber es lässt mich zittern, ursprünglich und verzweifelt.

Ich spüre, dass meine Reaktionen sie zutiefst befriedigen, genauso wie ihre Handlungen mich befriedigen. Ihre Bärengeister flüstern mir all das zu, was ich hören muss: dass ich schön und perfekt bin, dass sie ihr Glück kaum fassen können, eine solche Partnerin gefunden zu haben. Ich lasse sie hören, wie gut sie mir tun, wie sehr ich es genieße, an den Abgrund der Lust gezogen und festgehalten zu werden, damit ich nicht fallen kann.

Vielleicht sind sie müde, oder vielleicht sind sie so aufgeregt, dass sie nicht mehr können. Vielleicht spüren sie, dass ich an die Grenzen meiner Belastbarkeit für ihre Spiele stoße. Als sie meine Hände und Füße loslassen, küssen sie meine Handgelenke und Knöchel. Sie drehen mich um, sodass ich auf dem Rücken liege. Sie ruhen sich um mich herum aus und streicheln mich sanft, bis sich mein Herzschlag beruhigt hat und ich nicht mehr aufgeregt bin und zittere.

Robert umschließt langsam seinen Schwanz, der so hart ist, dass er praktisch senkrecht in seiner Faust steht.

„Ich bin bereit", flüstere ich in Gedanken.

„Komm zu mir", flüstert Robert zurück.

Ich klettere auf seinen Schoß und schaue auf sein hübsches Gesicht hinunter. Seine Augen sind wie geschmolzene Schokolade, die über meinen Körper fließt, auf meinen Brüsten und meinem Bauch verweilt, bevor sie sich zwischen meinen Schenkeln konzentriert. Evan und Hunter streicheln mich, während ich mich in Position bringe. Ich beuge mich vor, um Roberts Lippen zu küssen, zunächst sanft, dann immer fordernder. Seine Hand umklammert meinen Nacken, während ich mich auf seinen wartenden Schwanz gleiten lasse. Es ist das erste Mal, dass er ohne Schutz in mich eindringt, und ich spüre den Unterschied.

„Goldie. Verdammt." Robert packt meine Hüften und wiegt mich sanft. Das Gefühl, als er mich spreizt, ist überwältigend. Ich wölbe meinen Rücken und konzentriere mich auf die Decke. Mein Haar fällt herunter und kitzelt meine Wirbelsäule. Evan nimmt eine Handvoll davon und dreht mich zu sich um.

„Genau so", sagt Evan. „Schön langsam." Zu Hunter

sagt er: „Schau dir an, wie sich ihre Hüften bewegen. Schau dir an, wie sie ihn nimmt."

Ich wiege mich, bewege meine Hüften und lasse Roberts dicken Schwanz ein wenig aus mir herausgleiten, bevor ich mich wieder auf ihn setze. Roberts Augen rollen und sein Griff um meine Hüften wird fester.

„*Lass mich dich spüren*", flüstert Robert. Seine Augen sind geschlossen, und seine langen Wimpern und sein entspannter Gesichtsausdruck lassen ihn viel jünger erscheinen. Ich berühre seine Wange und liebe das Gefühl seines weichen Bartes auf meiner Handfläche. Er dreht sich um und drückt einen sanften Kuss auf meine Handfläche, während seine Hüften unter mir zucken und mich zu mehr Tempo drängen.

„Beug dich nach vorn." Evan weist mich an, mich auf meine Ellbogen zu stützen, sodass mein Mund nah genug ist, damit Robert mich küssen kann. Unsere Zungen verschlingen sich, und er schmeckt nach Ahornsirup und Sünde. Hinter mir rückt Hunter näher, seine Hände umklammern meinen Hintern so fest, dass es wehtut. Seine Handfläche streichelt mich und schlägt dann hart zu, versohlt mich. Ich schreie auf, und er lacht düster, bevor er es noch einmal tut.

„Ihre Muschi verkrampft sich, wenn du das machst", sagt Robert.

Hunters Finger gleiten zwischen meinen Pobacken, kreisen, bevor er gegen den Plug drückt. „Nicht heute Abend", knurrt er fast. „Du musst noch trainieren, bevor du unsere Schwänze in deinem Arsch aufnehmen kannst. Aber bald …" Das Versprechen lässt mich vor Erregung zusammenzucken.

Robert hält mich fest, und ich spüre, wie Hunters Schwanz gegen meinen Eingang drückt. Versucht er, auch in meine Muschi zu gleiten? Ist das überhaupt möglich?

Ich fühle mich schon köstlich ausgefüllt. Ich bin zu klein dafür, und sie sind zu groß.

„Entspann dich", flüstert Evan mir ins Ohr. „Entspann dich. Wir werden dir ein gutes Gefühl geben. Vertrau uns."

Ich möchte ihm sagen, dass ich es will. Sie haben darauf gewartet und waren geduldig mit mir, wie es noch kein anderer Mann zuvor war. Sie geben mir ein gutes Gefühl, und wenn ich ihnen sagen würde, sie sollen aufhören, würden sie es tun.

Es fällt mir schwer, mich zu entspannen, weil ich vor Vorfreude ganz aufgeregt bin.

Hunters Gewicht drückt mich nieder, und ich bin zwischen zwei Brüdern eingeklemmt. Der Druck eines zweiten Schwanzes, der sich in meine Muschi drängt, lässt mich nach Luft schnappen. Oh … sie sind so groß. Das Dehnen brennt und treibt mir Tränen in die Augen, aber Hunter küsst meinen Nacken und flüstert mir süße Versprechen zu. „Wir werden uns um dich kümmern, Goldie. Du bist unsere Partnerin, unser Schicksal, unser Daseinsgrund."

Ich entspanne mich in dem sanften Klang seiner Worte und den zärtlichen Liebkosungen und Küssen. Ich schmelze dahin, als er tiefer eindringt und mich so weit öffnet, dass ich aufgespießt und bewegungsunfähig bin.

„Mmmmmm." Das Stöhnen hallt in mir wider, als Hunter sich ein wenig zurückzieht und dann noch fester und noch tiefer zustößt. Robert bleibt still. Er wartet darauf, dass Hunter so tief in mich eindringt, dass sie sich gemeinsam bewegen können.

„Genau so." Evan fasst mein Haar mit seiner Hand und dreht meinen Kopf zu sich hin. Meine Augen treffen seine, und ich blinzle, verwirrt von dem, was gerade mit mir geschieht. Es ist so viel. Evan küsst mich, seine Zunge gleitet tief in meinen Mund, während Hunter noch tiefer und fester drückt.

„Mmmmm", stöhne ich gegen Evans Lippen.

„Ist alles in Ordnung?", fragt Robert, und ich kann nur

nicken.

Dann setzt Hunter sich wirklich in Bewegung, und ich kann nicht atmen. Ich habe noch nie so etwas wie das Hin- und Herziehen von zwei Schwänzen in mir gespürt. Der Plug drückt bei jedem Stoß und meine Erregung wird so stark, dass ich das Gefühl habe, es könnte mich in Stücke zerreißen. Meine Muschi ist so weit gespreizt, dass meine Klitoris freigelegt ist und bei jeder Bewegung an Robert reibt. Es ist roh, schmutzig und wunderschön, aber Evan ist nur ein Beobachter. Ich möchte, dass auch er daran teilhat. Ich stütze mich auf meinen Armen ab, damit ich ihn besser aufnehmen kann.

„Ich möchte dich schmecken", sage ich zu ihm, und seine Augen rollen zurück, als er sie mit einem langen Blinzeln schließt.

Evan greift nach seinem Schwanz, umschließt ihn fest mit seiner Faust und wichst ihn heftiger, als ich mich jemals getraut hätte. Er streicht mit seiner Handfläche über die breite Eichel, verteilt seine Erregung über seine gesamte Länge und macht alles glitschig und gut.

Als er mit der Spitze meine Lippen berührt, rieche ich, wie verzweifelt er darauf aus ist, zu kommen. Er schmeckt salzig-süß, und ich sehne mich danach, zum ersten Mal die Entladung eines Mannes zu schmecken.

„Fuck", stöhnt Hunter. Der Anblick, wie ich den Schwanz seines Bruders lutsche, ist zu viel für ihn. Seine Finger graben sich tiefer in mein wogendes Fleisch, und seine Hüften bewegen sich schneller. Roberts Gesicht ist eine Maske der Konzentration, aber seine halb geschlossenen Augen verraten mir, wie nah er ist. Können wir wirklich alle gleichzeitig kommen? Wäre das möglich?

Dann wird mir klar, dass Evan auch seine Chance braucht, um das Anspruchsrecht zu vollenden.

Meine Muschi ist feuchter als je zuvor, meine Erregung benetzt Schwänze und Oberschenkel und wahrscheinlich auch die Laken unter uns. Das ist chaotisch, schmutzig und besser als alles, was ich je gefühlt habe. Als Hunter mir erneut auf den Hintern schlägt, so fest, dass ich um Evans Schwanz herum aufschreie, werde ich für einen Moment ohnmächtig.

Wie kann das so richtig sein?

„*Schicksal.*" Dieses Wort schießt mir erneut durch den Kopf, aber dieses Mal hören meine Bären meine Gedanken.

„*Schicksal*", wiederholen sie.

Das ergibt Sinn. Vier Menschen, die dazu bestimmt sind, zusammen zu sein, vier Menschen, die perfekt zueinanderpassen.

Ich ziehe mich von Evan zurück, bin so kurz vor dem Höhepunkt, dass ich mich nicht mehr auf sein Vergnügen konzentrieren kann. „Fuck", stöhne ich. „Hör nicht auf. Hör nicht auf." Ich drücke mich gegen Hunter, wodurch seine Stöße noch heftiger werden.

In mir schwillt Hunter an, pulsiert und pulsiert, während er sich festkrallt. Robert stöhnt, sein Gesichtsausdruck ist angespannt und sein Kopf ist zurückgeworfen, als er die Kontrolle verliert, sich nach oben stemmt, im Endspurt zu einem gewaltigen Orgasmus.

„Goldie … FUCK!", schreit Robert fast, als sein Orgasmus über ihn hereinbricht.

„Genau so", stöhne ich. „Oh … genau s–"

Ein Vergnügen, das so heftig ist, dass es mir die Stimme raubt und mich mit der Kraft eines Exorzismus trifft.

Ich falle nach vorn, vergrabe mein Gesicht in Roberts Hals, keuche gegen seine schweißnasse Haut und schmecke Salz auf meinen Lippen.

Hunter und Robert hören nicht auf, sich zu bewegen, pumpen ihr Sperma in mich hinein, bis ich zwischen meinen Beinen nass bin und all unsere Lust aus mir herausläuft. Ich bin völlig erschöpft, die Hülle einer Person, die auf die bestmögliche Weise zerstört wurde, aber ich möchte noch mehr zerstört werden. Ich möchte, dass Evan mich ebenfalls ruiniert. Ich möchte, dass er sich in meine mit Sperma gefüllte Muschi drängt und auch dort seinen Samen entlädt. Ich möchte, dass alle meine Partner mich für sich beanspruchen, genau so, wie es sein soll.

Beide bleiben in mir stecken und warten darauf, sich zurückzuziehen. Als Hunter sich zurückzieht, rolle ich mich von Roberts Brust auf den Rücken und greife nach Evans Schwanz. Er ist glitschig von meinem Speichel und pulsiert vor Verlangen. „Es ist Zeit", sage ich ihm, und er ist über mir, bevor ich mich ganz darauf einstellen kann. Robert hält eine meiner Hände über meinem Kopf, und Hunter nimmt die andere. Sie halten mich fest, während Evan durch meine Schamlippen streift und die abgerundete Spitze seines Schwanzes über meine geschwollene Klitoris reibt, sich mit meiner Erregung und dem Sperma seiner Brüder überzieht.

„Du bist so glitschig", murmelt er, während er in mich eindringt. Oh … die Dehnung ist perfekt. Er legt eines meiner Beine über seinen Arm und bewegt sich in einem strengen Rhythmus. Die Fesseln an meinen Händen lassen mich erschauern. Wer braucht schon Handschellen, wenn man starke Hände und kräftige Männer hat, die die Arbeit erledigen? Ich mag das Beißen von Metall, aber die unerschütterliche Kraft meiner Partner ist genauso gut.

„Oh", stöhne ich und ziehe an meinen Händen, damit ich spüre, wie sie mich noch stärker festhalten. Der Kampf ist ein starker Auslöser für mich, und meine Muschi schmerzt vor einem weiteren Orgasmus. Das kann nicht sein. Ich bin noch nie so oft gekommen, aber ich habe auch noch nie so Sex gehabt.

Hunters Finger ziehen an meinen erregten Brustwarzen und kneifen sie zu schmerzenden Spitzen. Mein Körper windet sich verzweifelt, als Evan kurz davor ist. Ich spüre, wie er gegen den Drang ankämpft, zu kommen. Sein Schwanz schwillt an und seine Hüften zucken. Er wartet auf mich, und das ist etwas Wunderschönes. Eine seiner Hände schlägt hart auf das weiche Fleisch meiner Hüfte, und ein heißer Schmerz durchfährt mich. „Komm", befiehlt er, schlägt mich erneut, und ich komme. Oh, ich komme. Flüssigkeit spritzt zwischen meinen Schenkeln hervor.

„Genau so", höre ich Robert murmeln.

„Genau so", sagt auch Hunter.

„Verdammt", knurrt Evan, als sein Körper sich über meinen beugt und sein Schwanz in mir pulsiert, während er seinen Samen freisetzt.

Ich kann nicht atmen. Es ist zu viel. Es ist zu überwältigend, so viel Lust zu empfinden. Es ist zu perfekt.

Meine Hände werden losgelassen, und sanfte Küsse werden auf meine Handgelenke, Brustwarzen und Lippen gedrückt. Es dauert ein paar Minuten, bis ich wieder vollständig zu Bewusstsein komme, während Evan immer noch in mir verankert ist. Seine Küsse sind süß, und er reibt seine Nase an meiner und lächelt so breit, dass sich seine Augen an den Seiten zu Schlitzen verengen. Er ist so glücklich, dass es in Wellen von ihm ausgeht, die mein Herz berühren.

„*Meins*", flüstert mein Verstand, als ich sein Gesicht berühre. Er dreht sich um und vergräbt sein Gesicht in meiner Handfläche.

„*Meins*", flüstert er zurück.

Ich wende mich Robert zu, berühre ihn und wiederhole die Beanspruchung, bevor ich mich Hunter zuwende und dasselbe tue. „*Meins*", flüstern sie alle wie aus einem Munde.

Es dauert zehn Minuten, bis Evan sich aus mir zurückzieht, und als er sich zurückzieht, beginnt das Sperma in meiner Muschi langsam auf die Laken zu tropfen.

Ich bin fertig. Ich kann nicht mehr.

Ich bin verwüstet und wund, aber so verdammt glücklich.

Bevor sie mich für sich beanspruchten, hatte ich immer das Gefühl, dass ein kleines Stück meiner Seele fehlte.

Aber jetzt ist das nicht mehr so. Sie haben mich Stück für Stück auseinandergenommen, aber mit liebevoller Sorgfalt haben sie mich wieder zusammengesetzt, und jetzt bin ich wieder ganz.

Vielleicht ist das Schicksal wirklich bereit für eine neue Generation von Bären.

38

GOLDIE

„Hier wohnen also deine Eltern", sagt Evan und schaut aus dem Fenster auf das Haus, in dem ich aufgewachsen bin. Es ist altmodisch, mit Spitzenvorhängen an den Fenstern und bunten Blumenampeln an der Haustür. Mama hat gruselige Statuen zwischen den Bäumen und Sträuchern im Garten versteckt, die ich als Kind furchterregend fand. Selbst heute noch machen sie mich nervös.

„Ja, genau", antworte ich fröhlich. Sie kennen mich zu gut, um meine Falschheit zu glauben, und meine Unruhe flüstert mir durch den Kopf, hörbar für meine Partner, obwohl ich versuche, meine Gedanken für mich zu behalten.

Hunter legt seine Hand auf meinen Arm und drückt ihn fest. Er weiß, wie sehr ich seine Stärke brauche, wenn ich mich verletzlich fühle. Er spürt meine Stimmung und ist immer da, um mich wieder in das Gleichgewicht zu bringen, an das ich mich gewöhnt habe. „Was auch immer dort drinnen passiert, wird hier nichts ändern." Er legt seine Hand auf meine Schläfe, und die Wärme seiner Hand dringt in mich ein und beruhigt meine rasenden Gedanken. „Oder hier." Seine Hand gleitet zu meiner Brust, wo er mein rasendes Herz bedeckt.

„Ich weiß", antworte ich.

„Sie hat keine Macht mehr über dich, Goldie. Nicht mehr."

Ich habe versucht zu erklären, wie ich zu meiner Mutter stehe. Sie wird immer die Frau sein, die mich großgezogen hat, und es gibt Teile meiner Kindheit, für die ich dankbar bin. Ich wurde sauber gehalten und gut ernährt. Ich musste mir nie Gedanken darüber machen, ob ich ein Dach über dem Kopf haben würde. Sie nahm an allen Elternabenden und Aufführungen teil. Es ist nur so, dass wichtige Dinge fehlten. Letztendlich gab sie mir nie das Gefühl, dass ich gut genug war, und der Unterschied zwischen meiner Beziehung zu Mama und Papa und meiner Beziehung zu meinen Bären hat mir gezeigt, wie sehr mir Unterstützung, Liebe und Akzeptanz gefehlt haben.

„Bringen wir es hinter uns."

Robert hält meine Hand, während wir den Weg zur Haustür hinaufgehen. Hunter geht voran, und ich schrecke ein wenig zurück, weil ich weiß, dass er einen großen Eindruck hinterlassen wird. Er hat sich die Haare und den Bart wachsen lassen. Seit der Beanspruchung sind seine Schultern, seine Brust und seine Arme breiter geworden, und seine Bärenform ist durch seine menschliche Haut deutlicher zu erkennen. Das Gleiche ist mit Robert und Evan passiert, als würden sie sich physiologisch darauf vorbereiten, die Jungen zu beschützen, die sie zeugen wollen. Vielleicht bin ich jetzt schwanger. Ich zwinge mich, dem Drang zu widerstehen, meine Hand auf meinen Bauch zu legen. Mama würde das sofort bemerken, und es ist schon schwierig genug, drei Männer vorzustellen, ohne noch eine überraschende Schwangerschaft hinzuzufügen.

Hunter läutet die Glocke und tritt zurück. Er rollt mit den Schultern, ein erstes Anzeichen dafür, dass er sich auf etwas Unangenehmes vorbereitet.

Dad öffnet die Tür, und sein Gesichtsausdruck, als er mich umgeben von drei gut aussehenden, robusten Riesen sieht, ist komisch. „Goldie." Sein Blick schweift über Hunter, Robert und Evan, und er tritt zurück ins Haus und hält die Tür offen. „Kommt rein."

Ich bin an seine formelle Begrüßung gewöhnt, aber Robert drückt beruhigend meine Hand.

Ich gehe an Hunter vorbei und betrete als Erste das Haus. Ich nehme den Lavendelduft wahr, der immer im Haus hängt, und den Duft von Mamas Keksen. Sie hat gebacken, was ich als gutes Zeichen werten sollte, aber das tue ich nicht. Ihre Gastfreundschaft kann makellos sein, wenn ihre Einstellung alles andere als das ist.

„Geht in die Küche", weist Dad an, ohne sich den Männern vorzustellen, die ihn beim Vorbeigehen um Haupteslänge überragen. Ich schäme mich so sehr und wünschte, ich könnte diesen Tag für den Rest meines Lebens vermeiden.

In der Küche sitzt Mama mit gekreuzten Beinen und einem Buch in der Hand am Tisch. Als wir hereinkommen, schaut sie auf und schafft es, einen ausdruckslosen Gesichtsausdruck zu bewahren. Ich stehe unbeholfen da, während sie meine Männer mustert, als würde sie Steaks beim Metzger aussuchen.

„Das sind Hunter, Robert und Evan. Das ist meine Mama, Adeline, und mein Papa, Stuart."

Ich warte darauf, dass mir jemand zur Begrüßung die Hand reicht, aber niemand tut es. Die Atmosphäre ist voller unausgesprochener Ablehnung, vielleicht sogar Abscheu. Ich fühle mich unwohl und bekomme Gänsehaut. Wenn mich die Erde verschlucken könnte, würde ich das begrüßen.

„Es freut mich, Sie beide kennenzulernen", sagt Hunter steif.

Mama steht auf und geht zur Theke. „Möchten Sie Kaffee oder Tee?"

„Kaffee, bitte", antwortet Hunter. „Für uns alle."

Mama ist damit beschäftigt, Kaffee zu kochen, und ich fordere meine Männer auf, sich um den alten Kiefernholztisch zu setzen. Die Stühle wirken winzig, als sie darauf sitzen, und der Tisch scheint seit meinem letzten Besuch geschrumpft zu sein. Papa steht daneben und ich merke, dass er etwas sagen möchte, weil er sich nicht entspannen kann, aber wie immer scheint er auf Mama zu warten.

Sie stellt vier Kaffeetassen auf den Tisch, dazu eine kleine gelbe Zuckerdose und ein passendes Milchkännchen. Die Kekse, die in der Mitte eines großen Tellers liegen, werden etwas zu grob in die Mitte des Tisches geschoben.

„Die riechen gut", sage ich, verzweifelt bemüht, die Stille zu füllen.

„Danke."

Sie sitzt an einem Ende des Tisches und sieht Hunter an. Dad sitzt neben ihr und sieht Robert an. Ich begegne Evans Blick, und er weitet für einen Moment seine Augen, um mir zu zeigen, dass auch er sich unbehaglich fühlt. Ich möchte schreien.

Als Hunter mir die Sahne reicht, verschränkt Mom die Arme vor der Brust. „Wenn niemand sonst den Elefanten im Raum anspricht, muss ich es wohl tun."

„Elefant?" Hunter senkt seinen Becher langsam auf den Tisch und strahlt dabei eine ruhige Gelassenheit aus, hinter der sich geballte Kraft und Dominanz verbergen.

„*Hier gibt es keine Elefanten*", scherzt Evan in unseren Köpfen. Ich unterdrücke den Drang zu lachen, als Hunter ihn missbilligend ansieht.

„Was ihr da macht, ist widerlich." Mamas Mund verzieht sich, als hätte sie in eine Zitrone gebissen. Ihre vornehme Nase runzelt sich, und ich warte, während die Stille, die ihre

Bemerkung verursacht hat, um mich herum pulsiert.

Widerlich. Das ist ein ziemlich starkes Wort, und obwohl es mich nicht überrascht, fühlt es sich trotzdem so an, als hätte sie mir einen Dolch zwischen die Rippen gestoßen.

„Adeline", sagt Hunter langsam und leise, fast als würde er sie herausfordern, sich darüber zu beschweren, dass er ihren Vornamen verwendet. „Wir sind wegen Goldie hier, weil es ihr wichtig ist." Er streckt seine große Hand aus und legt sie schützend auf meinen Unterarm. Mamas Blick folgt seiner Bewegung und bleibt auf die Stelle gerichtet, an der wir uns berühren. „Aber ich werde keine Äußerungen dulden, die ihr Kummer bereiten."

Dad beugt sich vor und hebt den Finger, aber Mom greift vor ihn, als wolle sie ihn vor einem Unfall bewahren.

„Das ist unser Haus; wenn ich eine Meinung habe, werde ich sie äußern."

Hunter nimmt seine Tasse und trinkt langsam seinen Kaffee.

„*Hunter*", flüstere ich ihm in Gedanken zu.

„*Keine Sorge, Gefährtin*", brummt er zurück. „*Ich hab's im Griff.*"

„Adeline", sagt er erneut, wobei die Ungezwungenheit meine Mutter zusammenzucken lässt. „Ihre Tochter ist eine schöne, intelligente, freundliche und beeindruckende Frau. Wir sind dankbar, dass sie sich entschieden hat, ihr Leben mit uns zu verbringen. Die Entscheidung liegt bei ihr, und sie verdient Respekt. Wenn Sie ihr diese Höflichkeit nicht entgegenbringen können, sehe ich keinen Grund, warum wir bleiben sollten."

„*War das okay?*" Unsere Blicke treffen sich, und ich nicke.

„Dann solltet ihr vielleicht gehen." Mama fordert uns alle mit hochgezogenen Augenbrauen heraus. Fordert uns heraus, auf sie zu hören. Fordert uns heraus, ihr zu widersprechen.

Sie weiß nicht, dass niemand Hunter, Robert oder Evan zu irgendetwas herausfordert.

Hunter steht auf, und seine Brüder tun es ihm gleich. Ich bin die Letzte, die aufsteht. Mamas Mund öffnet sich, Überraschung lässt ihre Gesichtszüge verhärten. Sie ist es nicht gewohnt, dass sich ihr jemand widersetzt, das ist neu für sie.

„Goldie." Ihre Augen verengen sich missbilligend.

„Du warst nie glücklich mit dem, was ich bin", sage ich, weil ich plötzlich das Bedürfnis habe, mir das von der Seele zu reden. „Aber ich bin glücklich. Zum ersten Mal in meinem Leben bin ich wirklich glücklich. Wenn du das nicht akzeptieren kannst, haben wir keinen Grund, hier zu sein."

„Nun ..."

Ich wende mich an Hunter. „*Lasst uns gehen.*"

Er nickt. „Danke für den Kaffee."

Evan nimmt sich einen Keks und beißt hinein, während wir alle zur Haustür gehen. Draußen flattert ein Vogel in einen Baum, und auf der Straße fährt ein Auto vorbei. Als ich mein Elternhaus verlasse, greift Hunter nach meiner Hand. Ich lasse mich von ihm wegführen aus einem Leben, in dem ich nie gut genug war, hin zu dem Leben, für das ich geschaffen wurde und in dem ich wahre Liebe und Zufriedenheit gefunden habe.

Und ich schaue nicht zurück.

39

ROBERT

„Ihr wart wirklich noch nie im Diner *Shake It Up*?", fragt Goldie, während sie vor uns die Straße entlangschlendert. Der Wind spielt mit ihren blonden Locken und schmiegt ihr Kleid enger an ihren Körper, und ich kann meine Augen nicht von ihrer Perfektion abwenden.

„Nein", gebe ich zu.

„Nun, dann habt ihr den besten Burger der Welt verpasst."

„Ist das eine offizielle Statistik?", fragt Hunter und zieht eine Augenbraue hoch.

Goldie rollt mit den Augen. „Ja, Hunter. Von allen Burgern der Welt ist dieser der beste."

„Ist er besser als meine Mettwurst?", fragt Evan.

Goldie lacht laut auf, was sich in ein Schnauben verwandelt. Sie hält sich die Hand vor den Mund. „Deine Mettwurst ist saftiger", gibt sie etwas zu laut zu und zieht damit die Aufmerksamkeit einer Frau in Businesskleidung auf sich, die gerade vorbeigeht.

„Mit dir kann man nirgendwo hingehen, Gefährtin." Hunter klopft ihr auf den Hintern, aber seine Geste ist nicht böse gemeint, sondern nur liebevoll. Nicht wie letzte Nacht.

„Ihr müsst euch benehmen", sagt sie und wedelt mit dem Zeigefinger. „Rosie wartet schon seit Monaten darauf, euch kennenzulernen. Macht einen guten Eindruck, sonst fängt sie an, über den nächsten Mann zu reden, der mein Schicksal ist."

„Nicht, wenn sie dich sieht." Evan erreicht die Tür als Erster und hält sie für Goldie auf.

Der Geruch von gegrilltem Fleisch, der mir das Wasser im Mund zusammenlaufen lässt, erfüllt den Diner. Ein Burger wird nicht reichen. Diese Mahlzeit wird ein Gemetzel werden.

Goldie geht schnurstracks auf Rosie zu, die bereits in einer roten, gepolsterten Sitzecke Platz genommen hat. Ich erinnere mich an sie aus dem Club und nehme mir vor, sie daran zu erinnern, dass Pilze heute Abend nicht auf der Speisekarte stehen. Während sie unsere Partnerin umarmt, beobachtet sie uns über Goldies Schulter hinweg und ihre Augen werden groß. „Meine Güte, Goldie. Die sind riesig!"

Goldie grinst und lässt ihren heißen Blick von Kopf bis Fuß über uns gleiten. „Das sind sie, aber ich komme damit klar." Sie drückt ihre Hand auf ihren Bauch, und Rosie blickt nach unten und nimmt die sanft gerundete Form unter dem Kleid wahr.

„Oh mein Gott." Eine Hand fliegt zu ihrem Mund, und sie streckt zögernd die andere aus.

„Bist du wirklich schwanger?"

„Ja", antwortet Goldie glücklich. Das Leuchten, das sie umgibt, seit sie auf den Teststreifen gepinkelt und ungeduldig auf die beste Nachricht der Welt gewartet hat, funkelt golden.

„Ich kann es nicht glauben." Rosie zieht Goldie erneut in eine Umarmung und wendet sich dann Hunter zu, den sie zu meiner Belustigung mit gierigen Armen umarmt. „Wer ist der Vater?", fragt sie.

„Wir alle", bestätige ich. Als sie die Stirn runzelt, winke ich mit den Händen zwischen uns. „Eineiige Drillinge haben identische DNA."

„Oh ja!", grinst sie, während Evan seine Arme für eine Glückwunschumarmung ausstreckt. „Perfekt."

„Das ist es wirklich." Goldie rutscht in eine Sitzecke, während ich die letzte Umarmung von Rosie entgegennehme, die ihre Aufregung kaum zurückhalten kann.

„Erzähl mir alles."

Wir nehmen alle unsere Plätze in der Sitzecke ein, Rosie neben Goldie auf der einen Seite und Evan flankiert von Hunter und mir auf der anderen. Die Mädchen reichen uns die Speisekarten, schauen aber gar nicht hinein, weil sie sich an ihre üblichen Bestellungen halten.

„Diesmal keine Pilze?", frage ich Rosie.

Sie streckt ihre beiden Zeigefinger kreuzförmig aus. „Pilze sind die Süßigkeiten des Teufels", zischt sie und bringt uns alle zum Lachen.

Goldie verbringt die nächsten zwanzig Minuten damit, Rosie alles über ihre bisherige Schwangerschaft zu erzählen. Sie ist im vierten Monat, den Babys geht es gut, es sind Zwillinge, und ihre morgendliche Übelkeit ist gerade vorbei. Rosie staunt über alles.

Zwischen all der Aufregung nimmt Rosies neuer Freund, ein Kellner im Diner, unsere Bestellungen auf.

„Habt ihr schon Namen?"

„Ja", sage ich. „Zwei für Mädchen und zwei für Jungen. Aber wir behalten sie für uns, bis die Babys geboren sind." Das ist eine Lüge.

„Werdet ihr euch das Geschlecht verraten lassen?"

Wir kennen das Geschlecht bereits, spielen aber Rosie

zuliebe mit. „Ja", sagt Hunter. „Ich bin ungeduldig und möchte es wissen."

„Oh, ich habe ein Geschenk für dich", sagt Goldie zu Rosie und wechselt das Thema.

Rosie klatscht vor Aufregung in die Hände. „Was ist es?"

Goldie greift in ihre Tasche und holt ein Paar flauschige rosa Handschellen heraus, die derzeit ein Bestseller in Goldies Online-Shop *Naughty Nights* sind.

„Aiden wird ausflippen!", quietscht Rosie und reibt sich das Fell an der Wange.

„Warum? Mag er es, gefesselt zu werden?", fragt Hunter und kann seine Abneigung gegen diese Vorstellung kaum verbergen.

„Nein", antwortet Rosie. „Genau umgekehrt. Sie hat mich mit ihrer Vorliebe verdorben." Sie stößt Goldie mit dem Finger in den Arm.

Goldie lächelt stolz. „Ich verbreite einfach überall Zufriedenheit, wo ich hingehe!"

Das Essen wird serviert, und auf dem Tisch ist kein Zentimeter Platz mehr frei. Goldie verspeist den besten Burger der Welt mit einer Leidenschaft, die, seit die beiden kräftigen Bärenjungen in ihr heranwachsen, nur noch gestiegen ist. Rosie unternimmt einen beeindruckenden Versuch, ihren Teller leer zu essen. Ich, Evan und Hunter verschlingen mehr Fleisch, als menschlich möglich sein sollte, aber wir sind ja auch keine Menschen!

Goldie lacht über die zufriedenen Schnurrgeräusche, die unsere Bären machen, als unsere Bäuche voll sind.

„Ich habe neulich deine Mutter getroffen." Rosie wischt sich den Mund mit einer Serviette ab und legt sie hin, während Goldie sich unruhig auf ihrem Stuhl bewegt.

„Hat sie mit dir gesprochen?"

„Ja. Sie ist sehr unglücklich. Ich wollte es dir eigentlich nicht sagen, aber ich möchte nichts verheimlichen. Nicht, wenn es um die Familie geht."

„Ist schon okay. Was hat sie gesagt?"

„Sie sagte, dass diese drei dich verdorben haben und du jetzt in Sünde lebst und deine Familie vergessen hast."

„Natürlich hat sie das gesagt."

„Sie hat nicht unrecht", witzelt Evan. „Es gab eine Menge Verdorbenheit."

„Es war genau umgekehrt", sagt Hunter, nippt an seinem Bier und grinst verschmitzt. „Robert wollte das Zimmer endgültig abschließen, und das kleine Goldlöckchen hier wollte unbedingt rein und alles ausprobieren. Ihre Neugier hat sie in Schwierigkeiten gebracht."

Ich bin froh, dass er die Stimmung aufgelockert hat. Während Goldie stolz auf ihre Leistung grinst, vergisst sie, dass wir über ihre Mutter gesprochen haben.

Ich hoffe, dass ihre Familie uns eines Tages akzeptieren wird – zumindest den Teil von uns, über den wir ehrlich sein können. Menschen brauchen Wurzeln, und Goldies Familie ist ein Teil dessen, was ihr Halt in diesem Leben gibt. Ich mache mir allerdings nicht allzu große Hoffnungen. Manche Menschen können das Gute in ihrem Leben nicht sehen und ziehen es vor, eine Brille zu tragen, die alles in graue Farben taucht.

Zumindest hat sie Freunde, und sie hat uns. Vielleicht wird ihre Rolle in unserem Leben die Kluft zum größeren Bärenclan überbrücken. Hunter glaubt das nicht. Er hegt Groll wegen Connors Handhabung, aber mit den Jungen, die bald zur Welt kommen, wird sich etwas ändern, ob wir wollen oder nicht.

Ich bin bereit für alles, was als Nächstes kommt. Ich bin bereit, Goldie zu unterstützen, wenn sie Mutter wird, unsere Söhne zu beschützen und ein gutes Leben für uns alle zu schaffen.

„Du wirst meine Ehrentante", sagt Goldie, während

Rosie mit den Handschellen in Aidens Richtung winkt. Der arme Kerl errötet so stark wie die Tomatenscheibe, die Hunter auf seinem Teller liegen gelassen hat.

„Ich werde die beste Tante der Welt sein", sagt Rosie und klatscht in die Hände. „Ich kann es kaum erwarten."

40

GOLDIE

Fünf Monate später

Es ist ein Tag vor Vollmond, und meine Bären sind wachsam und still. Mein Bauch ist runder, als ich es jemals für möglich gehalten hätte; die Haut ist straff, und mein Bauchnabel wölbt sich hervor, da er in meinem Inneren keinen Platz mehr hat. Ich sitze in einem Schaukelstuhl in der Bibliothek und lese ein Tagebuch, das ich ganz oben in einem Regal gefunden habe. Es ist eines der Tagebücher der Mutter der Drillinge aus den frühen Tagen ihrer Familie, und es ist wunderschön zu lesen.

Ich wünschte, sie wäre noch hier. Sie wäre eine wunderbare Großmutter und eine große Stütze für ihre Söhne und mich gewesen. Meine Mutter hingegen hat ihre Abneigung nur noch verstärkt, seit sie erfahren hat, dass ich schwanger bin. In gewisser Weise ist es eine Erleichterung, mich nicht mehr mit ihren selbstverliebten Tiraden herumschlagen zu müssen.

Ich kann mir vorstellen, wie sich Roberts, Evans und Hunters Mutter gefühlt haben muss, als sie in meiner

Situation war: Drei Babys zappelten in ihrem Bauch und waren bereit, eine neue Welt zu betreten. Es war eine Welt voller Liebe und Vorfreude, aber auch eine Welt voller Gefahren, nicht unähnlich den Tagen, die ich gerade erlebe.

Der Frieden mit den Wölfen hält weiterhin an. Auf unserem Land, das sich über eine Meile in jede Richtung erstreckt, war kein Wolfsgeruch zu vernehmen. Ich bin zu müde, um noch mit meinen Bären durch den Wald zu gehen. Und doch bleibe ich auf ihre Kommunikation eingestimmt, während sie weiter das Gelände ablaufen – vorsichtig geworden durch die Jahre des Krieges.

Wenn die Wölfe eine Partnerin finden, wird eine neue Generation von Feinden heranwachsen, erzählten sie mir beim Abendessen. Sie befürchten, dass sie aggressiver werden, wenn sie mehr zu verlieren haben.

Ich habe ihnen gesagt, wie ich über die Rivalität denke. Ich will keine erneuten Kämpfe, Verletzungen oder Schlimmeres. Meine Kinder brauchen Väter, keine Gräber, die sie besuchen können. Ich kann den Gedanken nicht ertragen, dass wieder etwas in meiner Seele fehlt. Jetzt, wo ich mich mit meinen Bären verbunden habe, würde mich der Verlust eines von ihnen umbringen.

Ich hoffe weiterhin, dass sie die Welt mit anderen Augen sehen werden, wenn sie ihre Söhne im Arm halten. Männlicher Stolz darf nicht über die Liebe gestellt werden. Nicht auf lange Sicht. Keine Rivalität ist es wert, dass ein Kind seinen Vater verliert. Sie müssen stark bleiben.

Ich streiche mit meiner Hand über den warmen Samt meines voluminösen Kleides und spüre einen Fuß unter meiner Handfläche strampeln. In mir sind zwei Jungen, Söhne eines der Männer, die mich als ihre Schicksalsgefährtin beansprucht haben. Meine Babys werden mit drei Vätern aufwachsen und dadurch umso glücklicher sein.

Zwei Jungen, die Bären werden.

Stark und wild.

Leidenschaftlich und entschlossen.

Voller Liebe und dem Wunsch zu beschützen, genau wie ihre Väter.

Coran und Connell sind die Namen, die wir ausgewählt haben. Starke Namen von Bären, die schon lange verstorben sind, Namen, die wieder aufleben werden.

Ich habe von ihnen geträumt, genau wie meine Mutter – Träume, die ich nicht mit ihren Vätern teilen konnte. Meine Bärenjungen laufen frei durch den Wald, mit dichtem, dunklem Fell und dunklen Augen wie ihre Väter. Sie laufen, bis sie einem rothaarigen Mädchen mit grauen Augen begegnen – einem Mädchen, das so hübsch ist wie eine Waldfee und dessen Stimme wie Magie über die Welt fließt.

Ein Mädchen, das sich in einen Wolf verwandelt.

Ich sage mir, dass ich diese Träume aus meiner Sorge vor einer zukünftigen Konfrontation heraus erschaffe. Ich versuche mir einzureden, dass diese Träume nichts mit denen zu tun haben, von denen mir meine Mutter vor all den Jahren erzählt hat – Träume, die wahr geworden sind.

Wenn ich Hunter, Evan oder Robert von dem Wolfsmädchen und unseren Söhnen erzählen würde, wie würden sie reagieren? Sie glauben an Schicksal. Sie würden die Angst mit sich herumtragen, dass das Schicksal unserer Söhne eine Verbindung ist, die nur in einer trostlosen Zukunft enden kann – zwanzig Jahre oder mehr, in denen das Fallbeil über unseren Köpfen hängt. Das kann ich ihnen nicht antun.

Rosie macht sich Sorgen, dass ich zu Hause gebären will, und möchte, dass ich wie alle anderen ins Krankenhaus gehe. Ich habe ihr gesagt, dass ich mich zu einer Erdmutter gewandelt habe, seit ich im Wald lebe. Denn das Risiko können wir nicht eingehen. Manchmal löst das Trauma der Geburt bei Babys die erste Verwandlung aus. Ich kann mir nicht vorstellen, dass Hebammen im Krankenhaus damit gut umgehen können.

Ich habe jemanden, der mir helfen wird. Hallie ist Hebamme, aber auch die Frau von zwei Bären aus dem Clan, und sie lebt drei Städte nördlich in einem Häuschen, das dem in meinem Bilderbuch „Goldlöckchen und die drei Bären" ähnelt. Sie hat meine Schwangerschaft begleitet, und ich bin zuversichtlich, dass alles gut gehen wird. Sie hat bisher weder eine Mutter noch ein Bärenbaby verloren.

„Möchtest du etwas trinken?" Evan steckt seinen Kopf zur Tür herein und lächelt, als er mich mit hochgelegten Füßen sieht.

„Nein, danke", sage ich. „Robert hat mir eine Tasse heiße Schokolade gebracht."

Evan rollt mit den Augen. „Dieser Mann ist mir mit seinen aufmerksamen Gesten immer einen Schritt voraus."

Ich lächele, weil er recht hat. „Bei der Fußmassage war er dir allerdings nicht voraus."

Als Evan den Raum betritt, sich auf den Fußschemel vor mir setzt und meine Füße in seinen Schoß nimmt, bin ich voller Liebe. Seine festen Hände kneten meine empfindlichen, geschwollenen Füße mit genau dem richtigen Druck, ich schließe die Augen und entspanne mich.

Mein Leben, bevor ich an diesen Ort kam, schien in Ordnung zu sein. Ich hatte mir einen kleinen Platz in der Welt geschaffen. Ich hatte meine Leidenschaft für Schlösser und Schlüssel genutzt und mich auf die Arbeit beschränkt, ohne Hoffnung auf mehr. Jetzt habe ich eine Zukunft voller Liebe und Akzeptanz, und ich kann auch so viel zurückgeben.

Manchmal muss ich mich kneifen, um sicherzugehen, dass alles real ist.

In dieser Nacht schlafe ich zwischen Evan und Robert, während Hunter um unser Grundstück herumschleicht und wachsam nach Gefahren Ausschau hält. Morgen ist Robert an der Reihe, und Evan ist in der Nacht danach dran. Das ist das Besondere daran, wenn man drei Männer hat, die Bären sind. Es gibt drei Paar Schultern für jede Last – drei Spitzenprädatoren, die mich beschützen.

„*Hunter*", flüstere ich durch unsere mentale Verbindung, während Robert und Evan neben mir schlafen.

„*Gefährtin? Du solltest schlafen*", antwortet er.

„*Du solltest hier sein, mein Schatz.*"

„*Morgen*", antwortet er entschlossen. Meine Babys treten in mir, als würden sie der Stimme ihres Vaters lauschen und versuchen, sich einzumischen.

„*Pass auf dich auf, mein Schatz*", flüstere ich. Das Bild, wie er in der Dunkelheit herumstreift, der Himmel voller Sterne und ein Mond, der fast voll ist, macht mich nervös.

„*Ich liebe dich. Ich liebe dich bis ans Ende der Welt. Bis ans Ende meines Lebens. Bis ans Ende der Zeit*", antwortet er, und ich schlafe ein, während diese Worte sanft in meinem Herzen nachklingen.

Am nächsten Tag, als meine Wehen einsetzen, mache ich mir Sorgen. Die Babys haben sich kaum bewegt, als ob sie spüren würden, dass es bald so weit ist. Hunter ist von seiner Patrouille zurück, und alle meine Bären stehen mit besorgten Mienen und angespannten, breiten Schultern um mich herum. Wenn sie könnten, würden sie diese Last für mich tragen, aber wie bei allen Frauen ist die Erschaffung von Leben meist ein einsamer Prozess. Ich sage mir, dass unsere Schöpferin wohl gewusst haben muss, was sie tat, als sie diese Last allein den Frauen auferlegte.

Ich bin bereit, meine Babys zu sehen, aber ich habe auch Angst. So viel Angst, dass ich nicht stark genug sein werde.

Hallie kommt in zwanzig Minuten, und Evan zeigt ihr das Zimmer, das wir für die Geburt vorbereitet haben. Mein Bauch zieht sich alle zwei Minuten heftig zusammen. Als Hallie überprüft, wie weit ich schon geöffnet bin, werden ihre Augen groß. Sie zieht ihre Handschuhe aus, wäscht sich die Hände und kommt zurück zu meinem Bett.

„Es ist bald so weit", sagt sie, bindet ihr Haar zu einem ordentlichen Knoten zusammen und macht sich bereit für das, was kommen wird. Sie trägt einen Kittel und bequeme Schuhe, und ich bin von der Taille abwärts nackt und trage eines von Hunters T-Shirts. Ich habe meine Männer gebeten, vorerst draußen zu warten. Ich möchte nicht, dass sie mit ansehen, wie eine andere Frau ihre Hand dorthin steckt, wo die Sonne nicht scheint. Es gibt Dinge, die ich privat halten möchte.

Ich stöhne laut, als die nächste Wehe einsetzt und meine Fruchtblase platzt, wodurch die Einwegmatte unter mir durchnässt wird. „Oh Gott", sage ich und keuche, wie ich es geübt habe, wobei mich der zusätzliche Sauerstoff schwindelig macht.

„Geh auf alle Viere", weist Hallie mich an. „Das erleichtert die Geburt und lindert die Schmerzen."

Ich bin stark genug, mich umzudrehen, aber als die nächste Schmerzwelle kommt, wird mein Körper schlaff. „Es ist Zeit, dein Unterstützungsteam hereinzuholen", sagt Hallie.

„Okay."

Sie bedeckt mich, während meine Gefährten sich um das Bett versammeln. Sie haben jeden Teil meines Körpers gesehen und waren auf eine Weise in mir, dass ich rot werde, wenn ich daran zurückdenke, aber ich möchte nicht, dass sie dabei zusehen. Es wird nicht schön sein. Evan kniet vor mir, Hunter zu meiner Rechten und Robert zu meiner Linken. Sie halten mich fest, während Evan mich durch die Schmerzen hindurch ermutigt, mit mir atmet und mir mit einem kühlen Tuch über das Gesicht streicht.

Ich möchte ihm glauben, aber der Schmerz ist überwältigend. „Es ist Zeit zu pressen", sagt Hallie. „Wenn die nächste Wehe kommt …"

Sie kommt nicht dazu, ihren Satz zu beenden, denn es

ist soweit, und ich presse. Das Feuer zwischen meinen Schenkeln lässt mir Tränen in die Augen schießen. Ich greife nach Roberts Hand, beiße die Zähne zusammen und unterdrücke ein lautes Knurren, das mich nur schwächen würde, wenn ich es herauslassen würde. Die Babys kommen, und ich muss alles tun, um sie herauszubekommen.

„Ich kann den Kopf sehen", sagt Hallie, während ich das Gefühl habe, ich würde gleich platzen. Ich presse erneut, sehe Sterne und lodernde Flammen hinter meinen Augen. Mein Kopf schwirrt vor Schmerz, und ich fühle mich außerhalb meiner selbst, benommen und abgekoppelt.

„Genau so. Noch einmal."

„Du schaffst das", sagt Evan zu mir. „Du schaffst das, Goldie. Du bist fast am Ziel."

„Ahhhhhhhh", stöhne ich und lasse meinen Kopf auf das Bett sinken. Der Druck zwischen meinen Beinen erreicht seinen Höhepunkt, dann kommt die Erlösung. Ich keuche, versuche wieder zu Atem zu kommen und konzentriere mich auf das Baby zwischen meinen Beinen, das Hallie abtrocknet und untersucht. Das ist mein Junge. Mein Sohn. Coran Bjorn. Der zukünftige Anführer dieses Clans. Ein schmerzerfüllter Schrei zerreißt die Luft, und Hallie lacht. „Er ist perfekt", sagt sie. Hunter verlässt meine Seite, vergisst seine Verpflichtung, in der Nähe meines Kopfes zu bleiben, und nimmt Hallie das Baby ab. Ich erhasche nur einen Blick auf sein ernstes Gesicht, das auf sein Kind, seinen Erstgeborenen, gerichtet ist, voller Emotionen, bevor die Wehen wieder einsetzen.

„Neeeein", stöhne ich. Ich brauche mehr Zeit, um mich zu sammeln, um tief in mich zu gehen und meine Kraft zu finden, aber dafür ist keine Zeit. Connell kommt.

„Du schaffst das, Goldie", flüstert Evan in meinem Kopf. *„Du bist so stark, so wild, eine Bärenmutter, die es für ihre Jungen mit der ganzen Welt aufnimmt."*

Er hat recht. Das werde ich. Ich würde für meine Partner

und meine Jungen töten. Ich würde ihnen das Fleisch von den Knochen reißen, um sie zu beschützen. „Ganz ruhig", flüstert Robert und streichelt mir über den Rücken. Er kann die Bilder sehen, die durch meinen Kopf schießen, und spürt meine aufkommende Panik. „Heute wird nicht gekämpft."

Ich keuche und spüre, wie sich das verbleibende Baby in mir tiefer bewegt. Es geht so schnell; es will unbedingt herauskommen, um seine Familie kennenzulernen. „Er kommt", bestätigt Hallie, während Hunter sich auf die Bettkante setzt, um mir Coran zu zeigen. Er ist zusammengekauert, und seine dunklen Haarsträhnen sind mit Käseschmiere verklebt, aber er ist perfekt.

„Oh Gott", stöhne ich. „Oh … ich kann nicht."

„*Konzentrier dich*", brüllt Hunter in meinem Kopf. „*Konzentrier dich, Gefährtin. Du hast es fast geschafft.*"

Es ist die Zähigkeit, die ich benötige, um durchzuhalten und das Letzte zu überstehen. Mein Körper fühlt sich an, als würde er in zwei Teile gerissen, als würde ich von innen nach außen gekehrt. Der Schmerz erreicht ein Ausmaß, das meine Sicht weiß werden lässt, und ich öffne meinen Mund, aber es kommt kein Ton heraus. „Pressen", sagt Hallie. „Pressen, Goldie."

Robert hält mich fest, aber das ist okay, denn ich brauche seine Unterstützung, sonst würde ich vornüber fallen. „Er kommt", sagt Hallie. „Er kommt …"

Dann lässt die Welle des Schmerzes nach, und Robert hilft mir, mich hinzulegen und mich umzudrehen, gestützt von seinem Körper.

Hallie wickelt Connell in eine Decke, und Evan nimmt ihn ihr ab. Ich beobachte, wie ihr strahlender, glücklicher Gesichtsausdruck in panische Erschrockenheit übergeht. Warme Hitze breitet sich unter mir aus, und Hunter keucht in meinem Kopf: „*Sie blutet.*"

„*Das ist normal. Jede Frau blutet bei der Geburt*", versichere ich ihm. Aber vielleicht ist es mehr als das. Vielleicht ist das Leichte in meinem Kopf nicht nur Freude.

Ich konzentriere mich auf meine Söhne, während alles andere verblasst.

41

EVAN

„Goldie." Robert tätschelt ihr Gesicht, aber sie liegt schlaff in seinen Armen. Unter ihr breitet sich Blut aus wie verschütteter Wein, scharlachroter als alles, was ich je bei unseren Kämpfen und Morden gesehen habe.

„Sie blutet stark", sagt Hallie. „Wir müssen einen Krankenwagen rufen."

„Scheiße." Hunter legt das Baby auf das Bett und beugt sich über Goldie. Er tätschelt ihr Gesicht kräftig. „Goldie, wach auf. Du darfst nicht einschlafen, Baby." In unseren Köpfen knurrt er: „*Goldie, wach verdammt noch mal auf. Sofort.*"

Nichts. Sie ist schlaff und reagiert überhaupt nicht. Connell zappelt in meinen Armen, seine Augen sind weit aufgerissen, als könne er spüren, dass seine Mama in Gefahr ist. Sie sind auch mit uns verbunden, aber noch zu jung, um zu kommunizieren.

„Der Krankenwagen wird nicht rechtzeitig hier sein", sagt Hunter mit leiser Stimme.

„Was meinst du damit?" Hallie schaut panisch zwischen uns hin und her. „Wir können sie nicht zurücklassen."

„Natürlich können wir sie nicht zurücklassen. Gib Hallie das Baby", bellt Hunter. Ich tue schnell, was er verlangt, und konzentriere mich auf Goldie. Hinter ihr ist Robert mit geweiteten Augen und voller Verzweiflung, während er weiterhin vergeblich versucht, sie aufzuwecken.

„Was wirst du tun?", frage ich, während ich mich ans Fußende des Bettes hockte und meine Hand auf Goldies kalten Fuß legte. Ihre Zehennägel sind bereits verfärbt, und mir schnürt sich die Kehle zu.

„Wir müssen sie richtig mit uns verbinden?"

Ich starre zwischen meinen Brüdern hin und her und verstehe nichts.

Robert runzelt die Stirn. „Sie mit uns zu verbinden bedeutet, dass wir sie in Gefahr bringen, oder?"

„SIE STIRBT", knurrt Hunter, stützt sich auf seine Ellbogen und spricht unsere größte Angst aus.

„Ich verstehe nicht", sage ich. „Was meinst du?"

„Wir beanspruchen sie erneut, aber dieses Mal alle zusammen."

„Aber was ändert das schon?", frage ich.

„Ihre Lebenskraft wird mit der unseren verbunden sein. Wenn einer von uns stirbt, stirbt auch sie. Wenn sie stirbt, sterben wir alle."

Die Schwere dieser Entscheidung ist wie ein Messerstich in mein Herz. Goldie ist unser Schicksal, unsere Zukunft, unsere Gefährtin, aber wenn wir das tun, hängt ihre Sicherheit direkt von unserer eigenen ab. Wir werden nicht kämpfen können, ohne ihr Leben zu riskieren. Wir werden sie nicht beschützen können, wenn wir nicht unser eigenes Leben retten. Die Sicherheit der Gruppe ist nicht mehr gegeben. Wir können nicht mehr sicher kämpfen und darauf vertrauen, dass mindestens einer von uns überleben und sich weiterhin um sie kümmern wird. Es geht um alles oder nichts.

„*Wir haben keine Wahl*", antwortet Hunter, bevor ich

meine Bedenken äußern kann. Er hat recht. Wir haben keine Wahl. Ich frage mich, warum ich davon gar nichts wusste. Vielleicht ist es etwas, das nur von Alpha zu Alpha weitergegeben wird.

„Schnell", sagt Robert. „Ihr Puls wird schwächer."

Hallie hält sich das Gesicht und sieht zu. Die Schuld in ihrem ängstlichen Gesichtsausdruck ist deutlich zu erkennen.

Robert legt Goldie auf Hunters Schoß, ihr schlaffer Körper fällt schwer hinein. Ich finde meine Bissspur an ihrem Unterschenkel, und Robert konzentriert sich auf ihren Arm. Ihr Bauch ist jetzt, da unsere Kinder auf der Welt sind, weich, und die Dehnungsstreifen sehen aus wie ein Gitter auf ihrer Haut. Sie ist so schön, aber sie zahlt einen so hohen Preis dafür, dass sie uns liebt.

„Jetzt", befiehlt Hunter.

Goldies Haut ist weich und kühl; ihre frühere Lebenskraft ist bereits versiegt. Ihr süßes Blut ist bitter geworden, und ich schließe meine Augen, während der Prozess der Inanspruchnahme erneut von mir ausgeht. Meine Beine zucken, als sich ihre Gedanken mit meinen vermischen. Drei kleine Bären im Wald – nicht unsere Nachkommen, sondern wir, meine Brüder und ich – und ein kleines goldhaariges Mädchen. „*Das sind wir*, Goldie", flüstere ich durch unsere Verbindung. „*Das sind wir. Lass nicht los. Geh nicht weg.*"

Ein goldener Lichtblitz durchzuckt meinen Geist, der nicht mit der ursprünglichen Beanspruchung einherging, und dann bleibt mein Herz stehen.

Es dauert einige Sekunden, bis es wieder zu schlagen beginnt, in einem anderen, schwächeren Rhythmus.

„Sie war kurz vor dem Abgrund", sagt Hunter und legt seine Hand auf ihr Herz. „Sie war so nah dran."

Ich ziehe mich zurück und lecke die Wunde, die ich wieder aufgerissen habe, während Robert und Hunter dasselbe tun. Es dauert lange, bis sie verheilt ist, länger als die ursprüngliche Narbe.

„Was nun?", frage ich.

„Wir warten."

Coran, der allein auf dem Bett liegt, fängt an zu weinen. Connell, der seinen Zwillingsbruder hört, tut es ihm in Hallies Armen gleich. Sie blickt auf den zerstörten Körper unserer Gefährtin und wiegt den rotgesichtigen Connell auf und ab, immer noch mit großen Augen und voller Angst.

„Wird es funktionieren?", fragt sie.

„Ja", antwortet Hunter zuversichtlich. „Mein Vater ... er hat mir von meiner Urgroßmutter erzählt. Bei ihr ist das Gleiche passiert."

„Gott sei Dank." Ich schiebe meine Hand unter Corans kleinen Körper und hebe ihn hoch, bis er sich an meinen warmen Pullover schmiegt. Er hört sofort auf zu weinen und blickt mich mit Augen an, die so schwarz und spiegelnd sind, dass sie wie Obsidian glänzen. „Mama wird jetzt wieder ganz gesund", sage ich und drehe ihn von Goldie weg. Ich behalte sie im Blick und beobachte, wie die Farbe in ihre blassen Wangen und blauen Fingernägel zurückkehrt.

„Komm schon", drängt Robert und streichelt Goldies Wange. „Komm schon, Mädchen."

„*Komm zurück zu uns*", flüstert Hunter. Selbst in unseren Gedanken ist die Erschütterung in seiner Stimme hörbar.

Sie schnappt nach Luft, ihre Augen reißen auf, blau wie der Himmel, aber von Angst getrübt. Hunter hält sie fest, während Robert ihr Gesicht in seine Hände nimmt. „Es ist okay, Gefährtin. Du bist okay."

„Die Babys", keucht sie und dreht sich um, um sich umzusehen. Als sie Coran und Connell wohlbehalten entdeckt, sinkt sie zurück gegen Hunter.

„Ich bin spazieren gegangen", sagt sie. „Ich bin im Wald spazieren gegangen und habe mich immer weiter von euch entfernt. Das wollte ich gar nicht. Ich wollte nicht weggehen."

„Du gehst nirgendwohin", sage ich.

„Du gehörst zu uns", sagt Robert zu ihr. „Du bist unsere Partnerin. Unser Leben. Unser Herz."

„Gib ihr etwas Wasser", weist Hallie ihn an, und Robert kommt der Aufforderung nach. Als Goldie ein halbes Glas kühles Wasser getrunken hat, streckt sie ihre Hände aus.

„Lasst mich sie sehen", sagt sie. „Bitte, lasst mich sie sehen."

Obwohl sie schwach ist und noch die Nachgeburt entbinden muss, bringen wir ihr langsam die Babys und legen sie beide in ihre Arme. Ihre blonden Locken sind verfilzt und ihr Gesicht ist noch immer eingefallen, aber ihr Lächeln ist wie die Sonne bei Sonnenaufgang.

„Willkommen auf der Welt, kleine Bären", sagt sie. „Willkommen auf der Welt."

Ich sinke auf die Knie, die Erleichterung, dass es ihr gut geht, raubt mir den Atem.

„Danke", flüstere ich der Schöpferin zu. „Danke."

Goldie sieht jeden von uns an, ihre blauen Augen glänzen vor Tränen. „Danke", sagt sie. „Dass ihr mich gerettet und mich zur glücklichsten Frau der Welt gemacht habt."

Und obwohl unser Universum fast auseinandergebrochen wäre, fühlt sich plötzlich alles genau richtig an.

42

GOLDIE

„*Goldie.*" Hunters Stimme hallt in meinem Kopf wider. Ich stöhne und drehe mich im Bett um. Die Schmerzen nach der Geburt sind abgeklungen, aber meine Brüste sind empfindlich vom Stillen meiner beiden hungrigen Jungs, und ich bin erschöpft vom Schlafmangel.

Aber ich bin glücklicher als je zuvor.

„*Es ist Zeit für das Frühstück. Nun ja, eher für einen Brunch … oder eher für das Mittagessen.*"

Ich schaue auf die Uhr auf dem Nachttisch und stelle fest, dass es halb zwölf ist. Ich setze mich schnell auf und fasse an meine Brüste, um festzustellen, dass ich durch mein Shirt hindurch ausgelaufen bin.

Es ist unglaublich, wie sehr sich mein Leben verändert hat.

„*Duschen*", flüstere ich zurück, dankbar für unsere mentale Kommunikation. Ich möchte lieber nicht, dass meine schönen Bärenmänner mich in diesem Zustand sehen. „*Ich komme gleich runter.*"

Ich nehme eine schnelle Dusche und wasche mir die

Haare, wodurch ich vollständig wach werde. Ich ziehe eine locker sitzende Hose und ein Stillshirt an, das sich leicht öffnen lässt.

Als ich in die Küche komme, finde ich einen Stuhl mit meinem Donut-Kissen und eine riesige Schüssel Haferbrei mit Blaubeeren, Zimt und Honig vor – mein Lieblingsgericht.

„Ich brauche das Kissen nicht", sage ich zu Robert. Er starrt mich mit seinem schmelzenden Blick an und zieht die Augenbrauen hoch. Ich schenke ihm ein verschmitztes Lächeln. Es sind fast sechs Wochen vergangen, und wir alle haben uns gewünscht, die Zeit würde schneller vergehen.

Hunter hat Coran vor der Brust festgeschnallt, und Evan wiegt Connell. Beide Jungen sind wach und unruhig, bereit für ihre nächste Mahlzeit. Ich rechne im Kopf aus, dass es ihre vierte Mahlzeit des Tages sein wird. Wie ihre Väter sind sie ständig unglaublich hungrig!

Meine beiden wunderschönen kleinen Wonneproppen haben dunkles, lockiges Haar und große schokoladenbraune Augen. Zum Glück haben sie sich noch nicht verwandelt. Ich denke, es ist der Verdienst ihrer Väter, dass sie trotz all meiner Schwierigkeiten und Probleme so ruhig geblieben sind. Wir gehen davon aus, dass sie sich etwa zur gleichen Zeit verwandeln und anfangen zu krabbeln – zwei große Meilensteine, auf die wir uns gleichzeitig freuen können.

Ich setze mich, während Robert mir eine große Tasse Kaffee mit Milch und Honig vor mich hinstellt. Ich nehme einen dankbaren Schluck und seufze vor Vergnügen.

„Wie geht es dir heute?", fragt Evan.

„Gut. Auf jeden Fall besser in der Intimzone."

Evan grinst. „Gut. Ich freue mich schon auf den Tag, an dem dieser Bereich wieder in voller Blüte steht."

Als ich ihm ein Grinsen zuwerfe, lächelt er so breit, dass seine Grübchen zum Vorschein kommen. Gott, er bringt mich jedes Mal um. Er lässt mich dahinschmelzen. Ich möchte ihn mit ins Bett nehmen.

Connall hört meine Stimme und fängt an zu weinen. Ich strecke meine Hände nach ihm aus, weil ich seinen kleinen zappelnden Körper spüren und seinen perfekten Babyduft riechen möchte. „Iss zuerst dein Frühstück", drängt Robert.

„Ich füttere ihn, du fütterst mich", sage ich.

„Abgemacht."

Robert hilft mir, Connell auf meinem Schoß zu platzieren, und zu seiner Ehre macht er keinen einzigen Witz über Brüste, als ich meine zum Stillen heraushole. Er rückt seinen Stuhl näher heran und füllt einen Löffel mit genau der richtigen Menge. Ich umschließe den Löffel mit meinen Lippen und stöhne vor Vergnügen, als der cremige Brei und die säuerlichen Beeren meine Geschmacksknospen zu einer Party einladen. „Gott, ist das gut", sage ich mit vollem Mund.

„Das ist meine Spezialität", erinnert mich Robert.

„Und dafür bin ich dir unendlich dankbar", antworte ich.

„Könntest du heute Gäste empfangen?"

„Gäste?" Abgesehen von Hallie und ihren Freunden Dorien und Fraser sowie meiner Freundin Rosie waren wir seit meiner Ankunft allein im Haus. Es wird nie langweilig, aber es wäre schön, jemandem die Jungen zu zeigen.

„Der erweiterte Clan möchte vorbeikommen und seine Aufwartung machen. Das ist eine Tradition nach sechs Wochen."

„Klar. Das klingt lustig. Um wie viele Leute handelt es sich?"

„Zweiundvierzig", sagt Hunter.

„Zweiundvierzig?"

Robert hebt die Hände, als ich überrascht nach Luft schnappe. „Keine Sorge. Wir bestellen Essen und kümmern uns um alles andere. Du musst dich nur für die Gäste anziehen und dich um die Babys kümmern."

„Das kann ich machen", antworte ich, obwohl ich nicht sicher bin, welche schicken Kleider ich habe, die mir passen.

„Sie werden darüber reden wollen, was passiert ist", sagt Hunter und streichelt Coran dabei über den Kopf.

Ich spüre, wie er sich daran erinnert, daran, wie er den Atem anhält und sein Herz schneller schlägt.

Ich habe diesen Teil der Geburt noch nicht wirklich verarbeitet, die fehlenden Minuten, in denen ich in einen schwebenden Zustand geriet, weder hier noch am nächsten Ort. Ich konnte die Panik meiner Partner spüren und ihre Gedanken hören, aber ich konnte nichts tun, um die Situation zu verbessern.

Sie erzählten mir von der zweiten Beanspruchung und den Bindungen, die uns jetzt verbinden. Als sie mir fünf Tage nach der Geburt davon erzählten, taten sie dies mit großer Scham und Trauer. Sie knieten um mein Bett herum, während ich unsere Kinder stillte, und erklärten mir, was geschehen war. Sie entschuldigten sich dafür, dass sie so weit gegangen waren, ohne es mit mir zu besprechen. Ich weinte, nicht, weil ich wütend über ihre Entscheidung war, sondern weil sie zu bereuen schienen, was sie getan hatten. Ich hasste den grauen Nebel, den ich um ihre Herzen herum spüren konnte.

„Ihr habt mich gerettet", sagte ich ihnen. „Ihr habt getan, was ihr tun musstet, um mich zu retten. Und überhaupt bin ich froh, dass unsere Schicksale miteinander verbunden sind. Ich hätte niemals leben können, wenn einer von euch gestorben wäre. Der Schmerz hätte mich ohnehin mit euch mitgenommen."

Dann küssten sie mich, einer nach dem anderen. Sie betrachteten die tieferen Narben, die ich jetzt auf meinem Körper trage, mit seltsamer Ehrfurcht. Später, als ich allein war, betrachtete ich sie ebenfalls. Sie sind jetzt silbern, jede wie der Bogen zweier abnehmender Monde, eine auf meiner Schulter, eine auf meinem Arm, eine auf meinem

Unterschenkel.

Das sind die Spuren, die unsere Söhne sehen werden und die ihnen bestätigen, dass ihre Eltern bis zum Ende unseres Lebens miteinander verbunden sind. Sie sind wunderschön.

„Wann kommen die Gäste?", frage ich.

„Morgen", antwortet Hunter. „Die Jungen werden dann genau sechs Wochen alt sein."

Sechs Wochen. Das ist ein Meilenstein für den Clan, aber auch für mich. Wenn das Treffen morgen vorbei ist, kann ich wieder mit meinen Gefährten die Nacht verbringen.

Sie scheinen meine Erregung zu spüren, und zum ersten Mal seit langer Zeit leuchten ihre Augen golden. „*Vorsicht, Goldie.*" Hunters begleitendes Knurren in meinem Kopf ist tief und sexuell. Ich rutsche auf meinem Sitz hin und her, während auch die anderen knurren.

„Ruhig, Jungs", ermahne ich sie lachend, aber sie werden nie aufhören, sich mir gegenüber so zu verhalten. Wir sind Partner fürs Leben, verbunden durch ein so tiefes Band, dass unsere Lebenskräfte und unser Schicksal miteinander verflochten sind.

Ich frage mich oft, wie ich hierhergekommen bin. Die Drillinge sagen, dass alles vorherbestimmt war, aber es gibt viele Teile unserer Geschichten, bevor sich unsere Wege gekreuzt haben. So viele Entscheidungen haben mich dazu gebracht, auf Roberts Anruf zu reagieren und mit meiner Werkzeugkiste und einer tief in mir verwurzelten Hoffnungslosigkeit vor seiner Haustür zu stehen.

Wäre ich früher gegangen, bevor Hunter nach Hause zurückgekehrt war, hätten wir vielleicht nie von unserer tiefen und vorbestimmten Verbindung erfahren. Wir hätten womöglich den Rest unserer Reise alleine zurücklegen müssen.

Hunter sagt mir, dass das nicht möglich ist. Wenn

Gefährten von der Natur füreinander bestimmt sind, finden sie immer zueinander. Das ist ein schöner Gedanke, sogar romantisch, aber es gibt mir ein seltsames Gefühl in Bezug auf mein Leben, bevor ich meine Bären getroffen habe. War es nur eine Überbrückung, bevor sich dieser eine Moment des Schicksals erfüllte? Ich habe in diesem frühen Abschnitt meines Lebens zu viel gelernt. Zu viel, um es zu ignorieren oder als Zwischenspiel beiseitezuschieben.

Wer weiß, was morgen sein wird. Viele äußere Einflüsse können sowohl Gutes als auch Schlechtes in unser Leben bringen. Aber mit meinen Bären an meiner Seite muss ich mich den Schwierigkeiten des Lebens nie alleine stellen.

Auf dieser Reise habe ich gelernt, dass es der Schlüssel zum Glück ist, uns selbst zu akzeptieren – mit all unseren Fehlern und Macken. Manchmal hat das Leben eine Vorstellung davon, wo wir hingehören, und diesen Ort der Anerkennung, Zustimmung und Liebe zu finden, ist das größte Abenteuer überhaupt.

EPILOG

EVAN

Coran und Connell schlafen eng aneinander gekuschelt in ihrem Kinderbett. Ihre Gesichter sind entspannt, und ihre Hände liegen neben ihren Köpfen, wie es nur Babys tun, wenn sie schlafen. Ich betrachte sie und staune immer noch darüber, wie sehr sie eine Mischung aus meinen Brüdern und mir und ihrer Mutter sind. Sie haben ihre vollen Lippen und ähnlich geformte Augen. Sie haben unsere Gesichtsform, Augen- und Haarfarbe. Sie sind perfekt. Der Monitor ist eingeschaltet, obwohl wir normalerweise spüren können, wenn sie wach sind. Mein Bär kratzt an den Rändern meiner menschlichen Gestalt und will unbedingt herauskommen.

„Goldie." Wo ist sie?

„Ich bin in der Küche", antwortet sie. *„Ich habe einen Kuchen gebacken."*

„Für wen?"

„Uns", sagen Hunter und Robert, begleitet von einem zufriedenen Laut der Anerkennung. Das machen sie also, wenn ich Kinderdienst habe.

Goldies Liebe zum Backen ist etwas Neues, und sie hat Schokoladenmuffins und einen Zitronenkuchen perfektioniert, den Hunter in einem Zug verschlingt, wenn sie ihn nicht rationiert.

„Ich komme.“

Unten essen Hunter und Robert gerade ein paar Stücke Schokoladenkuchen, die mit einer Art Ganache überzogen sind. Hunter hat Krümel um den Mund und sieht vollkommen glücklich aus. Ich schwöre, er wird von Tag zu Tag alberner.

Ich strecke meine Hand aus, als Goldie mir einen Teller reicht, und lasse mich dann auf einen Stuhl fallen, bereit für meine Zuckerdosis. Der erste Bissen ist köstlich, und ich werde das Ganze in Rekordzeit verputzen.

„Es ist der bisher beste“, sagt Hunter, als sein Teller so sauber ist, dass er wieder in den Schrank gestellt werden könnte.

„Danke, Hun.“ Goldie hat uns allen einen Spitznamen gegeben. Meiner ist Ev, und Roberts heißt Ro. Wenn sie mit den Jungen spricht, nennt sie uns Daddy Hun, Daddy Ev und Daddy Ro-Ro. Das ist unglaublich süß.

„Machen wir das also?“, frage ich Robert. Er nickt, während Goldie mich mit einem fragenden Blick ansieht.

„Was tun?“

„Du wirst schon sehen.“

„Es ist eine Überraschung.“ Hunter fasst sie um die Taille und zieht sie auf seinen Schoß.

„Ich liebe Überraschungen“, sagt sie, ihre blauen Augen funkeln wie polierte Saphire. Sie rutscht auf seinem Schoß hin und her. „Was hast du für mich, mein Großer?“

„Du bist immer so begierig.“ Hunter schlägt Goldie auf die Hüfte, und als sie nach Luft schnappt, sieht er sie mit wildem Blick an. Hätten wir für heute Abend nicht schon etwas geplant, würde er sie im Handumdrehen die Treppe hinauftragen und ans Bett fesseln.

„Kannst du mir das übel nehmen, wenn ich den ganzen Tag von euch dreien umgeben bin? Meine Eierstöcke stehen ständig kurz vor der Explosion."

„Noch mehr Kinder", knurrt Hunter. „Du willst noch mehr Kinder?"

„Ja", sagt sie plötzlich schüchtern. „Aber nicht jetzt. Ich genieße noch unsere Babys oben."

„Ich auch", sage ich. „Und wir genießen dich."

„Also, sind wir bereit für die Überraschung?" Robert steht auf, stapelt die leeren Kuchenteller und trägt sie zur Theke.

„Sind wir."

Goldie hüpft fast, als sie uns zur Haustür folgt. Ihre Augen weiten sich, als wir alle beginnen, uns vor ihr auszuziehen. Sie weiß, was das bedeutet, aber der Anblick unserer Nacktheit macht sie immer bereit für Sex. Wir riechen ihre Erregung fast sofort, und dann braucht es eiserne Selbstbeherrschung, um uns aus der Haustür zu bringen, anstatt direkt ins Bett.

Draußen verwandeln sich Robert und Hunter sofort, ein Vorgang, der für Goldie mittlerweile nichts Ungewöhnliches mehr ist. Sie schnappt nach Luft, wie immer, wenn sich ihre Körper verdrehen und wachsen, Fell sprießt, sie sich verlängern und zu riesigen Ausmaßen ausdehnen. Sie kommen immer zu ihr zurück, um ihre Hände zu beschnuppern und sich zu vergewissern, dass es ihr gut geht. Wir werden uns immer bewusst sein, wie sehr dieses Leben von dem abweicht, was Goldie für sich selbst erwartet hatte.

Ich nehme ihre Hand und führe sie hinter das Haus in einen dicht bewaldeten Bereich.

„Deine Füße", sagt sie und schaut dabei demonstrativ auf meine nackten Beine. „Warum hast du dich nicht verwandelt?"

„Das werde ich, aber noch nicht jetzt."

Die Luft fühlt sich kühl auf meiner nackten menschlichen Haut an, aber ich bin es gewohnt, vor und nach der Verwandlung so draußen zu sein.

„Wohin gehen wir?"

„Du wirst schon sehen. Es ist in der Nähe des Hauses."

Als wir uns der Überraschung nähern, versperrt uns eine Wand aus hohen Büschen den Weg. Ich finde eine kleine Lücke und führe sie hindurch, wobei wir uns ducken, um hindurchzukommen. Robert und Hunter sind bereits da und warten mit großen schokoladenbraunen Bärenaugen.

„Oh", keucht Goldie, lässt meine Hand los, dreht sich auf einem Fuß um und wirbelt herum, um alles in sich aufzunehmen.

„Woher wusstet ihr das?"

Der Garten, der uns umgibt, ist genau so, wie Goldie ihn sich vorgestellt hat: herzförmig, umgeben von hohen, geschnittenen Hecken und gesäumt von gelben und orangefarbenen Blumen. In der Mitte befindet sich eine Rasenfläche, die groß genug ist, dass drei Bären und eine schöne Frau mit gelbem Haar sich darin in die Sonne legen können.

„Wir haben die Nacht der zweiten Beanspruchung gesehen. Wir haben diesen Ort in deinem Kopf gesehen. Wir wollten ihn nachbauen." Das Grollen von Roberts Bärenstimme verstärkt den Drang, sich zu verwandeln, noch mehr.

Goldie nimmt meine Hand und drückt sie an ihr Herz, das wie wild pocht. Sie schlingt ihre Arme um mich, drückt ihr Gesicht an meine Brust und atmet schwer. „Ich kann nicht glauben, dass ihr das getan habt."

Seit dieser Nacht beschäftigt uns das Bild aus Goldies Erinnerung. Als sie dem Tod nahe war, kam sie hierher. Es war wunderschön und herzzerreißend zugleich. Wir stritten darüber, ob wir es für sie bauen sollten, weil wir befürchteten, dass es eher schlechte als gute Erinnerungen zurückbringen könnte. Letztendlich entschieden wir, dass es der Ort war, an dem sie sich am sichersten fühlte, an den sie in einer Zeit großer Schmerzen zurückkehrte, und wir wollten ihn auf der Erde nachbauen. Die Jungs werden es in ihrer menschlichen und ihrer Bärenform lieben. Ich stelle mir vor, sie zum Picknicken und Geschichtenerzählen hierherzubringen. Sie lieben Bilderbücher bereits, und Goldie hat es sich zur Aufgabe gemacht, ihnen alle Märchen vorzulesen. Ihr Lieblingsmärchen ist natürlich Goldlöckchen und die drei Bären! Ihr zweitliebstes Märchen ist Rotkäppchen, sehr zum Leidwesen von Hunter!

Goldie lässt mich aus ihrer festen Umarmung los und legt ihre Arme um Hunters großen, pelzigen Kopf, um ihm einen Kuss auf sein Ohr zu drücken. Er knurrt leise und tief vor Vergnügen, und Robert tut es ihm gleich, als er an der Reihe ist.

Ich nutze die Gelegenheit, rolle mich sofort auf den Rücken und spüre, wie das Gras kühl und frisch unter mir ist. Der Himmel über mir verdunkelt sich, das Grau der Dämmerung geht in das Marineblau der Nacht über. Goldie sieht mich und lässt sich sofort auf dem Gras in der Mitte des Gartens nieder. Sie legt sich auf den Rücken und breitet ihre hübschen goldenen Locken um sich herum aus, während Robert und Hunter um sie herumkreisen und sich dann ebenfalls niederlassen.

Ich wünschte, wir könnten ein Foto von oben machen, wie in Goldies Traum, um es einzurahmen und im Haus aufzuhängen, aber vielleicht ist es so besser. Jeden Tag glücklich zu leben ist besser, als Momente für die Show festzuhalten.

„*Danke*", flüstert sie in unseren Gedanken. „*Danke, dass ihr meine märchenhaften Träume wahrgemacht habt.*"

„*Danke*", flüstern wir alle zurück.

„*Dass du an das Schicksal geglaubt hast*", füge ich hinzu.

„*Dass du zu uns gehörst*", sagt Robert.

„*Dass du uns liebst*", beendet Hunter den Satz.

Das ist kein Märchen. Wir suchen nicht nach einem Happy End. Wir schätzen uns glücklich, dass die Schöpferin uns eine Partnerin geschickt hat, die perfekt zu uns passt, und wenn alle unsere gemeinsamen Tage so glücklich sind wie heute, weiß ich, dass alles gut werden wird.

ÜBER DIE AUTORIN

Stephanie Brother schreibt schillernde Geschichten mit bösen Jungs und Stiefgeschwistern als romantischem Schwerpunkt. Sie war schon immer neugierig auf das Verbotene, und das ist ihre Art, solche komplexen Beziehungen zu erforschen, die ihre Paare auseinander zu halten drohen. Während sie sich auf dem Weg zu ihrem Traumjob schreibt, hofft Brother, dass ihre Leser die volle emotionale und romantische Erfahrung genauso genießen werden, wie sie es beim Schreiben getan hat.